琼 瑶
作 品 大 合 集

在水一方

琼瑶 著

作家出版社

琼瑶，本名陈喆，作家、编剧、作词人、影视制作人。原籍湖南衡阳，1938年生于四川成都，1949年随父母由大陆赴台生活。16岁时以笔名心如发表小说《云影》，25岁时出版首部长篇小说《窗外》。多年来笔耕不辍，代表作包括《烟雨蒙蒙》《几度夕阳红》《彩云飞》《海鸥飞处》《心有千千结》《一帘幽梦》《在水一方》《我是一片云》《庭院深深》等。

多部作品先后改编成为电影及电视剧，琼瑶也因此步入影视产业。《六个梦》系列、《梅花三弄》系列、《还珠格格》系列等，影响至深，成为几代读者与观众共同的记忆。

琼瑶以流畅优美的文笔，编织了众多曲折动人的故事。其作品以对于梦的憧憬和爱的执着，与大众流行文化紧密结合，风靡半个多世纪，成为华文世界中极重要的文学经典。

我為愛而生，我為愛而寫
文字裡度过多少春夏秋冬
文字裡留下多少青春浪漫
人世間雖然没有天長地久
故事裡火花燃燒愛也依舊

瓊瑤

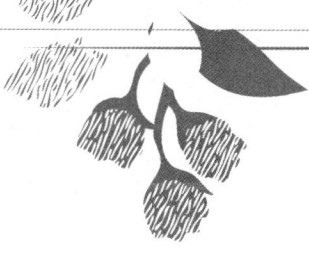

绿草苍苍,白雾茫茫,
有位佳人,在水一方。

我愿逆流而上,依偎在她身旁,
无奈前有险滩,道路又远又长。
我愿顺流而下,找寻她的方向,
却见依稀仿佛,她在水的中央。

绿草萋萋,白雾迷离,
有位佳人,靠水而居。

我愿逆流而上,与她轻言细语,
无奈前有险滩,道路曲折无已。
我愿顺流而下,找寻她的踪迹,
却见依稀仿佛,她在水中伫立。

I

我永远无法忘怀第一次见到杜小双的那一夜。虽然已经是那么多年前的事了,虽然这之间发生了许许多多的变故,但是,那夜的种种情景,对我而言,仍然历历在目,清晰得恍如昨日。

那年的冬天特别冷,那年的雨季特别长,那年的杜鹃花开得也特别早。不过是阳历年以后的几天,小院子里的篱笆边,已开遍了杜鹃花。雨点从早到晚淅淅沥沥地打在花瓣上,没把花儿打残了,反而把花瓣染艳了。只是,随着雨季,寒流也跟着而来。我和奶奶,是家里最怕冷的两个人,从年前起,就在屋里生了个炭钵子。奶奶口口声声怀念她在大陆的火盆,在台湾长大的我,可怎么样也闹不明白那火盆的样子:"外面是木头的,里面是铁的,外面是方的,里面是圆的。"我给奶奶下了结论,她永远无法当画家或作家,因为她毫无形容及描绘的天才。

我们的火钵是绿色的,像个大缸,里面垫着灰,灰上燃着旺旺的木炭。我常把橘子皮埋在炭灰里,烤得一屋子橘子香。

那夜,我们全体都围在火盆边。奶奶在给我打一件蓝白相间的格子毛衣,妈妈帮着绕毛线团。姐姐诗晴和她那位"寸步不离"的未婚夫李谦在下象棋,当然诗晴是从头到尾地赖皮,李谦也从头到尾地装糊涂,左输一盘,右输一盘,已经不知道输了第几盘了。棋虽然输了,却赢得诗晴一脸甜甜蜜蜜的笑。男人就有这种装糊涂的本事,知道如何去"骗"女人。但是,哥哥诗尧不同,诗尧是君子,诗尧是书呆子,诗尧深藏不露,诗尧莫测高深,诗尧心如止水,诗尧不追求女孩子,朱诗尧不是别人,朱诗尧与众不同,朱诗尧就是朱诗尧!现在,我这位哥哥朱诗尧,燃着一支烟,膝上摊着一本刚从美国寄来的《世界民谣选集》,眼睛却直直地看着电视机,那电视的荧光幕上,罗伯特·瓦格纳所扮演的"妙贼"又在那儿匪夷所思地偷"世界名画"了。我百无聊赖地用火钳拨着炉火,心烦意躁地说了句:

"哥哥,家里有电视机,并不是就非看不可!电视机上设着开关,开关的意思,就是可开可关也!"

诗尧微锁着眉头,喷了一口烟,对我的话根本没听到,妈妈却接了口:

"诗卉,别打扰你哥哥,人家干了这一行,不看也不行呢!"

"干了哪一行?小偷吗?"我故意找麻烦。

"诗卉这小丫头有心事,"奶奶从老花眼镜上面瞅着我,"她是直肠子,心里搁不了事,八成,今天雨农没有给她写情书!"

"奶奶!"我恼火地叫,"你又知道了?"

"哈!我怎么不知道!"奶奶一脸得意兮兮的样子,"一个晚上,冒着雨跑到大门口,去翻三次信箱了!"

"人家是去看爸爸有没有信来!"我脸上发热,强词夺理。

"哎哟,"奶奶笑着叫,"世界上的爸爸,就没有这样吃香过!"

"妈!"我急了,嚷着说,"你看奶奶尽胡说!"

"诗卉,你糊涂了!"诗晴回过头来,"你在妈妈面前告奶奶的状,难道还要妈去管奶奶吗?"

"反正咱们家,没大没小已经出了名了!"我瞪着诗晴,"等你和李谦结了婚,生下小李谦来,我保管奶奶会和你的小李谦抢糖吃!"

"妈!"诗晴红了脸,"你听诗卉说些什么!"

"别叫我,"妈笑着转开头去,"我不管你们的糊涂账!"

奶奶捧着毛线针,笑弯了腰,毛线团差点滚到火盆里去。诗晴转向了李谦:

"李谦,你看到了,我们家里,妈妈宠哥哥,奶奶宠诗卉,我是没人要的!"

"所以我要你!"李谦一本正经地说。

这一下,我们可全都大笑起来了,笑得前俯后仰的。奶奶一边笑,一边直用毛线针敲李谦的肩膀,说他"孺子可教"。诗尧终于看完了他的"妙贼",关上电视,他慢吞吞地站起身来,慢吞吞地转过身子,慢吞吞地说了句:

"你们在闹些什么?我似乎听到奶奶提到信箱,这信箱嘛,我今天上班的时候开过的,对了,有封给诗卉的信,我顺手放在口袋里,忘了拿出来了!"

"哥哥!"我大叫,"还不拿来!"

诗尧慢吞吞地从口袋里掏出一个皱皱的信封来,可不是我等

3

了一整天的那封信！雨农从马祖寄来的！我一把抢过来，气呼呼地嚷：

"哥哥，别人的信，你干吗放在你口袋里？你瞧，揉成咸菜干了！"诗尧瞅着我，皱了皱眉，歉然地说：

"我不是有意的，诗卉，只是一时心不在焉，希望不会误了你的事，有什么重要的事吗？"

看到诗尧那一脸的歉意和他那副郑重的样子，我反而不安了，扭了扭头，我低低说了句：

"也没什么重要性。"

"怎么不重要，"奶奶又接了口，"如果真的不重要，诗尧，你以后尽管把她的信藏起来！"

"奶奶！"我喊着，直揉到奶奶怀里去，"你专门跟我作对，你最坏，你最捣蛋，你最……"

"哎哟，哎哟，心佩！"奶奶叫着妈妈的名字，"你不管管你女儿，简直没样子！哎哟，闹得我浑身痒酥酥的，心佩！你还不管！你瞧！你瞧你女儿……"

"你们静一静！"妈妈忽然说，"我听到自耕的声音，大概是他从高雄回来了！"

我们顿时间都安静了，果然，大门口传来爸爸的声音，不知在对谁说些什么，接着，是门铃的响声，李谦第一个跑出玄关，到院子里去开大门，我们全站在客厅里，伸着脖子望着。爸爸这次去高雄，足足去了十天，是为他的一个老朋友赴丧去的。本来，我们预料，爸爸三天就会回来了，不知道他怎么会耽搁了这么久。而且，连封信、电话、电报都没有。我站在玄关处，引颈翘望，爸爸进来了，李谦手上拿着口小箱子，也进来了，然后，我们大家的视线都被一个瘦瘦的、修长的、浑身黑衣的少女所吸引了。

她站在那儿，一件纯黑的大衣裹着她的身子，黑色的围巾绕着她的脖子，大衣上附带的黑色帽子，罩着她的头和脸颊。雨珠闪耀在她的帽檐和睫毛上。在大门口的灯光底下，我只看到她那裹在一团黑色里的面孔，白皙、瘦削。而那对闪烁着的眼睛，带着一抹难解的冷淡，沉默地、忧郁地、不安地环视着我们每一个。

"进来吧！"爸爸对那少女说。于是，他们走进了玄关，在爸爸的呵护下，她又轻步地移进了客厅。爸爸的手压在她小小的肩膀上，爸爸的目光严肃而郑重地掠过奶奶、妈妈、诗尧、诗晴和我，他静静地说：

"我们家多了一个小妹妹，她的名字叫——杜小双。以后，她永远是我们家的一分子。"

妈妈用疑问的眼光看着爸爸，爸爸迎视着妈妈，镇定而坚决地说：

"心佩，原谅我没和你商量，敬之死了，我再也没料到他身后萧条到如此地步。当了一辈子教书匠，带走了满腹才华，留下的是满身债务，和一个女儿——小双。我无法把她留在高雄，敬之的同事们已经凑了不少钱，为敬之付医药费、丧葬费，大家都是穷朋友，尽心而已。我唯一能做到的，是把小双带回来。她自幼丧母，现在，又失去了父亲。我想，我们该给她的，是一个真正的家。"

杜小双站立在灯光下，背脊挺得很直，当爸爸在叙述她那悲惨的身世时，她那半掩在帽檐下的面孔显得相当冷漠、相当孤傲。好像父亲所说的，是一个与她完全无关的人，她只是一个旁听者。

一时间，大家都被这个意外所镇住了。室内，有一刹那的沉寂。在几分钟前，这客厅里所充满的欢愉的气息已悄然而逝，这黑色的女孩把冬天带了进来，把寒流也带了进来，把那雨雾和阴暗也都带了进来。但是，朱家家传的热情不容许哀愁的侵袭。第一个采取行动的是奶奶，她把毛线针和毛线团都扔在沙发上，立即冲到杜小双的面前，伸出手去，她推开了小双的帽子，大声地说：

"我要看看你的模样儿！"

帽子一卸下去，小双的一头乌黑的长发就披泻了下来，顿时间，我只觉得眼前一亮。她有张好清秀好清秀的脸庞，皮肤白而细致，鼻梁小巧挺直，眉毛如画，而双眸如星。在电视上，我看多了艳丽的女孩子，杜小双给我的第一个印象，就与"美艳"无关，而是清雅孤高。本来，人类的审美观念就因人而异，我不知道别人对杜小双的看法如何，而我，我是被她所眩惑了。

"哦！"奶奶退后了一步，似乎有些惊讶，她不假思索地说，"好单薄的样儿！"说着，她握住了小双的手，又叫了起来，"怎么小手儿冻得这么冰冰冷的！啊呀，你瘦得只剩下皮包骨头了！"接着，奶奶就张开了手臂，不由分说地把小双一把抱进了她的怀里，给了她紧紧的一个拥抱和热烈的一声允诺，"小双！三个月以内，我包你长得白白胖胖的！"

经过奶奶这样一闹，我们才都回过神来了，妈妈也赶了过去，帮她脱下大衣，诗晴搬了张小椅子在火炉边，强迫她坐下来烤火，李谦忙着搬运她的箱子，我是跑前跑后，忙不迭地对她介绍：

"这是奶奶，这是妈妈，这是姐姐诗晴，我是诗卉，这是我未来的姐夫李谦，这是我哥哥……"我一回头，没看到诗尧，我愣了愣，忍不住问，"诗尧呢？"

"他走了！"妈妈说，深深地看了我一眼，"别去管他，他累了，让他先睡吧！"

我哼了一声。

"看'妙贼'的时候，他可不累呵，"我嘴快地说，"等到要见人的时候，就要犯毛病，难道……"

"诗卉！"妈妈打断了我，"我看，让小双和你睡一间屋子吧，你房里反正是上下铺。"妈转向小双："上下铺睡得惯吗？"

小双点了点头。

"你十几岁了？"奶奶问。

"十八。"这是小双进房门后说的唯一的一句话。

"噢！比诗卉还小两岁呢，真是小妹妹了，"奶奶的眼光不住上上下下地打量着她，又摇头，又咂嘴，"不行！不行！太瘦了！太小了！看样子还不到十六岁呢！"

小双低垂着头，凝视着炉火，默然不语，似乎对自己的胖瘦问题并不关心。事实上，我不觉得她对任何事情关心，她好像永远是个旁观者，而不是个局中人。

"我看，心佩，你安排小双去休息吧，这些天来，也真够她受了！"爸爸说，"今天又坐了一天火车，她才十几岁，别熬出病来才好!"于是,家里又一阵忙碌,我、妈妈、奶奶、诗晴,忙成一团,给她铺床,给她叠被,给她找枕头床单,又帮她开箱子、挂衣服、拿睡衣、找浴巾……我们忙得团团转,她却始终呆呆地坐在客厅里,等我把一切布置就绪,到客厅去找她的时候,我才发现她正仰着脸儿,专心地注视着我家客厅里的那架钢琴,好像那钢琴是件很稀奇的东西,是她一辈子没见过的东西似的。

"你家有钢琴。"她简短地说,这是她来我家说的第二句话。

"是的,"我说,高兴她肯开口,就迫不及待地要告诉她许多话了,"是我哥哥的,我家虽然没有钱,但是,爸爸和妈妈总是想尽办法培植我们的兴趣,哥哥呢,尤其不同,他……唉!"我叹了口气,及时咽下了要说的话,"将来你就会懂了。走吧!洗澡睡觉去!"

她没有多问,也不再开口,只是顺从地站起身来,跟我去浴室。我们的房子还是日式建筑翻修的,榻榻米改成地板,纸门改成墙壁,浴室只有一间,而且很狭小,必须全家轮流用。她洗好澡,我带她进了我的卧室,安排她在下铺上睡好,一面笑着告诉她:

"我本来和姐姐睡一间,分睡上下铺,后来姐姐有了男朋友,嫌我在旁边妨碍谈话,总是把我赶到屋子外面去。于是爸爸把屋子翻修了,加了一间卧室给姐姐,让他们好谈情说爱,你瞧,咱们家有多开明!"

小双躺在床上,睁着一对大大的眼睛望着我,仿佛不明白我在说什么。我忽然觉得一阵扫兴,她是个冷淡的小怪物,她不会成为朱家的一分子,她浑身没有丝毫的热气!我摇摇头,说了声：

"好了，你睡吧！"

我溜出房间，走到客厅去，爸爸和妈妈正在里面谈话，我刚好听到爸爸在说：

"……这孩子也真奇怪，从她父亲开吊、出殡、下葬，她自始至终就没掉过一滴眼泪，我从没看过如此倔强的女孩子！"

"我担心……"妈妈在说，"她是个硬心肠的孩子，你瞧，她对我们连称呼都没有喊一句！"

"得了！"奶奶嚷着说，"十七八岁的孩子，没爹没娘的，够可怜了，别对人家要求太高吧，她还小着呢！"

那夜，我们没有再谈什么，爸爸太累了，诗尧犯了牛脾气，躲在卧房不出来，李谦走了之后，诗晴也睡了。我还在奶奶房里赖了半晌，才回卧室来睡觉。我蹑手蹑脚地走进房间，看到小双已经合着眼睛睡着了，一头乌黑的长发，披散在枕头上，显得那张脸特别白，小下巴瘦得尖尖的，看起来一股可怜兮兮的味道。我想到我们家，父母兄妹，祖母孙儿，一团和气，竟不知世上也有像小双这样的女孩子。一时之间，对她的冷淡也忘记了，我悄悄地走过去，把棉被轻轻地拉上来，盖好她露在被外的肩头，我的手无意地触到她的面颊，好冷！我爬上上铺，把我床上的毛毯抽了一床下来，再轻悄地盖在她的棉被上，然后我爬上床去，钻进被窝睡了。

夜半，我忽然惊醒了过来，感到床架子在轻微地颤动，恍惚中，我以为在地震，接着，我就听到一阵隐忍的、战栗的、遏抑的啜泣声。顿时间，我醒了！我听到小双那阻滞的抽噎，她显然

9

在尽全力克制自己,以至于床架都震动起来。立刻,我不假思索地爬起床来,溜到床下面,我毫不考虑地就钻进了小双的棉被,把她紧拥在我的胸前,我热烈地说:

"小双,你哭吧!你哭吧!你要哭就尽情地哭吧!"

她立刻用她瘦瘦的胳膊抱紧了我,把头紧埋在我胸前痛哭了起来。她的热泪浸透了我的睡衣,她带泪的声音在我胸前哽塞地响着:

"你……你们为什么对我这样好?"

我无法回答,只是更紧地搂着她,因为我眼里也涌上了泪水。呵,杜小双!我那时就知道,她是多么热情,多么倔强,又多么善良的女孩子!可是,我却不知道,在她未来的道路上,命运还安排了些什么!

2

那夜，我们就这样挤在一张小床上，彼此拥抱着。我记得我一直拍抚着她的背脊，不住口地喃喃劝慰。在家里，我是三兄妹中最小的，再加上奶奶又宠我，自然而然养成一副爱撒娇撒赖的习惯。而这夜，第一次我发现我成了姐姐，有个如此柔弱、如此孤独、如此贫乏的小女孩在依赖我，在等着我怜惜和宠爱，我就来不及地想发挥我那隐藏在内心深处的、女性的本能了。

小双一直在哭，只是，她的哭泣逐渐由激动转为平静，由悲痛的抽噎转为低沉的饮泣，然后，疲倦似乎征服了她，她把头紧紧地依偎着我，合着眼睑，就这样睡着了，睫毛上还闪着泪光。我不敢移动，怕惊醒了她，于是，我也不知不觉地睡着了。

我这一觉睡得好沉，当我醒来的时候，窗帘早已被晓色染得透明，屋檐下的雨声淅沥和着客厅里的琴声叮咚。我怀里的小双已经不知去向，而我身上的棉被却盖得十分严密。翻身下床，我一眼看到床边的椅子上，整齐地折叠着我昨夜胡乱抛在地板上的衣服。一阵奇异的感觉穿透我的神经,还说要照顾人呢,第一天就被人照顾了。穿衣起床,我才发现我屋里已略有变动,书桌上整齐清爽,一尘不染,书架上那些凌乱的书已码好了,连上铺的棉被,都已铺得平平整整。我下意识地耸了耸肩膀,这下好了,有了小双,奶奶不会再骂我把屋子弄得像狗窝了。我四面环视,小双不在屋里。推开房门,我走了出去,客厅里,诗尧正在弹着他常练的那支柴可夫斯基《第一号钢琴协奏曲》。我往客厅走去,想提醒诗尧去电视公司上班时帮我带几张现场节目的入场券,隔壁张妈妈和我提了几十次了。可是,我的脚才跨进客厅,就忙不迭地收了回来,客厅里,一幅奇异的景象震动了我,我隐在门边,呆呆地望着屋里,几乎不敢相信我的眼睛。

是的,琴声在响着,但是,坐在钢琴前面的,不是诗尧,而是小双,她的手指熟练地在琴键上滑动,带出了一连串流动的音符。在钢琴旁边的一张椅子里,诗尧坐在那儿,正目不转睛地看着小双。小双穿着一件黑色套头毛衣,黑色长裤,披着一头整齐的长发,只在鬓边插了一朵毛线钩的小白花。随着她手指的蠕动,她的头和肩也微微晃动着,于是,那朵小白花也在她鬓边轻颤。昨夜,在灯光下,或者我并没有完全领略小双的气质,如今,在日光下,她那张干干净净、白白细细的脸庞,真像前年戴伯伯从英国带来的细瓷塑像。太细致了,太雅洁了,你会怀疑她不是真的。她那纤细修长的手指,那样不假思索地掠过琴键,仿佛琴是活的,是有生命的。一个穷孩子,一个无父无母的孤女,竟会弹一手好钢琴,看样子,我对我这位新朋友杜小双,还没有开始了解呢!

一曲既终，小双住了手，抬起眼睛来，征询地望着诗尧。诗尧，我那古古怪怪的哥哥，这时，正用一种古古怪怪的神情望着小双，好半晌，他才开了口：

"学了多久的琴？"

"不记得了。"小双轻声回答，"似乎是从有记忆就开始。爸爸教了一辈子的音乐，他对我说，他不会有财产留给我，唯一能留给我的，是音乐。所以，自幼我学琴，学得比爸爸任何一个学生都用功，也比任何一个学生都苦。家里没有钢琴，我要利用爸爸学校的钢琴，缴不起租琴费用，我常常在夜里十二点以后，到大礼堂里去练琴。"

诗尧瞪着她。

"那么，你应该练琴练得很熟了？"

"我是下过苦功的。"

"好的，"诗尧点点头，"那么，你是考我了？"

小双的面颊上蓦然涌上一片红潮，她的睫毛垂了下去，遮盖了她那对黑黑的眼珠，她用小小的白牙齿咬了咬嘴唇，低语着说：

"我听说琴是你的。"

"于是，"诗尧用重浊的鼻音说，他的语气是颇不友善的，"你立刻就想试试，像我这样的残废，到底对音乐了解多少！"

小双迅速地抬起头来了，红潮从她的面颊上退去，那面颊就倏然间变得好白好白，她的眼睛毫不畏缩地大睁着，直视着诗尧，她的声音很低，却很清晰：

"你是残废吗？"

诗尧的脸涨红了,愤怒分明写在他的眼睛里。

"别说你没注意到!"他低吼着说。

我在门边动了一下身子,一阵惊惶的情绪抓住了我。杜小双,她还完全没有进入情况,她还是个陌生人,她根本不了解我这个哥哥!朱诗尧莫测高深,朱诗尧与众不同,朱诗尧不是别人,朱诗尧就是朱诗尧!当他额上的青筋暴露,当他的脸色发红,当他的眼睛冒火,他就从一个静止的死火山变成一个易爆炸的活火山了。我正想挺身而出,给我的新朋友解围,却听到小双用坚定的声音,清清楚楚地说了一句:"跛脚并不算残废,你难道没见过瞎子、哑巴、侏儒、或白痴吗?"我倒抽了一口冷气,要命!在我们家,"跛脚"这两个字是天大的忌讳,从奶奶到我,谁也不敢提这两个字,没料到这个瘦瘦小小的杜小双,才走进我们朱家的第二天早上,就这样毫不顾忌地直说了出来。我惊慌之余,还来不及作任何挽救,就听到诗尧狂怒地大叫了起来:

"闭嘴!你这个自以为了不起的、骄傲的东西!如果你对于别人的缺憾毫无顾忌,那么,你无父无母、无家可归也就是命中注定的了!"杜小双被打倒了,她直直地坐在钢琴前面,眼睛直勾勾地注视着面前的琴键,嘴唇毫无血色,身子一动也不动。我再按捺不住,直冲了出去,我叫着说:

"哥哥!"

同时间,奶奶也闻声而至,她挪动着她那胖胖的身子,像个航空母舰般冲了出来,大叫着说:

"怎么了?怎么了?诗尧,你又犯了什么毛病了?有谁踩了你的尾巴了吗?这样大吼大叫干吗呀!"

"我吗？"诗尧喊着，眼睛仍然冒着火，"我一清早起来就撞着了鬼！"

"呸呸！"奶奶慌忙呸了两声，奶奶是最矛盾的人物，她有最开明的时候，也有最迷信的时候，"大清早胡说些什么？哪儿来的鬼？"

"我就是！"杜小双站起身来，静静地说。这一下，奶奶的眼珠了瞪得又圆又大，嘴巴也张成了O形。我赶快向前走了几步，一把揽住小双的肩膀，急急地说：

"算了算了，小双，你别跟我哥哥怄气，他就是这样的牛脾气，完全……是给奶奶惯坏了！"

"哎哟，"奶奶喊，"我看你才给我惯坏了呢！"

"我们统统给你惯坏了！"我慌忙接口。

"哈！"奶奶对事情的始末是完全不知道，却最擅长于糊里糊涂地跟人扯不清，"你们这一个个小火暴脾气，看样子还是我闯的祸呢……"

"当然啦！"我嚷着，"你生了爸爸，爸爸生了我们，不是你闯的祸，是谁闯的祸呢！"

奶奶被绕糊涂了，倚着门框，她笑着直发愣。我乘机转向诗尧，现在，他的脸色发青了，满脸的懊恼和烦躁，看样子，他是真的动了肝火，我笑着说：

"哥哥，人家杜小双才来我们家一个晚上，好歹你也是个主人，怎么这样不客气呢！"

诗尧还没说话，我身边的杜小双却开了口，她仰着脸儿，静静地看着诗尧，轻声地说：

15

"我不是客人，不必对我客气。我不懂的只是一点，人，为什么要逃避很多事实呢？假若有命定的缺陷，不提它难道它就不存在了？是的，我无父无母，我是孤儿，或者是命定的，我不知道，我从不了解上天的意旨，不过，我也不认为孤儿是可耻或可怜的。"她垂下头，声音又轻又柔又脆，"我遇到了你们，我被收容了，是不是？和别的孤儿比起来，我仍然是幸运的。我刚刚提到瞎子哑巴，并不是为了刺伤你，只是想说明，这世界上，还有更不幸的人呢！"说完，她转过了身子，不再对诗尧看任何一眼，就自顾自地走到里面去了。

不知怎的，我是怔住了。站在那儿，我有好一会儿没有动，也没说话。奶奶是越搞越糊涂，也站在那儿发愣。诗尧呢？他僵住了，一时间，他脸上的表情是复杂的，阴晴不定的。而且，逐渐地，一种沮丧的、狼狈的神情，就浮上了他的眼底眉端，他蹙着眉，出起神来了。在这种情况下，客厅里虽有三个人，却静悄悄的一点声音也没有。直到妈妈拎着菜篮子从外面买了菜回来，一眼看到这幅局面，她惊愕得篮子都差点掉到地板上。

"怎么了？"她问，"发生了什么事？诗卉，你今天没课吗？诗尧，你不上班？怎么了，到底怎么了？"

一句话提醒了我，今天还要期终考呢！而我头发没梳，脸也没洗，我慌忙叫了一声：

"不得了了，什么都忘了。"就直冲进浴室去盥洗，再也没心情来管杜小双和诗尧的这段公案了。

我下午五点左右才从学校回到家里。家中静悄悄的，奶奶一个人坐在沙发里打毛衣，一盆旺旺的炉火，燃烧了满屋子的温暖。她身边的针线篮里,白毛线团和蓝毛线团都绕好了,堆了满满一篮子。我四面望望,就腻到奶奶身边去,在地板上一坐,伸长了腿,把头靠到奶奶腿上,伸手去火盆边烤火,一面问:

"人呢?都到哪儿去了?小双呢?"

"哎呀,"奶奶叫,"别乱挤乱挨的,当心毛线针扎了你,瞧,一头发雨水,又没打伞,也不穿雨衣,着了凉就好了。可不是,脸冻得像冰块了……"

奶奶一啰唆就没完没了,我打断了她:

"人呢?都到哪儿去了?问您话也不说!"

"你爸爸请了十天假,今天总得上班了。诗尧去电视公司,还没回来呢。诗晴下了班就直接去李家了。小双呀,"奶奶的兴致全来了,"那孩子才能干呢,一整天,不知道做了多少事儿,洗洗烫烫,针线活儿,全都会,哪像你们姐妹俩,衣来伸手,饭来张口,只会吃,不会做……"

"她现在到哪里去了?"

"在厨房帮你妈烧饭呢!"

我跳起身子,往厨房就跑,奶奶直着喉咙嚷:

"扯了我的毛线团了,跑什么跑?女孩子也没一点儿文雅样儿,瞧人家小双,斯斯文文,秀秀气气的,哪儿像你们这样毛手毛脚……"

我等不及听奶奶的长篇议论,就一下子冲到了厨房里。妈正在那儿切肉丁子,小双坐在小板凳上,安安静静地剥着玉米粒,妈妈一边切肉,一边不知在对小双说些什么,看样子说得蛮开心的。我进门就喊:"好啊,妈妈,杜小双才来我们家,你就欺侮

17

人家，尽让人家做苦工。"

妈妈回头瞅着我笑。

"看样子，你和小双还真有缘，你妈做了一辈子饭，也没听你心疼过。好吧，小双，把你的玉米交给诗卉去剥，免得说我欺侮你。"

"剥就剥！"我端起小双面前的篮子，"小双，我们到屋里去剥，我有话问你！"

"怎么的？"妈妈笑骂着，"女孩子就是这样，每天神秘兮兮的，刚见面，怎么就有秘密话了？"

我不管妈妈，拉着杜小双，到了卧室里，关上房门，我们在书桌前坐下来，我一面剥玉米，一面开门见山地说：

"小双，今天早上，你到底和我哥哥怎么吵起来的？我上了一天课，也打了一肚子的哑谜，你好端端地弹钢琴给他听，他为什么说你考他来着？"

小双垂下头去，长发半遮着面庞，好一会儿，她没说话，然后，她抬起眼睛来望着我，那黑白分明的眸子清亮而坦白，她低低地说："你问我，我就说。从小，我爸爸教我弹钢琴、抄乐谱、学作曲，还学了好几年的小提琴。三年前，爸爸得了癌症，自知不久于人世，他更把他一生所学，完全教给我。他常对我说，小双，你什么都没有，可是，你有才华，有实学，那么，你就不贫穷。爸爸是个教书匠，教了一辈子音乐，有几个人知道他也可以成为名钢琴家或名作曲家？他死得安心吗？我不知道。爸爸对我，却期望很高，因此，我发现你家有钢琴，又有个学音乐的哥哥……"

"你错了，"我打断她，"哥哥学的并不是音乐，在这里，他学的是新闻，大学毕业，他到美国去专攻大众传播，被电视公司看中，高薪聘回来当企划部副理的。音乐，只是他从小喜欢的一种嗜好而已。他说音乐只能用来陶情养性，假如用来谋生，非饿死不可。"

小双愣愣地看着我，半晌才说了句：

"哦！原来他不学音乐，怎么会懂那么多呢！"

"你还没告诉我，你怎么考他的？"我急着追问。

"也没什么，"小双低叹了一声，"我只是故意弹错了几个音，一般人是听不出来的。"她继续剥着玉米，"他说我骄傲，也是真的，除了音乐，我没有第二样可骄傲的东西了。而现在，即使音乐……"她咽住了，又低叹了一声，"从此，我不敢再小看任何人了。"

"哥哥是个多方面的奇才。"我忍不住要帮诗尧吹嘘和解释，"音乐、绘画、文学，他都很有研究。可惜小时一场小儿麻痹症，使他跛了一只脚，成为他一生恨事。爸爸妈妈和奶奶，都感到遗憾，难免就特别宠他，因此，把他的脾气弄得又古怪又难缠又暴躁，可是，他的心是很好的。小双，你可别因为早上这一闹，就和他生起气来。将来你跟他处久了，你就会发现他其实是很和气的。"

"和气吗？"小双睁着大眼睛，一眨也不眨地望着我。我立即又在她那白皙的脸庞上，看到昨晚的那种冷漠和孤傲。"我不认为他很和气，但是，你放心，我不会和他再吵，我会对他——敬鬼神而远之。"她站了起来，拿起剥好的玉米，径自走往厨房里

19

去了。

我目送她的背影消失在门边,忽然间,有股寒意从我背脊上冒了出来,在那一刹那,我有种奇异的感觉,觉得杜小双,这个女孩,会和我们家结下一段恩怨,或者,会带来什么阴暗的影子。因为,她有多么奇怪的个性,热情的时候像火,温柔的时候像水,寒冷的时候像冰!晚餐前,爸爸回来了,诗尧也回来了,我注意到,他回家后就进了卧房,和小双一句话也没说,好像彼此不认识似的。直到吃晚饭,他才从卧室出来。诗晴和李谦也一块儿回来了,围着餐桌,我们家一到晚上,总是热热闹闹的。席间,妈妈和奶奶都不住口地夸小双,爸爸却沉吟地看着小双,一直皱着眉在想心事,半天,才突然下决心地说了句:

"进补习学校,今年夏天考大学!"

小双一愣,立即抬起头来。

"我不考大学,"她简短地说,"我要找工作。"

"小双!"爸爸喊,"你才十八岁,能找什么工作?如果你爸爸在世,他一定会要你念大学。"

"我爸爸在世,也不会让我念大学。"小双坚决地说,"他常说,大学里教我的,不会比他教我的更多。"

"可是,你爸爸已经死了,不能再教你了,是不是?"爸爸忍耐地说。

"是的,"小双垂着眼睑,恭敬而坚定,"朱伯伯,请您让我自己决定我的未来,我明白我在做些什么。你们已经给了我太多,我生来孤苦,不敢多所苛求,命定给我的,我只能默默承受,幸福太多,只怕反遭天忌。"

爸爸呆了，似乎不相信这话是从一个十八岁的女孩嘴里吐出来的，只是愣愣地看着小双。我心中一动，就不自禁地向诗尧望去。诗尧的脸色发白了，他的嘴唇动了动，似乎想说什么，又硬生生地咽了回去，眉头紧锁着，他一个劲儿地伸筷子在汤碗里夹菜。奶奶发觉空气有点沉闷，就不解地嚷了起来：

"这有什么了不起，不念大学就不念大学吧！本来女子无才便是德，不是我老古董不开明，女孩儿家念书也不过念个幌子吧，有什么用呢？心佩，你还不是大学毕业，学了个什么什么语文……"

"东方语文学系！"妈妈笑着说。

"管他什么东方西方南方北方，"奶奶倒水似的说，"我看你和冬瓜西瓜南瓜北瓜还接近得多。女人嘛，持家带孩子最重要，念了书还是会恋爱，恋了爱就要嫁人，嫁了人就要大肚子，孩子一生啊，去你的东方西方南方北方，孩子就是全世界了！"

"奶奶！"诗晴笑着嚷，"你怎么这么啰唆啊！"

"别嫌我啰唆，"奶奶指着她，"赶明儿你还不是会生孩子！去年才大学毕业，明年就要结婚……"

"奶奶！"诗晴喊。

"好，好，好，不说，不说。"奶奶笑着转向小双，"小双，我给你撑腰，别念那些厚嘟嘟的洋文书，把好好的一双眼睛念成大近视眼，有什么好？你就跟着奶奶，学学打毛衣啊，做做针线啊……"

"我要去找工作，"小双轻声说，"我不能在家闲着。"

"我不信你找得到工作。"爸爸说。

诗尧咳了一声，抬头望了望天花板。

"我或者可以去问问电视乐团，他们会需要抄套谱的人。"他轻描淡写地说。

小双紧紧地望着他。

"不劳费心，"她的声音冷冰冰的，"我自己会找。"

诗尧的脸一下子涨得通红，他恶狠狠地瞪了她一眼，整晚，他没有再对她说一句话。

我不能不佩服小双，一星期后，她果然找到了工作，在一家音乐社专教钢琴。我曾建议她干脆利用家里的钢琴，在家收学生，免得大冷天往外跑，她只简单干脆地说：

"学生穿来穿去，会影响了朱家的生活。而且，我不动你哥哥的钢琴。"

我闷了。小双一进朱家，就和诗尧闹了个势不两立。以后呢？以后会怎样呢？

3

那一段日子，小双的闯入，成为我们家的一件大事，家里几乎每一个人，都受了小双的影响。本来嘛，一个家庭忽然增加了个年纪轻轻的女孩子，总要受到若干影响的，何况是像杜小双那样特殊的女孩子！特殊，是的，杜小双不是一言两语可以勾画出来的那种人，她很沉静，很安详，常常一整天不说什么，但是，每当她有意见的时候，她也会侃侃而谈。在家里，她努力帮忙做家务，没几天，就成为妈妈的左右手，成为奶奶心目里的淑女典型。私下里，她是我的闺中腻友，我在她面前没有秘密，连雨农给我的信，我也和她分享。她才十八岁，我不相信她能够体会爱情，可是，当她以欣喜和祝福的眼光望着我的时候，我体会到她深深懂得雨农对我的那份挚情。

说真的，那段日子正是我情绪上的低潮，我不能忍受离别，而雨农却在受预备军官训练，要七月才能退伍。我和雨农是同校同学，我念大一的时候他念大三，新生注册的时候他就盯上了我。他常对我说，姻缘簿上，三百年前就注上了我们这一笔，所以他在一大群新生里，一眼就找到了我。雨农学的是法律，他倒是个律师人才，死的都能被他说成活的。反正爱人的世界里，管他真话假话，甜蜜的话总是动人的。那些日子里，我和雨农一天一封信，逐渐地，我给雨农的信里充满了"杜小双"的名字，而雨农给我的信里，也充满了他在营中新交的一个好友的名字：卢友文。

不记得雨农怎样第一次提到卢友文，这名字是渐渐出现的，一次又一次，这名字充塞在每封信里，卢友文是学文学的，他是个写作上的奇才。卢友文今天一个人包办了全连的壁报。卢友文有满脑子稀奇古怪的梦想，如果你和他谈话，会谈上一百年也谈不完。卢友文被选为全连最漂亮的预官……

我握着那些信，对小双大惊小怪地说：

"小双，你看这个人是不是发疯了？怎么一个劲儿地提卢友文卢友文，现在全世界流行什么homosexuality，他们不要也闹上同性恋了？"

小双撇着嘴角，对着我直笑，偏偏第二天，雨农给我的信里说了一句：

我开始和你的杜小双吃醋了，我计算了一下，上封信里，你提到她的名字达十二次之多，你最好对我老实招来，你是不是在和她闹同性恋？

这一下，小双大笑了。小双是难得一笑的人，本来嘛，像她这样早年丧母、新近丧父、孤苦无依、寄人篱下的女孩子，要笑也不见得笑得出来。可是，雨农的信却博得她一场好笑，笑完了，她握着我的胳膊说：

"诗卉，我虽然没见过你的左雨农，但是，我知道，你们是天造地设的一对！"

奶奶常说我们家的女孩是不害羞的，说恋爱就恋爱。诗晴和李谦，那时是打得火热，李谦原是诗尧的中学同学，和诗晴倒也算是青梅竹马，在诗晴念高中时，李谦常帮她补习英文，反正，这种补习是最容易变质的，一补二补，就把我这个碍事鬼赶出了屋子。李谦是政大外文系毕业的，本想拿奖学金出国，谁知念文学的根本别想弄到奖学金，他家只是中等家庭，更谈不上自费出国，再加上诗晴又不想出国，于是，李谦毕业后找工作就颇费周章，最后只能到中学去教英文。直到诗尧从美国回来，进了电视公司，才给李谦找到一样赚外快的好方法：写电视剧本！这竟成了李谦现在的主要收入。随着连续剧的发达，三家电视公司的竞争，李谦的财源也滚滚而来，竟然小有积蓄，计划明年年初和诗晴结婚了。话扯回来，杜小双走进我们的家庭了。我说过，几乎每个人都受了她的影响。自从第一天早上，她和诗尧吵翻了之后，有好长一段时间，他们两个像冤家似的，见了面就躲开，即使都在客厅里，两人也不说话。爸爸和妈妈对这种情况也无可奈何，爸爸只不满地说了句：

"论年龄，诗尧足足比小双大了十岁，快三十岁的人了，还和人家小姑娘怄气，真是越活越小了！"

"不是这么说，"妈妈毕竟有点偏心儿子，"别看诗尧在公司里当上了副理，年龄也不小了。他那骡子脾气，却是从小养成的，已经根深蒂固，没办法改了！何况小双年纪虽小，说起话来也很锋利呢！"

"还是诗尧不对，人家是客，投奔到我们家来，心先怯了，又是女孩子，天生心眼就小些，诗尧不好好招待人家，还去刺激人家，难怪小双要生气了！"奶奶说，这才堵住了妈妈的嘴。不是我偏小双，我倒觉得奶奶说的才是一句公道话。

可是，家里有两个见面不说话的人，总是相当别扭的。好在，这僵局在有一天晚上，总算是打破了。

那天晚饭之后，大家都在客厅里坐着，奶奶还是在打我那件蓝白格子的毛衣。电视机开着，饭后无事，大家自然而然地看着电视，那正是电视广告界所谓的"黄金时间"，三家电视台都在比赛似的播连续剧。小双一向对连续剧的兴趣不大，因为大家都看，她也就跟着看看，忽然间，她纳闷地说："为什么剧中人说话都要说两次？"

"怎么讲？"诗晴不解地问。

"你瞧，"小双说，"那老太太说：'这是怎么的啦？怎么的啦？'那姑奶奶就接一句：'是呀，咱们是得罪谁啦？得罪谁啦？'那老太爷就跟着说：'真是的，真是的，气死我了！气死我了！'那大小姐就说：'我宁愿不要活了，不要活了！'二小姐又说：'姐姐，你就认命了吧，认命了吧！'你们瞧，他们每个人都要说两次，这是什么道理？"

她不说，我们也不觉得，她这一说，我们就都听出来了。刚好电视里的一个饰泼妇的女角正在哭着嚷：

"你们把我杀了好了！杀了好了！不杀的就不是人！不杀的就不是人！算你们没种！算你们没种！"

爸爸第一个忍不住笑了起来，他回头对小双说：

"你不知道吗？这才叫做双声带！"

奶奶和妈妈也都笑了起来，诗尧尤其忍不住要笑。诗晴却瞪着对眼睛，有些不高兴，对小双说：

"你不懂，那个时代的人，讲话就是这样的！"

"胡说八道！"奶奶接了口，"它演的是民国初年，就是我年轻的时代，没听说过讲话要这样讲的！"

妈妈回头望着诗尧，边笑边说：

"诗尧，你们电视公司怎么弄的？别看小双提出的是个小问题，倒也值得研究！"

诗尧极力忍住笑，说：

"别问我，我可管不了连续剧的台词，要问，去问编剧！"说着，他用手指着李谦。

这一来，别说有多尴尬了，大家都望着李谦，又要笑，又要忍。李谦呢，涨红了脸，直着脖子，瞪着眼珠子，鼓着嘴，也不知是在生气呢，还是在不好意思。小双"哎呀"的一声叫了出来，慌忙对李谦说：

"我不知道是你编剧的，对不起，"她顿了顿，又说，"不过，即使我知道，我还是会问你的！真的，他们干吗要说两次呢？"

李谦可没办法沉默了，他挺了挺胸，一脸的无可奈何，声音里充满牢骚，大声地说：

"我有什么办法？这个连续剧又不是我一个人写的，我们有五个编剧，第一个就写成了双声带，跟下来的只好援例，这问题我早就发现了，提出来讨论的时候，我们那位编剧前辈对我说：

'小老弟,你省省吧!咱们编一集剧本拿多少钱?每一句对白都求干脆了当,你有多少情节来发展?这么单纯的故事,如何去拖它个一年半载!'好吧,他们拖,我也拖,这对白就成了这个样儿了!"李谦直视着小双,又坦白地加了句,"我这集还只有双声带,你还没听过三声带四声带的呢!"

我们都忍不住笑了起来,这次,李谦自己也笑了个不亦乐乎。诗晴最没骨头,先前还护着李谦讲话,现在看到李谦笑,她就也跟着笑了起来。一时间,满屋子笑成了一团。笑,是一件最具传染性,也最能化解尴尬和别扭的东西。我注意到诗尧一面笑着,一面瞅了小双一眼,小双正好也抬起头来,两人的眼光就碰了个正着。诗尧脸上的笑意立刻就加深了几分,这种情况下,小双可没办法绷脸,她的脸微微一红,接着就扑哧一笑,把头低了下去。再抬起头来的时候,她的眼睛亮晶晶的,脸是对着李谦,眼光却对诗尧溜了一转。

"所以我们的电视节目总不能生活化,"她说,"你看,他们演的是民国初年的事,女演员还都画了眼线,涂了眼影膏,病得快死时也照样漂漂亮亮的。"

"我们的电视是唯美派!"诗尧说,嘴角却带着股浓厚的、自嘲的意味。

"唯美吗?"小双清脆地接口,"我昨晚看到一个综艺节目,有个男演员化装成女的,搽了满脸的胭脂粉,腰上系了一条草裙,扭呀扭地出来跳草裙舞⋯⋯"

"对了,我也看到了,"奶奶接口,"你说得还太文雅了点,我最不能忍受的是他那两条大毛腿⋯⋯"

"哈！"我可忍不住插嘴了，"所以我常说，家里有电视机，并不是一定就要看，开关者也，可开可关也。"

"讲起我们的电视节目，"诗尧的脸色忽然沉重了起来，"也实在有很多难言的苦衷。我刚回来的时候，爸，你知道，我有多少抱负，多少计划，可是一接手，才知道困难重重。公司里最看重的是广告客户，什么洗发精、口香糖的老板都是大祖宗，这些祖宗们绝不会去看什么电视乐府，或者自然奇观，他们就喜欢大毛腿，就喜欢草裙舞，就喜欢尖声嗲气的对白。这些广告客户已经够影响进步了，偏偏管得着电视节目的机构又特别多。这个说一句话，那个说一句话，公司全要应付，一会儿男演员的头发太长了，一会儿女演员的裙子太短了，一会儿说暴力武打的节目太多，一会儿又说靡靡之音的歌唱太多……这样弄下来，电视节目是动辄得咎，简直不知何去何从。到现在，一个最基本的问题就无法解决：电视，到底是个娱乐工具，还是个教育工具？"我望着诗尧，我这个哥哥，如此长篇大论地发表谈话的机会还实在不多，难得他今晚有这种兴致！我正想也发表几句意见，还没开口，小双已经清清楚楚地说了：

"难道我们不能寓教于乐吗？在高雄的时候，我们家过得清苦，家里没电视，我也不觉得。到了这儿，看到你们天天看电视，我也跟着看，觉得最好的节目，莫过于沃尔特·迪士尼的彩色世界！那是娱乐，也是教育，有最美的画面，有最富人情味的故事。这种节目，才真正是'唯美派'的节目呢！人家沃尔特·迪士尼做得出来，为什么我们就做不出来？如果有这种节目，我包管广告客户要看，普通观众要看，大人要看，小孩也要看！"

29

"说得好！"诗尧激动得往前迈了两步，连他的"跛脚"都没有去掩饰，"你知道世界上有几个沃尔特·迪士尼？你知道人家为了一个电视片肯花多少制作费？别说我们缺乏一个像沃尔特·迪士尼这样的人才，即使有这样的人才，在制作费的限制下，在各种规定下，在许多忌讳下，恐怕也没办法行得通！"

"我不懂。"小双说。

"拍摄一朵花的绽放，要拍摄几十小时，拍一只蝴蝶的蜕变，要拍摄上一两个月，试问，我们有这种魄力吗？我自己在企划部，我所企划的东西，百分之八十被否决，太深了，制作费太高了，没有广告客户提供！我想弄一个新闻人物专访，专门访问最深入的问题，别人所不谈的问题，上面说有揭人隐私之嫌。我想真正拍摄一些有关渔民、盐民、山地居民的介绍，却又要申请入山证，申请批准，麻烦万状！好吧，我说，做一点儿类似《家有仙妻》和《太空仙女恋》那种纯娱乐性的东西，剧本写了六个月，完全不伦不类！有时，我甚至怀疑，我们是不是一个有幽默感的民族！"

"哎呀！哎呀！"奶奶不耐烦了，伸着懒腰，她大声地说，"诗尧，你怎么有这么多牢骚？"

"奶奶，"小双温柔地叫，"你别打断他，我听得很有兴趣，我从不知道电视界那么复杂！"

"你不知道，"诗尧说，"你不知道的事还多着呢！刚刚你说李谦写的剧本是双声带，这还是有剧本，现场临时写剧本的事还多着呢！"

"哦！"小双的眼珠睁得圆圆的，"那么演员怎么体会他今天演的角色的心情呢？"

"所以了！我们的演员都是天才！"

小双默然了，电视里的连续剧也播完了。忽然间，小双又仰起头来："还有一件事，我百思而不得其解，为什么民国初年的戏剧，幕后配乐居然是欧美目前流行的歌曲？"

"唉，你还提幕后配乐呢！"我那个哥哥这一下可大大激动了起来，他手舞足蹈地说，"这问题我已经提出几百次了，别人不重视，你有什么办法？清装的戏剧，幕后有命运交响曲，演嫦娥奔月，可以配上施特劳斯的圆舞曲。我写了报告，把事情弄严重了，这下改了，上星期演了一幕古装戏，时代是秦朝，配乐总算是国乐了，一支《苏武牧羊》。"

爸爸轻笑了一声，接口说：

"那还好呢！上次卓文君在酒楼里当垆，墙上出现大字的招贴，既卖花雕，又卖状元红，还有绍兴酒。岂不知花雕、状元红都是绍兴酒的一种，绍兴原名会稽，一直到宋高宗时才改称绍兴，因绍兴是宋高宗的年号。宋朝以前，并没有绍兴这地名。状元这名称起自唐宋年间的科举制度，汉朝的卓文君，会卖起宋朝的酒来了，真是奇哉怪也。还好，墙上没有贴出啤酒、威士忌和白兰地！"

"我们还闹过一个笑话呢！"李谦也不甘寂寞地开了口，"有次在一个大汉奸的办公室里，居然出现了大同铁柜，可见我们的国货，销售'多广'，只不知道近年来才发达的大同公司，是不是'电话一来，服务就到'！"

"别少见多怪，"诗尧自嘲地撇撇嘴，"那汉奸一定早有先见之明,知道台湾会出个大同公司!"

那晚,大家就围绕着电视的这个题目,谈论了整个晚上,谈得又愉快又热闹,把我那哥哥和姐夫赖以为生的电视给骂了个一塌糊涂,而骂得最厉害的,就是我那专学电视的哥哥!最后,李谦告辞回家了,奶奶早已一个哈欠接一个哈欠地回房睡觉了。妈妈和爸爸也回房了,诗晴明天还要去航空公司上早班,也早早地睡了觉。客厅里只剩下我、小双和诗尧,电视还没关,一个著名的女歌星正在唱:

小薇,小薇,天衣无缝。

小双愕然地问:
"这又是什么歌词?小薇是件衣服吗?"
"别傻了,当然是个女孩的名字。"我说。
小双困惑地摇摇头,再仔细地研究那歌词:
"可以用'天衣无缝'四个字来描写一个人吗?"她问,望着诗尧。
"你如果要这样子去研究歌词,恐怕一半以上的流行歌曲都是不通的。"
"难道不能写一点好的歌词?"
"谁去写?"
"我记得……"小双沉吟地说,"我爸爸生前曾经作了一支曲,他把《诗经》里的词句改写为白话,写了一支好美好美的歌。我们为什么不学这种办法来做呢?"

诗尧的眼睛深深地盯着她：

"我能听吗？"

小双犹豫了一下，眼光轻轻地掠过了那架钢琴。诗尧走过去，先关掉了那吵闹的电视机，再走到钢琴边，他揭开了琴盖，身子靠在琴上，他凝视着小双，用一种我从没有听过的、那么温柔的声音说：

"如果我得罪过你，我的钢琴可没得罪你啊！"

小双低下头去，悄然一笑。我忽然发现，她的微笑是那么清丽，那么动人。再看我哥哥那份专注的眼神，那份郑重的表情，我就心中怦地一跳，有种又意外又喜悦的情绪抓住了我，我觉得自己留在这室内是多余的了。悄悄地，我移向门口，室内的两个人，谁也没有注意到我。小双已经在钢琴前坐了下来，她轻轻地弹了几个音符，我无法离开了，那优美的音浪淹没了我。在门边的角落里，我毫无声息地蜷缩在那儿。

"这支歌的名字叫《在水一方》。"小双低语，手指熟练地滑过琴键，"是《诗经》里的一句。整支歌，是根据《诗经·蒹葭》改写的。"然后，她低低地、柔柔地、慢慢地抚琴而歌：

绿草苍苍，白雾茫茫，
有位佳人，在水一方。

我愿逆流而上，依偎在她身旁，无奈前有险滩，道路又远又长。我愿顺流而下，找寻她的方向，却见依稀仿佛，她在水的中央。

绿草萋萋，白雾迷离，

有位佳人，靠水而居。

我愿逆流而上，与她轻言细语，无奈前有险滩，道路曲折无已。我愿顺流而下，寻找她的踪迹，却见依稀仿佛，她在水中伫立。

她唱完了，声音袅袅柔柔，余韵犹存。半晌，她没有动，诗尧也没有动，我躲在那儿，更不敢动。她的背脊挺直，面容严肃，依然是一袭黑衣，依然在发际戴着那朵小白花，她的眼睛清柔如水，面颊白嫩细致。钢琴上有一盏灯，灯光正好射在她发际眼底，给她罩上了另一种神秘的色彩，使她飘飘然、缈缈然，如真如幻。

这是我第一次听到《在水一方》这支歌，那时，我就有个预感，杜小双，她好像就是歌中那个女子，依稀仿佛，似近还远，追之不到，觅之无踪，真要去婉转求之，她却在水一方！而且，是很遥远的一方呢！

4

四月间，天气暖和了，雨季已成过去，阳光终日灿烂地照射在小院子里和窗棂上。五月，天气热了，我已换上了短袖衬衫，而院中的一棵小石榴树，绽开了一树鲜艳的花朵。杜小双是一月初来我家的，到五月中，她已经足足来了四个月了。

这四个月间，小双已由一位陌生人变成了我家的一分子，她的存在，就像我和诗晴的存在一样，成为一件理所当然的事。随着时间的流逝，随着夏天的来临，小双的变化也是很明显的。首先，她的面颊红润了，刚来台北时的那种不健康的苍白，已被朱家温暖的气氛所赶跑。其次，她的笑容增加了，很少再看到她板着小脸，一副冷淡和倨傲的表情。现在，她总是笑吟吟的，总是闪着满眼睛的光彩，抖落着无数青春的喜悦。再有，她胖了，正像奶奶最初对她所许诺的：三个月之内，要她长得白白胖胖的！她并没有真的白白胖胖，仅仅是稍稍丰腴了一些，她看起来，就更增加了几分女性的妩媚。小双，每当我静静地注视着她的时候，我就不由自主地体会出中国成语的巧妙，什么叫"我见犹怜"，什么叫"楚楚动人"，什么叫"冰肌玉骨"，什么叫"风姿绰约"。无论如何，我仍然不认为小双有什么夺人的艳丽，她只是与生俱来就有份清雅脱俗的味道。这"味道"二字，却只能意会，而不能言传了。

小双在外表上，固然有了许多变化，可是，在个性上，她却依然有她的固执和倔强。就拿她的工作来说吧，后来我们才弄清楚，她的工作性质，就是教授一些孩子们弹琴，那家音乐社类似一家私人的音乐学校，教钢琴之外，也教吉他、电子琴、喇叭、鼓和一些中国乐器。教授的地点，在一家乐器店的二楼。他们有间小教室，里面有架蹩脚钢琴。教钢琴这门课，是必须个别教授的，以小双的钢琴和音乐修养，她的学生竟越收越多，工作时间也越来越长。可是，她的薪水却并非计时收费，而是按月拿薪水，每月只有三千元。她常常中午就去上课，教到七八点钟，晚饭也没吃，累得筋疲力尽地回来。诗尧有次不平地说：

"这根本是剥削劳力，如果你去当家庭教师，很可能教一个孩子就能拿三千元。"

"算了，"小双却洒脱地说，"来学琴的很多都是苦孩子，家里买不起琴，又有这份兴趣，只能勉强凑合着学学，音乐社收他们的钱也很少。我不计较这些，许多人从早到晚地做工，还赚不到三千元一月呢！"

"你倒有个优点，总觉得自己比别人强！"诗尧说。

"人生要处处退一步想，"小双微笑地说，"比上不足，总是比下有余的。"

她的话又似无意似有意地扣上诗尧的心病，诗尧就默不开腔了。诗尧是与众不同的，诗尧并不那么容易原谅命运，他曾私下咬着牙对我说，他是"比下不足，比上有余"的！老天，他真忘不掉他的跛脚！

看小双奔波来奔波去，不胜辛劳，诗尧忍不住又开了口：

"家里白放着一架钢琴，我弹的时候也不多，你就干脆把学生带回家来吧！"

"那怎么行？"小双扬着眉毛说，"家里的生活多么宁静安详，如果学生来了，从早到晚'哆咪唆咪'地弹拜尔德、汤姆逊、索那提那，不把人弄得头发昏才怪！那些学生，并不是一上来就能弹西班牙狂想曲或幻想曲的！"

小双这句话倒是实情，她既然固执于她的工作，大家也就不再干涉她。她的第二项固执是对她薪水的处理，发薪的第一个月，她就把三千元全部交给了妈妈。妈妈大吃一惊，说：

"你这是干吗？"

"我看到诗晴和诗尧也把薪水交给您的，我既成为这家中的一分子，应该按规矩来做吧！"

"什么规矩！"妈嚷着，"诗晴的薪水，只够她添添衣裳、买买胭脂粉，交给我的，不过是意思意思而已。诗尧收入多，负担一下家庭是理所应该的。你一个女孩子家，自己也需要用钱，给了我，你用什么？"

"我吃的喝的都有了，我还要用什么钱呢？"

"呵！"妈提高了嗓音，"原来你想缴伙食费呀！"

"朱伯母，别这样说，"小双一脸的诚挚和坚决，"我真要缴生活费,三千元又怎么够!你们对我的恩情,又何尝需要我用金钱来补报?我之所以拿出来,只想和诗晴他们一样,成为朱家的一分子,尽点心力而已。"

"既然如此,"妈说,"给我五百元,象征一下,剩下的你自己用。天热了,你也该做做衣裳了,虽然是戴孝,也不必天天穿黑的,蓝色啦、白色啦、绿色啦……都可以穿,女孩子,总是打扮得漂漂亮亮才好。""那么,"小双说,"我留五百元零用好了,交两千五百元给您。"

"胡闹!五百元够干吗?"

"所以我怎能只交五百元给您?"

看她们两个一直扯不清,我不耐烦地喊:

"你们都不要,就给我算了,反正我还在读书,是伸手阶级!"

"不害臊!"奶奶嚷,"听我说一句,三千元除以二,一半交给心佩,一半小双留着,别再吵不清了。心佩,你拿着那一千五,等小双有了人家儿,咱们好给她办嫁妆!"

"哼!"我轻哼了一声,"好人情哦,拿人家的钱给人家办嫁妆,说不定啊,还办到自己家来呢!"

奶奶伸手在我面颊上死揪了一把,笑着直摇头:

"诗卉这小丫头越来越坏!雨农又没个妈,你真该有个恶婆婆来管管你!"

"我被恶婆婆欺侮,你又有什么好?"我对奶奶做了个鬼脸,"只怕恶婆婆还没碰我一根手指头,我家的恶奶奶就要打到人家的门上去了!"

"哎哟,心佩!"奶奶又笑又骂,"你瞧瞧,你也不管管你女儿！生了这么一张利牙利嘴，将来她那个雨农啊，不吃亏才怪呢！"

"嗳嗳，"我直咂嘴，"人家还没成为你的孙女婿，就要你来心疼了！"

奶奶望着我，又笑又摇头。经我和奶奶这样一闹，小双的薪水也就成了定局，以后，每月都是一半缴库，一半自用。小双似乎还很过意不去，每次下课回来，不是给奶奶带点糖莲子，就是给爸爸带点熏蹄，诗晴爱吃的牛肉干，我爱嗑的五香瓜子儿，妈妈喜欢啃的鸡爪子，她全顾到了，就不知道她那一千五百元怎么如此经用。妈妈和奶奶呢，也没白收她那一千五，妈给她剪了布，奶奶帮忙裁着。四月里，小双就换上了一身新装，白色的长袖衬衫，天蓝色的长裤，套着一件蓝色小背心。明亮的、清爽的颜色，一下子取代了她那一身黑衣。她站在小院子的篱笆前面，掩映在盛开的扶桑花下，阳光直射在她发际眼底，她亭亭玉立，纤细修长，飘逸得像天空的白云，清雅得像初生的嫩竹。那天早上，我注意到，我的哥哥对着院子足足发了一小时的呆。

总之，夏天来临的时候，小双已成为我们家不可缺少的一分子。我不知道妈妈爸爸和奶奶怎么样想，我自己却存下了一份私心，命运既然把小双带到我们家里来，她就应该真正成为我们家的一分子，不是吗？明里暗里，我比谁都注意我那个哥哥。可是，朱诗尧莫测高深，朱诗尧心如止水，朱诗尧是书呆子，朱诗尧与众不同，朱诗尧不是别人，朱诗尧就是朱诗尧，他不追求女孩子！

诗尧真的不追求女孩子吗？五月中，他忽然忙碌起来了。公司采用了他的建议,新辟了一个大型的综艺节目,其中包括歌唱、舞蹈、人物专访、生活趣事,以及世界民歌和风光的介绍。这节目长达一小时半之久,每星期推出一次,诗尧兼了这节目的制作人。这一下,就忙了个不亦乐乎。最初,是收集各种资料,然后,是选拔一个节目主持人。

诗尧第一次对家里提到黄鹂的时候,我并没有怎么注意,只觉得这个名字怪怪的。但是,女孩子为了上电视、演电影,取个艺名,怪一点才能加强别人的印象,这也无可厚非。何况她只是许多参加选拔的准主持人之一,与我可一点关系也没有,原也不值得我去注意。只是,当诗尧经常不回家吃晚饭,当黄鹂的名字被天天提起,当她担任主持人的呼声越来越高的时候,我觉得这件事有点问题了,而真正让我感到不安的,还是黄鹂来我家玩的那个晚上。

那晚,诗尧已经预先打过电话回家,说要带黄鹂回家来坐坐,我心里就有点儿嘀咕,主持人应该到公司里去主持,怎么主持到制作人家里来了?但是,诗尧在电话里对我说:

"我要你和诗晴、小双大家帮我看看,这个人到底能不能用?"想到我也有暗中取决一位电视节目主持人的权力,我就又乐起来了。因而,当黄鹂来的时候,我们全家倒都是挺热情、挺高兴地待以贵宾之礼。

不可否认,那黄鹂长得可真漂亮。事实上,用"漂亮"两个字来形容她还不够,她是"艳光四射、华丽照人"的。她的眉毛又黑又浓,眼睛又黑又大,再加上,她经过了细心的修饰,就更加引人注目,唇轻点而朱,眉淡扫而翠,眼细描而秀,颊微染而红。我这样说,并不是说她的美都经过了人工,就事论事,现在哪个女明星不化妆?化妆也要有美人底子才化得出来。如果一张大嘴巴涂了口红岂不成血盆大口?如果生来是扫把眉,再画它一画,岂不变成芭蕉叶子了?黄鹂是真的很美,不只她的脸,还有她的身材,她穿了件紧身宽袖的鹅黄色锻子衬衫,一件黑色曳地长裙,真是该瘦的地方瘦,该胖的地方胖。她坐在那儿,笑吟吟地端着茶杯,微微地翘着个小手指头,真是明艳万端。如果我硬要横下心来挑她的错处,我只能说,她虽然很美,却不属于我们朱家这个世界里的人,她令人联想到夜总会与香槟酒,而朱家的世界里,只有艺术与诗歌。

爸爸很客气地问了问她的家庭,她也很客气地答复了,她带着点儿上海口音,有江南人那种特有的嗲劲儿。原来她的父亲服务于工商界,还是个小有名气的人物。

奶奶最会倚老卖老,她一眨也不眨地直盯着人看,也不管人家会不会不好意思,好在黄鹂并不在乎,我看她已经被人看惯了。半晌,奶奶才冒出一句话来:

"老天爷造人越造越巧了。画里的人儿也没这么漂亮的,真不知道她爹妈怎么生出来的!"

我们都笑起来了,我直说:

"奶奶,你说些什么?"

黄鹂倒大大方方地对奶奶弯了弯腰:

"谢谢朱老太太夸奖,我什么都不懂,还要各位多多指教呢!"李谦坐在黄鹂对面,对她从上到下地看了一个饱。

"黄小姐,我看你也别去当什么主持人了,"他说,"我那部新连续剧里缺个女主角，干脆你来当女主角吧！"

黄鹂眼珠一转，很快地对李谦抛来一个深深的注视，嘴角一弯，就甜甜地笑了笑，露出两排整整齐齐的牙齿和一对小酒窝。

"李先生别说笑话，"她翘了翘嘴唇，"你们连续剧里一定早就定了人了，您不过和我开开玩笑罢了，我这种丑八怪，哪里能演连续剧？"

"不盖你，"李谦慌忙说，不知道他热心个什么劲，"如果你不信，咱们约一天，和制作人一起吃个晚饭，大家谈谈。"

黄鹂转过头去，望着诗尧笑。

"朱副理，你说呢？李先生是骗我们，是不是？"

"诗尧，你知道的，"李谦急急地说，"我们现在正缺女主角，本来要请某女明星来客串，偏偏她又轧戏轧不过来，我看黄小姐倒很合适。"

"李先生，"黄鹂娇娇地说，"我怎么和人家女明星比？你要是有心栽培我嘛，给我个小角色试试，不过……"她又转向诗尧，笑得更甜了，"还要朱副理批准呢！朱副理，你说呢？恐怕主持节目已经够忙了，是不是？"

"当然，最好是又演戏，又主持节目，我并不觉得这之中有什么冲突呀！"诗尧说。

"真的吗？"黄鹂的笑容又抛向了李谦，"朱副理说可以，我就遵命，你可别逗人家玩！"

李谦正要说话，我注意到诗晴悄悄地把手绕到李谦身后，在他背上死命地掐了一把，脸上却不动声色地笑着对黄鹂说：

"黄小姐，你放心，他们都会支援你的，凭你的条件，当电

42

影明星也绰绰有余呢!"

"朱小姐拿我开心呢!"黄鹂接口,"全电视公司的人都知道,朱副理有两个如花似玉的妹妹,只是请不出来,要不然,什么节目主持人啊,什么女主角啊,还不都是两位朱小姐的份儿!"

我这一听,可真有点"飘飘然",恨不得马上跑到卧室里去照照镜子,到底自己长得如何"如花似玉"法?想想雨农也常夸我"明眸皓齿",我总说他是情人眼里山西施,现在,听黄鹂这样一说,我可能真有明星之貌也说不定呢!我这里的自我陶醉还没完,爸爸可泼起冷水来了。他安安静静地说了句:

"黄小姐谬赞了,她们两个,说是会念点书,还是真话,漂亮嘛,那就谈不上了。"

爸爸就会扫人家兴!我暗暗地耸了耸鼻子,还没说话,黄鹂又接了口:

"朱伯伯家学渊源,两位小姐当然学问好,大家都说,朱伯伯教子有方,一门俊秀!您看,朱副理是全公司最年轻的副理,两位小姐又才貌双全,"她转向奶奶和妈妈,"朱老太太、朱伯母,您两位好福气哦!"

奶奶乐了,她拍着手,兴高采烈地说:

"这位小姐,不但人长得漂亮,又会说话,真是的,将来不知道哪个有福气的男孩子修上你!"

"朱老太太,别说笑话!"黄鹂的脸红了。

我现在有点明白黄鹂的名字为什么叫黄鹂了,原来她和黄鹂鸟儿一样善鸣善叫。不管怎样,那晚上,黄鹂的表现实在不错,她能言善道,落落大方,周旋在每一个人间,把大家都应酬得服服帖帖。只有小双，我记得她一直笑吟吟地躲在唱机旁边，当大家谈论的时候，她就默默地倾听着，一面注意着那摞唱片，每当唱片唱完了，她就换上一张。整晚，她只是微笑、倾听、换唱片，一句嘴也没有插。

最后，黄鹂告辞回家了。等黄鹂一走，大家就热闹了起来，七嘴八舌地讨论她，从她的头发，到她的服装，到她的谈吐，到她的容貌，点评得没个完。诗尧站在屋里，望着大家，神采飞扬地问：

"我的眼光不坏吧？她来主持这个节目，成功率已经高达百分之八十。"

"失败率也达百分之八十！"

一个声音清清楚楚地说，大家都吃了一惊，看过去，却是整晚没说过话的小双。她依然笑吟吟的，斜倚在唱机边，眼睛望着诗尧。

"为什么？"诗尧问，"她不够漂亮吗？"

"很够，太够了。"小双说，"可惜你不主办选美节目。"

"怎么讲？"诗尧盯着她，"一个节目主持人该具备的条件，应该要应对自如，要漂亮，要能言善道，要八面玲珑，要人见人爱……"

"为什么？"小双睁着对大大的眼睛，"我觉得，她该具备的是丰富的常识、纯熟的普通话、高贵的气质、优美的风度、高深的学问，最要紧的一项，是必须言之有物！黄鹂，选她做交际组组长，很不错；选她饰演漂亮的交际花，也不错；选她当女朋友，可以引人注意；选她当太太——"她笑了，"可以飞黄腾达；

选她当你的节目主持人,不够资格!"

"我还是不懂。"诗尧蹙起眉头,显得十分不快,"我觉得,你对她有那种女性直觉的敌意!"

小双脸上的笑容蓦然消失了。她转过身子,关掉唱机,冷冷地说:"那么,我就不说了。"

她转身就向房里走,诗尧一下子拦在她前面。

"慢点,你说清楚,为什么她不行?给我一个最具体的理由!"小双站住了,她沉吟了一下。

"你那个节目的重心是什么?"

"音乐。"

"我放了一晚上的唱片,放些什么?"

"就是我选出的那摞民谣唱片呀!"

"她主持你的节目,竟对你选的唱片丝毫不研究吗?无论如何,她也该有一些兴趣啊!事实上,她不喜欢音乐,或者,她根本不懂音乐,因为她对这些唱片毫不注意。要不然,她就是太急于表现她自己了。你要知道,电视观众对节目内容的注意更胜于主持人的美丑。而访问节目必须针针见血,并不是阿谀谄媚,假若你让她主持访问,只怕所有的话被她一个人讲光了,被访问者还来不及说话呢!老实说,我早看厌了电视上访问明星:'你越来越漂亮啦,你越来越年轻啦,你是不是有男朋友啦,能不能告诉我们你的另一半是谁呀?'假若你的节目水准,也不过如此,那么,是我多管闲事!假如你真想制作一套有深度、有水准的东西,你就必须请一个有深度、有水准的人出来!"

"很好。"诗尧的脸涨红了,额上的青筋又暴露了出来,呼吸沉重地鼓动着他的鼻翼。他冒火了,他又冒火了:"你聪明,你能干,你懂音乐,告诉我,哪儿去找这个有深度、有水准的人,你吗?"

"别取笑我,"小双挺着背脊,扬着眉毛,眼睛清亮而有神,"我有自知之明,我当然不够格去当你这个主持人,但是我认识一个人,却有足够的资格,假若你能冷静一点,我倒可以向你推荐!"

"是谁?你说!"诗尧大声问。

"是你!"小双清清脆脆地说。

室内静了两分钟,然后诗尧仰天大笑了。

"哈哈!你真会开玩笑,你真会讽刺人。不要黄鹂那样的美女,却要一个男人,一个跛腿的、残废的男人!你要我去博取同情票吗?"

"哼!"小双轻哼了一声,下巴抬得高高的,"别让我笑话你,朱副理,别让我轻视你,朱副理。埃德·苏利文又老又丑,又是男人,他的节目在美国已风行了十几年!打不破观念上的症结,当什么企划部副理!"

小双说完,头一仰,长发在空中画下一道弧线,掉转身子,她向室内就走。这次,诗尧没有拦阻她,他呆了,他整个人都呆在那儿了。小双走到客厅门口,她又回过头来,用手扶着门框,她脸上的线条放柔和了,眼底,却又浮上她常有的那种冷漠与倨傲,她轻声地再说了几句:

"不过,我还是应该告诉你,以审美的观点来看,黄鹂确实是个美丽的女人,也确实能言善道,八面玲珑,你的眼光真的不错！假若你能压制下她想上电视的虚荣心，倒很可以娶回来做个贤内助！"

她走了，走进屋子里面去了。当她的身影消失在客厅门口之后，我们大家仍然静悄悄地站在屋里，连平日爱说爱笑的奶奶，都被噤住了。好一会儿，爸爸才轻呼出一口气来，转头对妈妈说：

"这一代的孩子，你还能小看他们吗？一个晚上，领略了两种截然不同的女孩子！真是后生可畏呢！"

诗尧仍然站在那儿发愣，显然，小双把他完全弄迷糊了，他脸上逐渐浮起一层迷惘的、嗒然若失的神情。爸爸走过去，用手重重地在他肩上压了一下，一句话也没说，就进屋里去了。我迫不及待地冲进浴室，对着镜子默立了三秒钟，然后，我折回到客厅里，站在诗尧面前，我重重地说：

"哥哥，我投小双一票，不，投她一百票、一千票，因为她是真实而不虚伪的！"

我回到卧室去给雨农写信，我有太多太多的话要告诉他，最主要的，我要说明，我虽然长得明眸皓齿，却并非如花似玉，我是个平凡的女孩！写完了信，我回过头去，望着已经蒙眬欲睡的小双，我在信上又加了一句："小双是个不平凡的女孩！"

5

六月中旬，诗尧的综艺节目推出了，他并没有完全采用小双的建议，自己来当节目主持人。但是，他也没有用黄鹂。他找到了一个毕业于"中国文化学院"的男孩子，那年轻人长得不算漂亮，却很清秀，难得的是，他对音乐的修养和常识的丰富，而且，他很稳重，很沉着，主持节目的时候，他颇给人一种从容不迫的舒服感。私下里，我倒觉得他比诗尧合适。因为，诗尧总给人一个很主观、很自负、很骄傲的印象，没有那男孩子的谦和与恬淡。当我问小双的时候，小双却笑笑说："你哥哥并不骄傲自负，假若他给你这个印象，那只是因为他要掩饰自己的自卑感！"

有时，我觉得小双的思想好成熟，成熟得超过了她的年龄。她常常随随便便说的一句话，我就要想上好半天，然后，才会发现她话中的真理。或者，是艰苦的环境磨炼了她，或者，是上天给予了她超过常人的天赋，反正，我欣赏小双！

诗尧的节目相当成功，获得了一致的好评。那期间，诗尧忙得昏头转向,每天奔波于录影室、录音室,之外,还要策划节目的内容和访问的嘉宾。连访问稿,他都要亲自撰写。那位黄鹂小姐,虽然没有主持这节目,诗尧却把她郑重地推介给节目部,像小双预料的,黄鹂不会是个久居人下者。果然,她挑起大梁,饰演了新连续剧的女主角。这种情况下,黄鹂是常和诗尧一同出入于电视公司的。我开始听到李谦在拿黄鹂和诗尧来开玩笑了,也开始听到他们一块儿吃宵夜的消息。别提我心里有多别扭,我很想给诗尧一点儿忠告,但,诗尧那份牛脾气,如果话不投机,准会弄巧成拙,我不能不三思而后行!

就在我三思而未行的这个期间,雨农受完军训,从马祖回来了!一年相思,乍然相聚,我的喜悦是无穷无尽的。管他什么害羞不害羞,管他什么庄重不庄重,我是又闹又叫又跳又笑。诗晴一直骂我"三八",奶奶说我"十三点",妈妈笑我"宝气",爸爸说我"没涵养",只有小双,她说我是个"心无城府的、热情的、坦率的好姑娘"。于是,我搂住她的脖子,大叫"生我者父母,知我者小双也"。小双却又笑嘻嘻地接了句:

"知你者,雨农也!"

天下还有比小双更灵慧的人吗?天下还有比小双更解人意的人吗?我拉着小双的手,把她介绍给雨农:

"瞧瞧,雨农,这就是杜小双,我向你提过一百次、一千次、一万次的杜小双,她不是又灵巧又清秀又可爱吗?是不是?雨农,你说是不是?"

雨农深深地打量着小双,笑着。小双也大大方方地回视他。事实上,他们彼此在我和雨农的通信中,都早已了解得很清楚,因此，他们看来并没有陌生的感觉，也没有虚伪的客套。雨农仔细地看过小双之后，回头对我说：

"诗卉，她比你描写的还好！"

我心中一动，慌忙把雨农一直拉扯到客厅外面去，我低声对雨农说：

"你可不许移情别恋啊！"

雨农大笑，也不管有人没人，就把我一把抱进了怀里，在我耳边说："很靠不住，我对她已经一见倾心了。"

"你敢！"我说。

"为什么不敢？"他把头凑向我，"让我们来个'三人行'，不是也很不错吗？"

"好啊！"我叫，死命地在他胳膊上扭了一下，"你这个丑样子，配我还马马虎虎，追她吗？你是癞蛤蟆想吃天鹅肉！我先警告你，免得你转坏心眼！"说着，我又扭了他一下，扭得又重又狠。

"哎哟！"雨农居然毫不隐忍，竟尖声怪叫了起来，"怎么才见面，你就想谋杀亲夫！"

奶奶在客厅里笑得咯咯咯的，一面笑，一面大声说：

"你们两个宝贝，还不给我滚进来呢！在外面商量些个什么歪话，我们全听得清清楚楚！诗卉！你这个小丫头真是越来越宝了！进来吧！别让小双听笑话了。"

这一下，尽管我脸老皮厚，也弄了个面红耳赤，赶忙拉着雨农跑回客厅里。一看，满房间的人都在笑，爸爸是一边笑，一边对我直摇头。小双抿着嘴角儿，笑得红了脸。我急了，一把拉着小双，我悄悄说："你可别生气哦，我是代你着想，你看他那坏样儿,贼头贼脑,一股心术不正的样子!"

"你自己心术不正,想入非非,"雨农非但不帮我掩饰,反而拆我的台,"怎么说我贼头贼脑?其实,不是我贼头贼脑,是你傻头傻脑!"好哇!他连面子也不给我留一留,我走过去,对着他的脚踩了下去,他大叫一声,抱着脚满屋子跳,不但跳,还毫无风度地乱嚷着:

"奶奶,怎么几年不见,诗卉成了野蛮人了?又抓又咬的,简直是母老虎投胎!将来我这日子还能过吗?"

奶奶捂着肚子,笑得喘不过气来。妈妈和爸爸相对摇头,准是在心中暗暗骂我不成体统。诗晴和李谦依偎在一块儿,故意装出文雅样儿来气我。诗尧远远地躲在一边,笑了笑就去弄他的唱片,这人的脑子里准少了一个窍,否则雨农拿小双取笑,他怎么也无动于衷?小双呢?她最大方了,站在妈妈身边,她笑吟吟地、斯斯文文地说:

"朱伯母,您瞧,婚姻准是老天安排好了的,人也是物以类聚,诗卉和雨农,生来就是一对儿!"

奶奶高兴地拍着小双的肩,同意地说:

"可不是,一个粗枝大叶,一个心无城府,两个都是直肠子!咱们家的女孩子,找伴都找对了,现在,就轮到你了。小双!我可告诉你,交男朋友呵,要仔细,先带给奶奶瞧瞧,奶奶批准了,你再交!"

"奶奶!"小双腼腆地叫了一声。

"不是我倚老卖老,小双,"奶奶自顾自地说着,"你这模样儿,你这心地儿,奶奶可真不放心你嫁到别家去,依我看啊,你最好就做我家的……"

"奶奶!"小双这一下急了,慌忙打断了奶奶,"您老人家乐糊涂了,好端端的扯到我身上来干吗?"

"奶奶!"我热心地喊,"你说!你要小双做我们家的什么?你说呀!"

"诗卉!"小双叫,瞪了我一眼,"你们拿我开心吧!我今晚还要教两个学生,我出去了。"

我一把扯住她。

"好没意思,真生气吗?"我说,"从没听说你晚上还要上课的。"

"真的,临时加了两个学生,时间排不过来!"

小双认真地说,小脸板得正正经经的,我可不敢和她拉拉扯扯了,怕耽误她的正事。她抱了琴谱,真的出去了,等她走了,我心里就有点别扭,狠狠地瞪着诗尧,我说:

"哥哥,你是有眼无珠呢,还是没心少肺呢?"

"我吗?"诗尧抬起头来,脸上又是那种莫测高深的表情,"我告诉你,诗卉,不关你的事,你最好少操心,我们家这位杜小姐哦,不是一个等闲人物,她是眼高于顶的,你不要白热心,诗卉。你想想看,她心里会有我这个'比下不足,比上有余'吗?"

"问题是,"我说,"那位姓黄的,能言善道、人见人爱的电视红星,心里有没有你这位'比下不足,比上有余'呢?"

诗尧勃然变色。

"诗卉!"他严厉地说,"我想你还没权利来干涉我交朋友!"

"啊唷,啊唷,"奶奶连忙打岔,"人家雨农才回来,一家人可得和和气气,你们兄妹要拌嘴,改一天再拌吧!啊?"

我还想讲话,雨农暗中扯了我一下,在我耳边悄悄私语:

"诗卉,好歹给我一点单独的时间,我总不能当着你一大家子人的面吻你!不过,如果你不在乎,我就……"

"啊呀!"我叫,"不行不行!"

奶奶愕然地回过头来:

"什么事不行不行?"

"小两口在商量,"诗晴多嘴地说,"如何摆脱我们这一大家子人呢!所以,李谦,我们出去散散步,怎样?"她拉着李谦,"走吧!"

"我看啊,"奶奶瞅着他们说,"是你们这小两口想摆脱我们吧?"

我拊掌大乐:

"对了!对了!就是的,就是的!"

"小妮子毫无良心,"诗晴咬牙说,"好吧,让我今晚跟你耗着,你走到哪里,我走到哪里!"

"少讨厌了!"诗尧接口,"看人家小双,都知道识趣地躲了出去。诗晴,忘了你赶诗卉出房间的事了?所以,诗卉,把你的未婚夫,带到你房里去吧,没人会笑你的。"他走到我面前,对我轻眨了一下眼睛,又低声加了一句,"讲和了,怎样?"

我忍不住对他笑了,他也对我笑了,不知怎的,我觉得诗尧的眼神里颇有深意,似乎有什么心事要取得我谅解似的。但是,我来不及去弄清楚他的意思了,拉着雨农,我们真的退进了我的小屋里。

哦，一年的离别，几许的相思！多多少少急于要诉说的言语，来不及说，来不及笑，来不及注视和绸缪！整晚上，我们不知道怎么会跑出那么多话来，说了又说，笑了又笑，像两个大傻瓜。又重复地和他谈杜小双，他也和我谈他的军中好友卢友文，我们又彼此取笑同性恋……然后，我们一下子拥抱在一起，吻着，笑着，流着泪，发着誓，喃喃地说今生今世，天涯海角，我们是不再分开了。接着，我们又谈起雨农的未来，军训受完了，马上面临的是就业问题，他说他要去法院工作，再准备高考，将来再挂牌当律师。我们就谈着，谈着，谈着……根本忘了时间，忘了夜色已深，忘了万籁俱寂，忘了我房里还有另一个房客！直到客厅里响起一阵钢琴声，才惊动了我，我猛地跳了起来，看看窗外，繁星满天，月色朦胧，我惊慌地叫了一声：

"糟了！再谈下去，天要亮了！"

"怎样？"雨农不解地问。

"小双！"我说，"好可怜！她只好在客厅里弹钢琴了！"我推着雨农，"你快走吧！我去叫小双来睡觉！"我往客厅走去。

雨农一把拉住了我。

"诗卉！"他叫。

我回过头去。他一脸的正经：

"你家需要再加盖一间屋子出来了！"

"胡闹！"我笑着推开他，走到客厅门口，我向里面伸了伸头，立即，我猛地向后一退，差点把雨农撞个大筋斗，我把手指按在唇上，嘘了一声。雨农吓得直往后退，瞪着眼睛，悄悄地、一迭连声地问：

"怎么了？怎么了？"

"不要进去！"我说，喜悦使我的声音发抖，"他们在里面。"

雨农不知所以地站住了，我悄立在那儿，向客厅里静静地看着。是的，有人在弹琴，只是，我猜错了，弹琴的并不是小双，而是我的哥哥朱诗尧！那是一支很熟悉的曲子，仿佛在哪儿听过，只是，我一向没有记钢琴曲的习惯。靠在琴边的是小双，她的身子紧贴着琴，手支在钢琴上面，眼睛亮晶晶地、温柔地、默默地看着诗尧。那琴上的台灯，依然放射着柔和的光线，映在她那对剪水双瞳里。

诗尧弹完了一曲，抬起头来，他看着小双。

"怎样？"他问。

小双微笑着，像一个小老师。

"出乎我意料，"她说，"没想到你会把谱记下来，我似乎只弹过几次。"

"我听过三次，"诗尧说，"第一次是大家批评电视的那个晚上；第二次是五月里，你清晨坐在这儿练琴；第三次是上星期二的晚上，刚好我的节目播出一个月，那晚我回家很晚，你一个人坐在这儿，弹了好几遍，我在房里，用笔记下了每一个音符。"

"是的，"小双柔声说，"那晚诗卉在给雨农写信，我怕在旁边妨碍她，就坐在这儿弹琴。"

我忽然明白了，这不是一支普通的练习曲，这是那支《在水一方》！一个无心地弹，一个有意地记，这，不是很罗曼蒂克吗？我回头对雨农直眨巴眼睛。

"我已经交给乐团去写套谱，"诗尧继续说，"但是，这是你父亲的曲子,是不是版权所有?"

小双轻叹了一声,睫毛垂了下来。

"你拿去唱吧!能唱红这支歌,爸爸泉下有知,也会高兴的。你如果喜欢,爸爸生前还写了许多小曲,只是没有配歌词,等我哪一天有时间的时候,整理出来,一曲一曲地弹给你听!"

"你说真的?"诗尧说,"我们何不合作一番,给它填上歌词?"

"填歌词哪有那么容易!"

"你说过的,我们可以改写古诗词,就像这支《在水一方》,又典雅,又含蓄,又——宣扬了中国固有文化,总比那些'我的爱情,好像一把火'来得舒服。"

"你有兴趣做,我奉陪!"小双爽朗地说。

"咱们一言为定?"诗尧问。

"一言为定!"小双说。

诗尧伸出手去,小双含笑地和他握住了手。我站立的地方,只看得到诗尧的背后,我心里可真急,傻瓜!还等什么?机会稍纵即逝,还不晓得利用吗?我急只管我急,我那傻哥哥仍无动静,只是,他也没有放开小双的手,我发现,小双的脸上渐渐泛上一层红色,她的眼睛逐渐变得柔柔的、蒙蒙眬眬的,像是喝了酒,有点儿醺然薄醉的样子。我踮起脚,伸长脖子,大气也不敢出,只希望诗尧能有一点"特殊表现"。但,他准是中了邪,因为他既不说话也不动。于是,小双轻轻地抽回自己的手,这一抽,才把我哥哥抽出一句话来:

"小双,你觉得我是很难处的人吗?"

要命!笨透了!问的话都是废话!这当儿,只要手一拉,把人家从钢琴那边拉过来,拉到你朱某人的怀里去,岂不就大功告成!我心里骂了几百句,眼睛可没放松小双的表情。她的脸更红了,眼睛更蒙眬了,一抹羞涩浮上了她的嘴角,她的声音轻得像蚊子叫:

"我什么时候觉得过?"

"可是,你总是那样盛气凌人啊!"诗尧的声音里竟带着点儿震颤。小双的睫毛完全垂了下去,把那对黑蒙蒙的眼珠完全遮住了。

"是吗?"她低语,"我是有什么话说什么话的,我可不会像黄小姐那样八面玲珑,知道别人爱听什么,我就说什么。"

"黄鹂?"诗尧深抽了一口气,"难道你也和诗卉一样,认为我对黄鹂有什么吗?"

"你对黄鹂有没有什么,关我什么事呢?"小双轻哼着说。

"小双!"诗尧重新握住了她的手,声音加重了,"让我告诉你……"我屏住气,竖着耳朵,正想听他那句节骨眼上,最重要的表白,忽然间,我后面紧挨着我,也伸着头在呆看的雨农站立不稳,向前一滑,我的身子就被推得向客厅里直冲了进去,我忍不住"哎哟"叫了一声。我这一叫可叫得真煞风景,小双倏然间跳了起来,往后直退了八丈远,诗尧那句重要的话也来不及出口,回过头来,他恶狠狠地盯着我,那样儿好像我是世界上最可恶的人。我急于要挽救大局,就慌慌张张地、乱七八糟地叫:

"哎呀,对不起,对不起!你们继续谈,我和雨农回房间去!你们尽管谈,放心地谈,我包管——再也没有人来打扰……"

"诗卉!"小双喊,脸涨得通红,一脸的恼羞成怒,"你瞎吵瞎叫些什么？要把全家人喊醒吗？我们才没话可谈呢！假如你和雨农用完了房间，希望可以放我去睡觉了。"

"别……别……别……"我急得口吃起来了，直伸手去拦她。偏偏雨农又没有转过脑筋来，居然一个劲儿地对小双道歉，鞠躬如也地说：

"真对不起，小双，害你没睡觉，我这就走了，房间不用了，你请便吧！"

小双滑得像一条鱼一般，从我手底一钻，就钻了个无影无踪。我眼见她跑到里面去了，气得拼命对雨农瞪眼睛、跺脚。

"你老先生今天是怎么回事？"我恨恨地说，"平常还蛮机灵的，怎么突然呆得像块大木头？"

雨农睁着眼睛，愣愣地看着我。

"怎么了？我说错什么了？"

诗尧合起了琴盖，一声不响地站起身来，转身也往屋里走去，我拉住了他，赔了满脸的笑，我急急地说：

"别生气，哥哥，一切包在我身上！只要我知道你的心意，事情就好办了！我就怕你们捉迷藏，明明心里喜欢，表面又要做出一副莫测高深的样子来，让人摸不清你的底细，何苦呢？假若我早知道……"

"你知道！你知道个鬼！"我那哥哥也恼羞成怒了，甩开了我的手，他头也不回地走了。

我呆了，生平第一次，这样被人碰钉子，这样被人讨厌，我望着雨农，都是他闯的祸，如果没有他那一推……我气得真想把他好好地臭骂一顿。但是，看到他那一副傻呵呵的、莫名其妙的样子,我就又心软了。本来嘛,他站在我后面,看也看不清楚,听也听不清楚,今天才受完训回来,根本对小双和诗尧的事,完全没有进入情况,怎能怪他呢?我叹了口长气。

"怎么了?"雨农纳闷地问,有些明白了,"我驴了,是不是?我做了傻事,是不是?"

"噢,没关系!"我笑着说,用手揽住他的脖子,"没关系,一点儿关系都没有!他们是两个骄傲的、自负的、任性的人,但是,再骄傲的人也会恋爱!明天,我会给他们制造机会,明天,一切就会好转了!"是的,明天!我是个聪明的傻瓜!世界上有谁能预料第二天的事情呢?我居然以为自己是命运之神了!明天,天知道"明天"有些什么?

6

我记得,李谦的父亲有一次开玩笑地对爸爸说:

"人家生了儿子,可以娶一个媳妇到家里来,但是,我们的儿子碰到你们家的小姐,那就完了,要找他,到朱家去找!我们李家就没了这个人了。真不知道你们家有什么特殊的地方,可以把孩子拴在家里!"

真的,我家就有这种特性,可以把人留在家里,不但自己家的孩子不爱往外跑,连朋友也会带到家里来。李谦自从和诗晴恋爱后,除了工作和睡觉的时间之外,几乎全待在我们家。雨农当然也不例外,受军训以前,我家就是他停留最多的地方,结训归来之后,我这儿更成了他的"驻防之地"。雨农常说:

"你们家最年轻的一个人是奶奶!"

我想,这句话就可以说明我家为何如此开明和无拘无束了,有个像大孩子般的"奶奶",爸爸妈妈也无法端长辈架子,于是,全家大大小小、老老少少,可以叫成一团,嚷成一团,甚至闹成一团。不了解的人说我们家没大没小，我们自己却深深感到这才是温暖所在。

因此，当雨农回来的第二天早上，我一觉醒来，就听到雨农在客厅里说话，我是一点儿也不惊奇的。披衣下床，我发现小双已不在屋里了，昨晚那么晚睡，她今天仍然起得早！我想起昨夜那场煞风景的闹剧，心里就浮起一阵好歉疚、好遗憾的感觉。但是，我并不担忧，爱情要来的时候，你是挡也挡不住的！如果爱神需要点儿助力，我就是最好的助力。我到浴室去盥洗、梳头，嘴里不由自主地哼着歌儿，我满心都充满了愉快，满身都充满了活力，满脑子都充满了计划，让普天下的青年男女相爱吧！因为爱情是那么甜蜜、那么醉人的东西！我一下子冲进客厅，人还没进去，我的声音先进去，我大声嚷着：

"雨农！我要和你研究一桩事情！解铃还需系铃人，你昨晚闯了祸……"

我顿时咽住了话头，客厅里，小双正静静地、含笑地坐在那儿，除了小双及雨农以外，客厅里还有一个完全陌生的年轻男人！

我站着，瞪大眼睛，一眨也不眨地望着那陌生人，很少看到如此干净、如此清爽、如此英挺的男性！他穿着件浅咖啡色的衬衫，深咖啡色的西服裤，敞着领口，没打领带，挺潇洒、挺自在的样子。他的眉毛浓而密，眼睛又黑又深，大双眼皮，挺直的鼻梁，薄嘴唇，略带棱角的下巴……好了！我想，不知道李谦那个连续剧里还缺不缺男主角，什么秦祥林、邓光荣都被比下去了。我正站着发愣，那男人已站起身来，对我温和地微笑着，我初步估计：身高约一八〇公分，体重约七十公斤，高、瘦而结实的典型。

"我想，"他开了口，很标准的普通话，带点儿磁性的嗓音，"你就是诗卉！"

"答对了！"我说，"那么，你一定就是卢友文！"

"也答对了！"他说，爽朗地笑着。

这样一问一答，我和卢友文就都笑了，雨农和小双也都笑了。不知怎的，我觉得有种和谐的、舒畅的气氛在室内流荡，就像窗外那夏日的阳光一般，这天的天气是晴朗的、灿烂的、万里无云的。

"卢友文，"我说，"雨农把你乱形容一通，我早想看看你是何方神圣！"

"现在你看到了，"卢友文笑嘻嘻地，"并没有三头六臂，是不是？"看不出来，这家伙还挺会说笑话的。我走过去，挨着小双坐下来，小双抿着嘴儿笑，眼睛里闪耀着阳光，面颊上流动着喜悦。她在高兴些什么？为了昨晚吗？我一时转不过脑筋来，卢友文又开了口：

"雨农，天下的钟灵秀气，都集中到朱家来了！"

"人家小双可不姓朱！"雨农说。

"反正我在朱家看到的。"卢友文笑得含蓄。

"别卖弄口才，"小双说话了，笑意在她眼里跳跃，"你们要夸诗卉，尽管去夸，别拉扯上我！我就不吃这一套！诗卉，你没看到他们两个，一早上就是一搭一唱的，像在演双簧！"

"瞧，雨农，挨骂了吧？"我说，"不要以为天下女孩子，都像我一样笨嘴笨舌……"

"哎呀，"雨农叫，"你算笨嘴笨舌？那么，天下的男人都惨了，惨透了，惨不忍睹了，惨不堪言了，惨无天日了，惨……"他把"惨"字开头的成语一时讲光了，接不下去了。我瞪着他：

"还有些什么成语？都搬出来吧，让我看看你这个草包脑袋里，到底装了多少东西。"

"这就是多话的毛病，"卢友文低声说，"这可不是'惨遭修理'了？"小双扑哧一声笑了出来，我也忍俊不禁，雨农傻傻地瞪着我笑，我就更按捺不住，大笑了起来。一时间，房里充满了笑声，充满了喜悦。这一笑，就把我那位哥哥也笑出来了。他跛着脚，走进屋里，一看到有生客，他就站住了，卢友文立刻站了起来，我赶紧介绍：

"这是我哥哥，朱诗尧。"

"我是卢友文，"卢友文对诗尧伸出手去，热烈地和诗尧握手，"我常听雨农提到你，对你的一切都很仰慕的。"

诗尧显然有点儿糊涂，他可不知道雨农有这样一位好友，他纳闷地看看卢友文，又看看大家。随着他的视线，我注意到小双悄然地低下头去，脸上笑容也收敛了，好像急于要回避什么，她无意地用手抚弄着裙褶。诗尧好不容易把眼光从她脸上转开，他对卢友文伸伸手：

"请坐，卢先生在哪儿高就？"

讨厌，我心里在暗骂着，一出来就问些官场上的客套话，他那个副理再当下去，非把他的灵性都磨光不可。卢友文坐了回去，很自然地说：

"我刚刚才退役,我是和雨农一块儿受预官训练的。目前,我还没有找工作,事实上,我也不想找工作。"

"哦?"诗尧愕然地看着他,似乎听到了一句很稀奇的话,我们大家也有点出乎意料,就都转头望着他。

"我是学文学的,"卢友文说,"念大学对我来说很不容易,因为我在台湾是个孤儿,我是被我叔叔带到台湾来的。按道理,高中毕业我就该进职业学校,谋一点儿求生的本领,但是,我疯狂般地爱上了文学,不管有没有能力缴学费,我考上台大外文系,四年大学,我念得相当辛苦。不瞒你们说,"他微笑着,一丝凄凉的意味浮上他的嘴角,他的面容是坦白而生动的,和他刚刚那种幽默与洒脱已判若两人,"四年间,我经常受冻受饿,经常借债度日,我这一只老爷手表,就起码进过二十次当铺!"

小双抬起头来了,她的眼睛定定地望着卢友文,里面充溢着温柔的同情。

"你的叔叔不帮你缴学费吗?"她问。

"叔叔是有心无力,他娶了一个新婶婶,旧婶婶留在大陆没出来。然后接连生了三个孩子,生活已经够苦了,我婶婶和我之间,是没有交流的,她不许我用脸盆洗脸,不许我用茶杯喝茶,高三那年,我就卷铺盖离开了叔叔家。"

"哦!"小双轻声地哦了一句,眼里的神色更加温柔了,"那么,你住在哪儿呢?"

"起先,是同学家,东家打打游击,西家打打游击,考上大学以后,我就一直住在台大宿舍。"

"哦!还好你考上了大学!"小双说,"为什么不想找工作,预备出国留学吗?"

"出国留学!"卢友文提高了声音,有点激动地嚷,他的脸色是热烈的,眼睛里闪着光彩,"为什么一定要出国留学?难道只有国外才有我们要学的东西?不,我不出国,我不要出国,我需要的,是一间可以聊遮风雨的小屋,一支笔,和一摞稿纸,我等这一天,已经等了很久了!现在,我毕了业,学了很多文学理论,念了很多文学作品,够了!我剩下的工作,只是去实行,去写!"

"哦,"诗尧好不容易插进嘴来,"原来卢先生是一位作家。"

卢友文摇了摇头,他深深地看着诗尧,十分沉着,十分诚恳,十分坦率地说:

"我不是一个作家。要称得上'作家'两个字,谈何容易!或者,我只是一个梦想家。但是,天下有多少大事,都是靠梦想而成就的。我要尽我的能力去写,若干年后,说不定我能成为一个作家,现在,我还没有起步呢!"

"你要写些什么东西呢?"诗尧问,"我有个准妹夫,现在帮电视公司写写电视剧。"

"噢,电视剧!"卢友文很快地打断了诗尧,他的眼光锐利地直视着他,"朱先生,你真认为我们目前的电视剧,是不朽的文学作品吗?你真认为,若干若干百年以后,会有后世的青年,拿着我们现在的电视剧本,来研究它的文学价值吗?"

我那年轻有为的哥哥被打倒了!我那骄傲自负的哥哥被弄糊涂了,他身不由己地摸着沙发,坐了下去,燃起一支烟,他用困惑的眼光看着卢友文,微蹙着眉头,他深思地说:

"你能不能告诉我,怎样的文学作品,才算是不朽的呢?怎样才算有价值的呢?"

"一部文学作品,最起码要有深度,有内容,要提得出一些人生的大问题,要反映一个时代的背景,要有血、有肉、有骨头!"

我的哥哥是更困惑了,他喷出一口烟,说:

"你能举一点实在的例子吗?你认为,现在我们的作家里,哪一个是有分量的?"

"严格说起来,"卢友文近乎沉痛地说,"我们没有作家!五四时代,我们还有一两个勉强算数的作家,例如郁达夫、徐志摩等,五四以后,我们就根本没有作家了。"他沉吟了一下,又说,"这样说或者很不公平,但,并不是出过书、写了字就能算作家,我们现在的一些作家,写些不易取信的故事,无病呻吟一番,不是爱得要命,就是恨得要死,这种东西,怎能藏诸名山、流传百世呢?"

"那么,"诗尧盯着他,"你心目里不朽的作品是怎样的?没有爱与恨的吗?你不认为爱与恨是人类的本能吗?"

"我完全承认爱与恨是人类的本能,"卢友文郑重地说,"我反对的是无病呻吟,不值得爱而爱,不值得恨而恨,为制造故事而制造高潮,男主角撞车,女主角跳楼……"他摇头叹息,"太落伍了,太陈旧了。不朽的文学作品并非要写一个伟大的时代,最起码要描写一些活生生的人。举例说,一些小人物,一些像小丑般的小人物,他们的存在不受注意,他们的喜乐悲欢却更加动人,莫泊桑的短篇小说常取材于此,卓别林的喜剧可以让人掉泪……这,就是我所谓的深度。"

诗尧深深地望着卢友文,拼命地抽着香烟,他脸上的表情是复杂的,有怀疑,有惊讶,有困惑,还有更多的折服!要收服我那个哥哥是不容易的,但是,我看出,他对卢友文是相当服气了。岂止是诗尧,我和雨农也听得呆呆的。小双呢?她更是满面惊佩,用手托着下巴,她一眨也不眨地看着卢友文的脸。在这一刹那间,我明白雨农为何对卢友文佩服得五体投地了,他确实是个有内涵的青年,绝非时下一些花花公子可比。他的眼光镇定地扫了满屋子一眼,端起茶杯,他喝了一口茶,那茶杯里的水已快干了。小双慌忙跳起身来,拿过热水瓶,她注满了卢友文的杯子,这是我第一次看到小双对客人如此殷勤。卢友文抬头看了她一眼,轻声说了句谢谢,他脸上依然是严肃的表情,他还没有从他自己那篇谈话中恢复过来。

"在台湾,我们所谓的作家太多了,"他放下茶杯,继续说,"可惜的,是仍然逃不开郎才女貌那一套。于是,你会发现大部分的作品是痴人说梦,与现实生活完全脱节,毫无取信的能力。近代作家中,只有张爱玲的作品比较成熟,但是也不够深刻。我不学文学,倒也罢了,既然学了文学,又有这份狂热,我发誓要写一点像样的东西出来,写一点真正能代表中国的文学作品出来,不要让外国人,认为中国只有一部《红楼梦》和一部《金瓶梅》!"

"卢友文,"雨农深吸一口气,钦佩地说,"你做得到,你一定做得到,以你的才华,以你对文学的修养,你绝对可以写出一些轰轰烈烈的作品来。我就不服气,为什么小日本都可以拿诺贝尔文学奖,而我们中国,居然没有人问鼎!"

"这是我们的悲哀,"卢友文说,"难道我们就出不了一个川端康成？我不信！真不信！事在人为，只怕不做。你们不要笑我不知天高地厚，我要说一句自不量力的话，诺贝尔文学奖，又有什么了不起？只要下定决心，好好努力做一番，还怕它不手到擒来！"

卢友文这几句话，说得真豪放、真漂亮、真洒脱！再加上他那放着光彩的眼睛，神采飞扬的脸庞，他一下子就收服了我们每一个人，使我们全体振奋了起来。我可不知道诺贝尔文学奖是什么样子，但是，我好像已经看到那座诺贝尔文学奖，金光灿烂地放在我们屋子里，那奖牌下面，镌着闪烁的金字："一九七×年，诺贝尔文学奖得主：中国的卢友文。"

小双不由自主地向前走了两步，坐到卢友文对面的椅子里，她直视着他，热烈地说：

"为什么你要说'自不量力'这四个字呢？既然是事在人为，还有什么自不量力？但是，卢友文，你说你要不工作，专心从事写作，那么，生活怎么办呢？即使是茅屋一间，也要有这一间呀，何况，你还要吃呀喝呀，买稿纸买钢笔呀！"

卢友文凝视着小双。

"你过过苦日子吗？小双？"他问。

"我……我想，"小双嗫嚅地说，"在到朱家之前，我一直过得很苦。"

"那么，你该知道，人类的基本欲望是很简单的，别想吃山珍海味，别想穿绫罗绸缎，一百元就可租一间小阁楼。人，必须吃得苦中苦，方能成为人上人！何况，我自幼与贫穷为伍，早已炼成金刚不坏之身了！小双，别为我的生活担心，我会熬过去的，只要我有作品写出来，生活上苦一点又算什么，精神上快乐就够了！你看，我像一个多愁善感，或者很忧郁的人吗？"

小双眩惑地注视着他。

"不，你看来开朗而快乐。"

"你知道是什么力量在支持我？"

小双摇摇头。

"信心！"卢友文有力地说，"信心！这两个字里包含的东西太多太多了，造成的奇迹也太多太多了，这两个字使伊斯兰教徒一步一拜地到麦加朝圣。这两个字使基督徒甘心情愿地喂狮子，钉十字架。这两个字使印度人赤脚踩过燃烧的烈火。这两个字让许多绝症病患不治而愈。这两个字——也使卢友文开朗快乐地去写作！"

"梵高。"我的哥哥轻声自语。

"你说什么？"小双问诗尧。

"他像梵高，梵高固执于画工，他固执于写作。"

"不，我不是梵高，"卢友文扬着眉毛说，"梵高有严重的忧郁症，我没有。梵高精神不正常，我正常。梵高的世界里充满了挣扎和幻觉，我也没有。你既然提到梵高，你念过《生之欲》那本书吗？"

诗尧一怔，他又被打败了，他看来有些尴尬和狼狈。

"我没有，那是一本什么书？"

"就是梵高传，"卢友文轻松地说，"那是一本好书，很值得一读的好书。如果你看过《生之欲》，你就知道我绝不是梵高。"

"再有，"我笑着插嘴说，"梵高很丑，你却很漂亮。"

卢友文笑了，他对我摇摇头。

"你又错了，"他说，"梵高不丑，梵高很漂亮，一个画得出那么杰出的作品的艺术家，怎么可能丑？在我眼光里，他不但漂亮，而且非常漂亮！"

"谁非常漂亮？给奶奶看看，鉴定一下。"一个声音忽然插了进来，奶奶已经笑嘻嘻地走进屋里，一眼看到卢友文，她"哎哟"一声站住了，把老花眼镜扶了扶，她对卢友文深深地打量了一番。"果然不错，果然不错，"她一迭连声地说，"诗尧，你的节目又要换主持人呀？他和那黄鹂，才是郎才女貌的一对呢！"

"奶奶，"我慌忙喊，"你乱七八糟地说些什么呀？这是卢友文，是雨农的好朋友，不是哥哥的节目主持人，你别混扯！人家也不认识黄鹂。"

"是吗？"奶奶再看看卢友文，笑嘻嘻地说，"不要紧，不要紧，不认识也没关系，我给他们做媒，管保……"

"奶奶！"这回，是小双在叫，她那小小的眉头蹙了起来，腮帮子也鼓了起来，好像这句话侮辱了谁似的，"您怎么回事吗？两个世界里的人，您怎么把他们扯到一堆里去？什么都没闹清楚，您就瞎热心！"

"哦！"奶奶这才觉得此君有些不平凡之处了，她第三度打量着卢友文，"挺面熟的，对了！"奶奶拊掌大乐，"长得有点像柯俊雄！这么多男明星里，我就觉得柯俊雄顶漂亮！"她望着友文，"你演电影啊？"

"奶奶！"小双重重地、有些生气地说，"人家不演电影，也不演电视，人家是位元作家！"

"哦!"奶奶依然望着卢友文,"写电视剧本啊?"

"奶奶,"我笑着说,"不要因为我们家有了两个吃电视饭的,你就以为全世界的人,都靠电视为生了。"

奶奶有点讪讪地笑着,卢友文倒大大方方地对奶奶点了点头,笑着说:

"雨农早告诉我了,您就是那位'天下最年轻的祖母',有最年轻的心和最开明的思想。"

"噢,"奶奶眉开眼笑,"雨农说得这么好听,也不枉我把诗卉给他了!"

"哎哟,"我喊,"我又不是礼物,原来谁说得好听,你就把我给谁呀!"

"你才不知道呢,你爷爷就因为说得好听,我妈就把我给他了,结婚的时候,我们一共只见过三次面呢!所以呀,说得好听也很重要呢!"奶奶一眼看到坐在那儿发愣的诗尧,就又接口说,"诗尧这孩子就老实,假若嘴巴甜一点啊……"

"奶奶,别谈我!"诗尧站了起来,一脸的郁闷。

"瞧!马上给人钉子碰!"奶奶说,"这孩子,是刺猬转世的,浑身有三万六千根刺!"

我们大家都笑了。诗尧悄悄地转眼去看小双,而小双呢?她完全浑然不觉,因为,她正在望着卢友文,眼底是一片温柔。卢友文呢?他也看着小双。他在微笑,一种含蓄的、若有所思的微笑。于是,小双也微笑了起来,笑得甜蜜,笑得温存,笑得细腻……诗尧猛地转过身子,向屋里冲去,他走得那样急,以至于他的手碰翻了桌上的茶杯,洒了一桌子的水。我喊了一声,他没

71

有理，径自向屋里走去。我注意到，他那天的脚步，似乎跛得特别厉害。

我心里涌上一阵难言的情绪，既苦涩，又酸楚。仅仅一个早上，仅仅隔了一夜，我那可怜的哥哥，已经失去了他几乎到手的幸福！我再望向小双和卢友文，他们仍然在相对微笑，一对年轻人，一对出色的年轻人，像一对金童玉女，命运是不是有更好的安排呢？我迷糊了，我困惑了。

7

那天中午，卢友文是在我们家吃的午餐，在餐桌上，他表现了极好的风度和极文雅的谈话，不再像餐前那样激动。当他知道爸爸在"中央研究院"服务，学的又是中国历史之后，他就向爸爸请教了许多有关历史的问题，使爸爸难得地也演讲了一番。平常，在我们这群多话的"老母鸡""中母鸡""小母鸡"之中，家里的男性就一向比较沉默。人，一定有潜在的表现欲，我记得爸爸发表了一篇谈话之后，就颇为扬扬自得而心情愉快，餐后，爸爸还对整个人类的历史作了一番结论："总之，人类的历史就在不断地重演，因为，历史是人创造的，人却永远有人的共同弱点。要避免历史上的悲剧，只有从过去的经验中找出问题的症结，以免重蹈覆辙。"

卢友文听得津津有味，他对爸爸显然是极端崇拜而尊敬的。诗尧整餐饭没说过一句话，饭没吃完，他就先走了，电视公司里等着要录下星期的节目。临走的时候，他回头对小双深深地看了一眼，小双也回复了他一个注视，我不知道他们的"目语"中交换了些什么，但是，诗尧的脸色不像饭前那样难看了。然后，小双要去音乐社教琴，卢友文也跟着跳了起来，说：

"正好，我也该告辞了，小双，我送你去音乐社，怎样？"

小双有些犹豫，她的眼中掠过一抹淡淡的不安，迟疑地说：

"你住在哪儿？我们不会同路吧？我要去搭五路公共汽车。"

"没关系，"卢友文爽朗地说，"我反正没事，闲着也是闲着，送你去音乐社，我就逛逛街，四面看看。今天，认识了这么多好朋友，吃了一餐我几年都没吃到的好饭，谈了许多话，我已经收获良多了。"

"将来，"雨农说，"这些都是你的写作资料。当你写书的时候，千万别忘了提我一笔。我虽然当不成主角，最起码可以当个配角吧？"

"为什么你当不成主角？"卢友文正色地说，"在人生的舞台上，每个'自我'都是主角！"

他似乎讲了一句很有哲理，而且颇为深奥的话，我一时间就愣愣地坐在那儿，慢慢地咀嚼着这句话，越想还越有道理。就在我思索的当儿，卢友文和小双什么时候一起出的门，我都不知道，直到妈妈说了句：

"这孩子挺讨人喜欢的！我如果有第三个女儿哦，准要他当我的女婿！"我猛然间醒悟过来了，心中就像被什么东西撞了一下，我立即说：

"别讲这种话，小双等于是你的第三个女儿，卢友文再好，应该好不过另外一个人去！"

妈妈对我深深地看了一眼，我们母女交换了一个会心的微笑。雨农暗中扯了扯我的衣服，示意我跟他离开，奶奶年纪大了，眼睛偏偏来得尖，马上说：

"去吧！去吧！别拉拉扯扯了！"

"奶奶最讨厌！"我笑着抛下了一句，却依然脸老皮厚地和雨农躲进了房间里。

关上房门，我就开始清算雨农：

"雨农，你现在把个卢友文弄到我们家来，算是什么意思？"

"奇怪了！"雨农说，"我的好朋友，介绍给你们认识，又有什么稀奇？难道人与人间，不就是这样彼此认识，交游才能广阔吗？"

"我不是说你不该带卢友文来，"我烦躁地说，"只是，你带的时间不大对，你难道不能晚一两个月，等我们家大局已定的时候，再带他来呀？"

"大局已定？"雨农傻傻地望着我，"什么大局已定？你打什么哑谜？"

"好了！你少对我装傻！"我重重地跺了一下脚，"难道你看不出来，这个卢友文一进我们家门，就对小双发动了攻势，我老实告诉你，我不喜欢这件事儿！男孩子一见到女孩子就追，毫无涵养！"

"哎哎哎，"雨农怪声乱叫，"别指着和尚骂贼秃好不好？我如果当初不是一见到你就猛追，怎么会把你追到手呢！男孩子发现了喜欢的女孩子，就得当机立断，分秒必争！这是个弱肉强食的社会，你不追，给别人追跑了，你就只好望人兴叹了！"

"别贫嘴!"我说,"雨农!你听我的,我们必须好好研究一下这件事……"

"别研究了!"雨农打断了我,拉着我的手,他望着我的眼睛,正色说,"你心里在想些什么,我完全明白。让我告诉你一件事,卢友文并不是个普普通通、平平凡凡的男人,你承认吗?"

"承认。"我勉强地说。

"那么,他如果追小双,也不见得配不上小双,是不是?"

我不以为然地耸耸肩膀。

"好了,你的小心眼里,当然偏你的哥哥,我和你说,你也不会服气。我告诉你吧,卢友文在大学里就是出了名的人,文有文才,人有人才,大学念了四年,难道就没有女孩子喜欢他?怎么他到现在还没女朋友?说真的,他对女孩子挑剔得才厉害呢!我和他当了一年的朋友,在军营里面,大家闲来无事,就是谈女孩子,他常说:'做官不做执金吾,娶妻当娶阴丽华。'这就是他的思想,他不慕富贵,不想做官,但是,对娶太太,却看得比什么都严重,他说,大学四年,没有一个女孩子让他看得入眼。所以,诗卉,你先别着急,我根本不认为卢友文会对小双一见倾心,他送她去音乐社,不过是一时心血来潮,他向来就想到什么做什么,并非是有计划用心机的那种人。"

"那……"我扬扬眉毛,"那就好了!"

"你也别说'那就好了'!"雨农又接口,"男女间的事,咱们谁也说不定,就像奶奶说的,姻缘是前辈子注定的,月下老人系就了红线,谁也逃不掉……"

"你又搬出奶奶的老古董来干吗?"

"我只是要让你明白一件事,"雨农着重地说,"小双有她自己的看法,有她自己的命运,不是你或我可以操纵的。我说卢友文不见得会喜欢小双,但是他也可能喜欢小双,而小双呢?她会不会喜欢卢友文,我们也无从知道。我奉劝你,对小双这件事,完全不要过问,让它自然发展,好不好?"

"说来说去,"我懊恼地说,"你还是帮着卢友文!我告诉你,"我大声说,"卢友文就不可以喜欢小双,否则,我的哥哥就要失恋了!"

"这又奇怪了,"雨农说,"如果你哥哥喜欢小双,他已经比卢友文多了七个多月的时间,这些时间里,他在干什么?冬眠吗?"

"雨农!"我生气地喊,"你就是偏心卢友文!"

"我才不偏心呢!"雨农轻松地靠在椅子里,"我只是比你冷静,比你公平,比你看得清楚,我甚至认为,诗尧根本就没有爱上小双!小双也没有爱上诗尧!"

"你怎么知道?"

"你想,有个你所爱的女孩子,和你朝夕相处了半年多,你怎么可能至今不发动攻势?人又不是木头,又不是石头,所以,他根本就不爱小双!小双呢?如果心里真有诗尧,她也不会对别的男孩子注意。不管怎样,诗卉,你来操心这件事,才是傻气呢!一句话:狗拿耗子,多管闲事!"

我有些糊涂了,雨农所说的话,多少也有一些道理。想想诗尧和小双之间,一上来两人就闹了个不说话。接着,诗尧又弄了个花蝴蝶似的黄鹂,至今还绯闻不断!到底他对小双是怎么样?我也不能只凭昨晚的一丝印象,就骤下结论。男人有时也很贪心的,女朋友多多益善,未始不可能!我那个不交女朋友的哥哥说不定忽然开了窍,在外面弄个黄鹂,在家里弄个小双,左右逢源,不亦乐乎!想着想着,我就生了气,一拍桌子,我叫着说:

"不可以!没良心!"

雨农一把抓住我的手,笑着说:

"傻丫头,谁没良心呀?"

"还不是你们男人没良心!"我咂着嘴说。

"哦哦,"雨农瞪大了眼睛,"什么逻辑,什么中心思想嘛!女人,你永远别想去了解她们!"

我忍不住笑了,不过,心里仍然怪别扭的,一整天,我就记挂着,我非要找到诗尧,和他谈个一清二楚才好。但是,那天诗尧在电视公司录影录到深更半夜,我根本没见着他。小双呢?又由于晚上我和雨农去看了场晚场电影,回来时小双已经睡着了,就也没机会谈什么。第二天早上,小双并没提起卢友文。雨农十点多钟来了,就和我一直研究他的工作问题,他已接受地方法院的聘请,八月一日就要去上班。然后,我又和雨农去他家看他爸爸,一直到吃晚饭的时候我才回家。回到家里,诗晴、李谦、诗尧都在家,小双却还没有回来。

晚饭摆在桌上的时候,电话铃响了,我抢着接起电话,是小双,她第一句话就说:

"诗卉,让家里别等我吃晚饭,我不回家吃饭了!"说完,她似乎急着想收线。

"等一等!"我喊,"你给我说清楚,小双,你在忙些什么?"

"我有一点事……"

"别敷衍我!"我说,"你趁早给我从实招来,否则晚上我跟你没了没休!"

"好吧,你别嚷嚷,"小双压低声音说,"卢友文来音乐社接我,我们在外面吃饭了,晚上,我可能回来晚一点……总之,我回来再和你谈!"

"喂喂!等一等……"我叫着,小双却"咔嗒"一声挂断了电话。我回过头来望着大家,我想,我的脸色一定不大好看:"小双不回来吃晚饭了!"我说完坐上了餐桌,全桌没有一个人多问什么,我看看诗尧,他低着头,研究着面前的那一双筷子,似乎想找出哪一支筷子长,哪一支筷子短似的。

饭后,诗尧不像往常那样,和大家一块儿在客厅里谈谈说说、看看电视。他说他还有工作,就退回了他的房间。我坐在那儿,眼睛瞪着电视机,情绪却相当低落,电视上到底在演些什么,我是一点儿也不知道。过了半晌,我再也按捺不住,就重重地拍了一下沙发扶手,对李谦说:"李谦,你告诉我,"我的声音一定很严厉,因为李谦吓得脸上都变了色,全家人都愕然地瞪着我,"哥哥是不是和那个黄鹂很要好,你说!"

李谦呼出一口长气来。

"三小姐,"他说,"你吓了我一大跳,我还以为我有什么把柄被你抓住了呢!"

诗晴立刻用怀疑的眼光望着他。

"好呀,"她说,"你有什么把柄怕她抓住?你先说出来吧!"

"我有什么把柄?"李谦瞪大了眼睛,"我什么把柄也没有!"

"那你为什么要做贼心虚?"

79

"我怎么做贼心虚了？"

"还说没做贼心虚呢，诗卉一句话就让你黄了脸，我看你满怀鬼胎，准是做了什么见不得人的事……"

"喂喂，"妈说，"你们这场架吵得可有点无聊吧？诗晴不好，就会无中生有找麻烦！"

"就是嘛！"李谦低低说，话没说完，诗晴伸手在他胳膊上狠掐了一把，痛得他直从齿缝里向里吸气。妙的是，坐在我身边的雨农，也跟着他"嘶"呀"嘶"地吸气，这一下我可火了，我回头问雨农："你干吗？"

"我……我……"雨农吞吞吐吐地说，"我在想，姐妹两个有一样的毛病，我和李谦是……是同病相怜……哎哟！"他那声"哎哟"，不用说，是我的"指下功夫"了。给他们这样一混，我那个问题，李谦就始终没有答复。我又追着问：

"李谦，别顾左右而言他，我问你话呢！"

"诗尧跟黄鹂吗？"李谦说，"我也不常去电视公司，我怎么知道？"

"你总会知道一点的！"我生气地说，"你别帮哥哥隐瞒！"

"诗卉，"李谦正正经经地说了，"你不用担心，像黄鹂那种女孩子，早被电视熏染得走了样，见了谁都亲亲热热，心里想的又是另外一套。诗尧在公司中待了那么久，对这种女孩子早看多了。所以，你放心，诗尧即使跟她玩玩，也不会认真的！何况，即使诗尧认真，她也不会对诗尧认真的，因为她在电视上刚蹿起来呢！"

是吗？听了李谦这篇话，我是更加发愁了。假如我那傻哥哥是认真的呢？他别弄得两头成空啊！那天晚上，我就整晚如坐针毡，我注意到，妈妈也很沉默。小双到十点钟还没有回来，李谦和雨农倒都先走了。我独自坐在客厅中发呆，妈妈走过来，用手扶着我的肩膀，她低声说：

"诗卉，各人有各人的姻缘，这是件无法强求的事，我们听其自然吧！"

是的，听其自然！听其自然！每个人都说应该听其自然，我朱诗卉干吗要听评书掉泪，替古人担忧？可是，我长叹了一声，我的哥哥是我哥哥，他不是古人呀！发生在我周围的事件也不是评书呀！我无法呆坐在客厅中等那个杜小双倦游归来，站起身子，我走去敲敲诗尧的房门。

"进来！"诗尧说。

我走了进去，一屋子的烟雾迎接着我，呛得我直咳嗽。诗尧坐在书桌前面，身子深深地靠在椅子中，正在那儿一口又一口地吞云吐雾，他桌上的烟灰缸里，早已堆满了烟蒂。

我走过去，站在他面前，深深地望着他。他一动也不动，只是静静地迎视着我。我们兄妹二人，就这样相对地注视着，谁也不说话。好久好久，他熄灭了手里那支烟，伸过手来，他抓住了我的两只手，就一下子闭起了眼睛，满脸的痛楚，把我的手握得好紧。我扑过去，挣开他的掌握，我用手抱住他的头，喃喃地、急急地、语无伦次地说：

"哥哥，不要紧，不要紧，还来得及，还来得及。他们只认识两天，你已经认识她七八个月了，别灰心，哥哥，千万别灰心，这是一场竞争，你参加过那么多竞争，你没有失败过，这一次，你也不会失败！"

"我失败过。"诗尧惨然地说。

我推开他，望着他的眼睛。

"什么时候失败过？"我问。

"参加赛跑的时候。"

我静了几秒钟。

"哥哥，别把小双看得那么现实，她不是那样的女人，她从没有在意过你的缺陷，唯一在意的，是你自己！你有自卑感，你心心念念不忘记你的跛脚……"

诗尧猛地跳了起来，他的脸色发白了。

"够了！"他粗鲁地打断了我，"不要再说了，不要再提一个字，这事已经过去了！事实上，根本就没有事情发生过！为什么你要对我提小双？我说过我喜欢她吗？我说过吗？我说过吗？"

"哥哥！"我喊道，眼泪溢进了我的眼眶里。

"笑话！"诗尧的脸色由白而红，额上的青筋又在那儿跳动，他的声音恼怒而不稳定，"你为什么在我面前流泪？你在怜悯我，还是可怜我？你以为我怎样了？失恋吗？笑话，简直是天大的笑话！我告诉你！诗卉，"他恶狠狠地盯着我，"管你自己的事！再也不要去管别人！永远不要去管别人！知道吗？知道吗？"

"哥哥，"我挣扎着说，"我是想帮助你……"

"帮助我？"诗尧叫着，痛楚燃烧在他的眼底，他却恼怒地对我大吼，"谁要你的帮助？谁说过需要帮助？你如果真要帮助我，你就滚出我的屋子，让我一个人待着！"

"你……你……"我气得话都说不出来，"你……不识好歹！"

"我从来就不识好歹，我自幼就不识好歹，我不需要你来提醒我！你走吧！你请吧！别来烦我！别来烦我！"

我逃出了他的房间。妈妈正站在房门外，对我默默摇头。我懊恼地冲回自己屋里，爬上了我的上铺，我就平躺在那儿生气，我气哥哥，我气小双，我气我自己。

十一点钟，小双回来了。我听到她开房门，拿睡衣，去浴室，再回房间，关房门……我在床上重重地翻身，重重地喘气，把床弄得吱吱响。

"诗卉！"小双低低地叫。

我不理她，"腾"的一下又翻了一个身。

"诗卉！"她再叫，声音温温柔柔的，可怜兮兮的。

我还是不理她，只是一个劲儿地在床上翻来覆去。

小双轻轻地叹了口气。

"你生气了。"她低声说，"就这样生气了，人家也不知道你为什么生气。"

我把枕头蒙在头上。

"好了。"她再叹了口气，"我今晚也不跟你说，等你气消了，我们再谈。"

她上了床，我依然不说话。那一夜，我们两个谁也没有睡好，我在上铺翻来覆去，她在下铺翻来覆去，两个人都一直这样折腾到天亮。

8

一连好几天,我和小双都处在冷战的局面中。我持续地和她怄气,不跟她说话,谁知小双也是个倔脾气,居然也不来理我。这样,我们间的僵局就很难打开了。她那些日子,下了课总是不回家,回了家就已十一二点,她洗了澡就上床。我心里越想越气,女孩子变起心来原来是这样容易的,男女之间还谈什么天长地久!雨农看我整天闷闷不乐,他忍不住地说:

"诗卉,你什么都好,就是喜欢认死扣!你想,小双和你哥哥到底恋过爱没有?"

我耸耸肩。

"你说呀!"雨农追着问,"他们曾经海誓山盟过吗?他们曾经如胶似漆过吗?他们曾经像我们这样公开地承认是一对儿吗?你说!"

我呆了。半晌,我闷闷地说:

"我知道哥哥喜欢小双,小双也该知道!"

"呵！说得好！"雨农叫着说，"你知道！你知道又有什么用！你又不是小双！即使小双知道，她不爱你哥哥也没办法！从头至尾，她和诗尧就没进入情况，男女之间，连接吻都没接过，怎么算恋爱？你硬给小双扣上一个变心的罪名，才是滑天下之大稽！诗卉，你醒醒吧！这件事，不是凭你一厢情愿就办得到的！何况，你热心了半天，弄得小双生气，你哥哥也不领情，你这是何苦呢？"

一语提醒梦中人，真的，这又是何苦呢？小双不理我，诗尧也成天板着脸，从早到晚往外跑，家里连他的面都见不着了，看样子，我是剃头挑子一头热，完全瞎操心！我叹口气，决心不管这件事了！偏偏那天晚上，我和雨农看了场电影，散场后，天气热得我发昏，我就一直闹着要吃冰淇淋。雨农说有家新开的咖啡馆气氛不错，我们就决定破费一番，到了"明星"。我才坐下来，就一眼看到诗尧和黄鹂坐在一个角落里，两人正面对着面、鼻子对着鼻子地谈得好亲热。我这一下火冒十八丈，气得我冰淇淋也不吃了，咖啡也不喝了，掉头就走出了咖啡馆，嘴里还叽里咕噜地诅咒个不停：

"从此，我朱诗卉如果再管哥哥的闲事，我就不是妈妈爸爸养的！我就是混账王八蛋！我就不是人！"

雨农跟在我后面追，直着脖子叫：

"你怎么了？怎么了吗？这也犯得着生气？应该大大方方走过去打个招呼，一来表示风度，二来，我们的冰淇淋费也省了，你哥哥准请客！"

"好啊！"我站住了，瞪着眼睛大嚷，"原来你连请我吃冰淇淋都小气，想占我哥哥的便宜！你啊，你真是个小气鬼！"

接着，我就一连串地骂了起来：

"小气鬼，喝凉水，砸破缸，割破嘴，娶个太太……"我慌忙咽住了，因为，下面的句子是说"娶个太太吊死鬼，生个儿子一条腿"。想想，将来他的太太是我，我岂不是自己骂自己？如果再生出个"一条腿"的儿子来，我非跳河不可！这可不能任着性子说下去了。雨农瞅着我直笑，一个劲儿地说：

"说啊！说啊！看你还有什么好话，你就都说出来吧！干吗又不说了呢？"

我对他龇牙咧嘴瞪眼睛，他大笑了起来，一把挽住了我，说："娶个太太叫诗卉，生个女儿要最美！好不好？"

我忍不住笑了。于是，这天夜里，我主动地和小双讲和了。那晚我回去的时候，小双已经躺在床上，还没睡觉，她正拿着本《张爱玲短篇小说选》在床上看着。我走过去，拿开了她手里的书，不由分说地往她身边一挤，我说：

"小双，你真打算一辈子不理我了哦！"

小双嫣然一笑，用胳膊挽住了我的脖子。

"怪不得奶奶常说，你这丫头最没良心呢！"她说，"到底我们是谁不理谁啊！"

"唉！"我低叹了一声，"事实上，我是天下最有良心的人，不但有良心，还有热心。只是，所有的事情都不按理想发展，我的热心都碰到了冰块，全冻住了。"

小双翻过身来，和我面对面躺着。由于天气燠热，我们在床边开了一扇电风扇，风吹着她的长发，在枕际飘拂晃动，她的眼睛明亮生动，清柔如水。她用手抚弄着我的短发，低低地、幽幽地、细声细气地、诚诚恳恳地说了：

"诗卉，你的心事我全了解。你想，我自幼没个兄弟姐妹，三岁失母，十八岁丧父，我几乎从没享受过家庭的温暖，自从来到你家，我才知道什么叫家庭，什么叫手足之情和天伦之乐。难道我不希望永远属于朱家，永远成为你们家一分子？但是，我无法勉强我的心啊！你想，诗尧的脾气暴躁易怒，我虽出身贫困，却傲气十足，我和他是弄不好的，诗卉，你懂吗？何况，他的工作环境，使他朝夕相处的，都是一些善于逢迎和交际的女孩子，我又心直口快，难免常出不入耳之言，他怎会喜欢我呢？诗卉，你想想看吧！"

我凝视着她，有句话一直在我口腔中打滚，我真想告诉她，诗尧是喜欢她的，只是强烈的自卑感和傲气在作祟。可是，我想起咖啡馆里诗尧和黄鹂，我忍了下去，我才二十一岁，我并不能完全了解人心啊。

"那么，"我说，"你是爱上卢友文了？"

她转开头去，低叹了一声。

"这么短的时间，怎么谈得上爱情！"她坦白地说，"不过，我承认，卢友文很吸引我。他和我有相同的身世，有相似的感触。他有他的优点，他有雄心，有壮志，有梦想，有热情。跟他在一起，你会不由自主地受他影响，觉得普天之下，都无难事。再加上，他懂得那么多，和他谈文学，会使我觉得我像个幼稚园的小孩子！"

我望着她，她脸上绽放着光彩，眼睛里燃烧着火焰。还说谈

不上爱情呢?她根本就在崇拜他!我吸了口气,忍不住闷闷地说了句:

"你有没有和他谈谈音乐呢?"

"音乐!"她低呼,脸红了,好像我提到了一件使她羞惭的事似的,"音乐只是用来陶情养性的一种娱乐品而已,怎么能和文学相提并论呢?"

哦!我望望天花板,想到她曾经如何骄傲于她自己的音乐修养!想到她曾怎样热心于钢琴和作曲!现在,这一切都微不足道了!爱情,爱情的力量有多么伟大!在那一瞬间,我明白了一件事,我的哥哥已不战而败了,因为,卢友文甚至拔除了小双身上的那份傲气!诗尧是永远也做不到的。

"这些天,你们都在一起吗?"

"是的。"

"他有没有开始他的写作?"

"他租了一间小阁楼,真正的小阁楼,"她笑笑,"这些天,我帮他布置,等一切就绪,他就要开始写了。只是,他仍然在一个补习班兼了两节英文,他说理想是理想,现实是现实,不兼课,连房租都付不出!"

"稿费呢?"我问。"要写出稿子来,才有稿费啊!"小双笑着说,望着我,使我觉得我说了傻话。

"好吧,小双,"我想了想,正色说,"我接受了你的卢友文!代表我们全家接受他!以后,你可以把他带到家里来,我们家的女孩子交男朋友,从不躲避长辈。奶奶说的,男大当婚,女大当嫁,这是件光明正大的事!无须乎害羞的!"

小双深深地望着我,望了好久好久,然后,一层泪光浮上了她的眼珠,她骤然用双臂抱紧了我,啜泣着、呜咽着说:

"诗卉,你不要再和我怄气了吧!我们永远不要怄气了吧!不管发生了些什么,不管我们将来是分散还是团聚,我们永远是好姐妹,是不是,诗卉?"

我一下子就热泪盈眶了,抱紧了她,我们紧紧依偎着,紧紧环抱着,就像她来我家的那第一个晚上一样。只是,我们的眼泪却与那晚大不一样了。我虽代她欣喜,我却也有数不清的惆怅和遗憾!小双,她是应该姓朱的!她应该是我们朱家的人!这样,几天后的一个晚上,小双和卢友文一起从外面回来了。那晚,诗尧并不在家。卢友文坐在客厅里,依然那样容光焕发,依然那样神采飞扬,依然那样出众拔萃,依然那样侃侃而谈。

"中国的文字,因为不同于西洋的拼音字,许多文学上的句子,就不十分口语化,这是很可惜的。西洋文学,则注重于口语化,因此,外国的文学作品,往往比中国的来得亲切和生活化。"

"我不同意你,"李谦说,他也是学文学的,"文学不一定要生活化,中国文学,一向注重于文字的修饰和美,这是西洋文学永远赶不上的。"

"你所谓的中国文学,指的是古代的文学,像唐诗、楚辞、元曲、宋词一类的。"卢友文说,"我指的,却是现代的小说。假若小说不生活化,对白都来个文绉绉,实在让人受不了。"

"但是,你不能否定中国文字的优点!"李谦有点为抬杠而抬杠。

"我并没有否定中国文字的优点呀!"卢友文谦和地说,"我

89

只说写小说不能拘泥于文字。因为文字是表达思想的工具,词能达意,才是最重要的。如果你尽在文字上做功夫,非弄出一篇'太窥门夹豆'来不可!"

我们大家都愣了愣,不知道这个"太窥门夹豆"是个什么玩意儿。雨农首先忍不住,问:

"什么'太窥门夹豆'?"

"以前有个人作诗,"卢友文说,笑了起来,"他写了四句话,是:'太窥门夹豆,丫洗盆漂姜,况腰三百假,肉头一黄香。'所有的亲戚朋友,没有一个人看得懂,问他是什么意思,他才解释说:'太太在门外偷看我,眼珠夹在门缝里像颗豆子一样。丫头在洗脚,三寸金莲在水盆中像漂着块生姜。况腰的意思是二哥的腰,因为况字拆开来是二兄二字,二哥腰里有三百两银子,那银子是假的。肉头的意思是内人的头,因为肉字拆开来是内人二字,内人头上插了一朵黄花,那花是香的。'大家听了,这才明白过来了。作诗作到必须解释才能懂,也算是走火入魔了。"

我们大家都笑了起来,想着这首诗,越想就越好笑。爸爸的兴致最高,他拿了支笔,硬把这首诗记了下来,说要拿去讲给同事们听。因为这首诗,话题就转到中国的文字游戏上,像字谜、宝塔诗、对联、拆字、回文等。因而谈起苏蕙的织锦回文,谈起"无边落木萧萧下"的字谜。爸爸一时高兴,忽然说:

"我出一个文字游戏给你们,看看你们这群年轻人对中国文学和文字的修养到底到什么地步。你们这里有两个是学文学的,诗晴、诗卉和小双也都够聪明。这游戏一半要利用点猜字谜的本领,一半要有律诗的常识。"说着,他拿出一张纸来,在上面写下了一个古古怪怪的"文字塔"：

月
沽月上
魄兔月童膧
幽光日月忽散一
银垂已向月兆胹秋天
钓圆绽今其月漾玉球馥郁
收中镜色山胧月蒙落外云芬桂
凭阑深夜看逾良月何处笙箫作胜游

我们大家传观着这张纸条，说实话，满屋子的人全是莫名其妙。正念也好，倒念也好，直也好，横也好，反正是糊糊涂涂的，怎么念都念不顺。爸爸说：

"别急，别急，我给你们一点儿提示，这图形中的文字，是一首七言律诗，最顶尖上的那个'月'字，是题目，用不着放入正文，现在，你们把正文念出来吧！"

这下好了，全体都挤在那张纸条边，满屋子的"月"呀、"魄"呀、"幽光"呀地闹了个没完，挤得谁也看不清楚。最后还是李谦把这"文字塔"拷贝了好几份，让大家分组研究。正在满屋子七嘴八舌、又闹又叫的讨论中，诗尧回来了。爸爸一见到诗尧，就立即叫住了他：

"来，来，来，诗尧，你也加入一个！"

诗尧站住了，望着那张纸条发愣，半晌才说：

"这是干什么？"

"爸爸在出题目考我们呢！"我嘴快地说，立刻把提示告诉了他，把他拉在我和雨农身边，让他参加我们这组一起研究。卢友文正和小双挤在一块儿，两人头并着头，肩并着肩，在那纸上指指说说，悄声地研究着。诗尧看了他们两个一眼，就一声不响地在我们身边坐下，把那张纸拿了过去，取出笔来东勾一下，西勾一下。好一会儿，屋子里只有大家细声细语的研究声，显然谁也没有得到结论。奶奶手里在钩着桌布，眼睛望着电视，笑嘻嘻地说：

"放着电视不看，去弄那个文字谜儿！自耕这书呆子，弄出一大堆书呆子来了。"

诗尧忽然抬起头来：

"爸，你必须再给一个提示，这首律诗用的是什么韵？"

爸爸点点头，用赞许的眼光望着诗尧：

"不错，这是个关键问题，找出韵来，就容易断句了。我就告诉你们吧，这是十一尤的韵。"

"尤字韵？"卢友文说，"那么第一句一定断在'幽'字上，第二句应该断在……断在'秋'字上……有了！"他忽然大叫了起来，"这东西很容易引人走入歧途，事实上，它是回文再加上'分书合读'的玩意儿。每个中间的'月'字都要拼到别的字上去。"于是，他朗声地念出了整首诗：

湖上朣朣兔魄幽，光明忽散一天秋，

朒[1]向已垂银钓，圆绽今期漾玉球。

馥郁桂芬云外落，朦胧山色镜中收，

凭栏深夜看逾朗，何处笙箫作胜游！

爸爸高兴地笑了，走过去，他重重地拍着卢友文的肩，热烈地说："到底不愧是学文学的！卢友文，我一直以为你念西洋文学，对中国文学不会有什么研究，现在，才知道你毕竟不平凡！"他回头望着妈妈，"心佩，这一代的孩子，实在是人才辈出，不能不让人刮目相看呢！"

我望着小双，她的眼底流转着喜悦的光彩，好温柔好温柔地望着卢友文，手里紧握着那张纸条，仿佛那纸条是个多么珍贵的东西一般。卢友文倒被爸爸称赞得有些不好意思，他笑了笑，谦虚地说：

"这不过是好玩罢了，从小我喜欢猜字谜，因此，什么卷帘格、徐妃格，也去研究了一番，这首诗里最唬人的就是那中间的一排月字，只要知道那月字不能单独成立，也就容易了。"

老实说，我很笨，一直等卢友文把整首诗念了出来，我还对着那张纸左念右念，半天才恍然明白过来，说：

"原来是绕着圈子念的！这东西根本是骗人的玩意儿，没意思！"

"你自己不学无术，"爸爸笑着对我说，"反而去批评人家骗人，想想看，要作这么一个宝塔文出来，还不容易呢！古人挖空

---

1. 朒：月初时的月亮。朓：月尾时的月亮。

心机,只换得你一句'没意思'吗?"

被爸爸这样一说,我还真闹了一个没意思。于是,我就讪讪地转向诗尧,没话找话说:

"你从哪儿来?"

"公司!"诗尧答得好简单,连"电视"两个字都省略了,他的眼睛直直地望着卢友文和小双,然后,他慢吞吞地站起身来,慢吞吞地说,"你们聊聊吧,我忙了一天,很累,想先去休息了。"他对卢友文点点头,难得那么礼貌,"不陪你了,卢先生!"

"您请便,朱先生!"卢友文慌忙说。

一个喊"卢先生",一个喊"朱先生",这两句"先生"显得真别扭、真刺耳。我愣愣地望着他们,诗尧已经站起身来,往后面走去,临走时,他很快地看了小双一眼。小双接触到他的目光,就悄然地垂下了眼睫毛,嘴唇微动了一下,似乎想说什么,却终于没有说出口来。我听到,诗尧低叹了一声,就一脚高、一脚低地走到里面去了。我望着他的背影,一时间,我觉得他那身形好孤独、好落寞、好凄凉。回过头来,我注意到妈妈也望着他的背影出神,妈妈脸上,充满了一种怅惘的、关怀的、慈爱的,又无可奈何的怜惜。

诗尧走了,室内又恢复了热闹,好像诗尧的存在与否,与大家都没有什么关系似的。大家继续热心地讨论"文字游戏",爸爸又出了好几个字谜给大家猜,大部分都猜不出来,因为爸爸的字谜太深了。卢友文也出了几个字谜给爸爸猜,我记得,其中有一个是:

"远树两行山倒影,轻舟一叶水准流。"

可把爸爸弄得头昏脑涨，他又不肯认输，也不许卢友文公布答案，拼命在那儿绞脑汁，左猜也不对，右猜也不对，最后，还是卢友文说出来了，原来是个"慧"字，那"远树两行"，据卢友文的说法，是：

"国画里的树！"

而那"轻舟一叶"就纯粹是象形的了。

那晚，玩得最开心的，是我那书呆了爸爸，我记得，他回房去睡觉的时候，还在那儿喃喃地赞美着卢友文：

"一个优秀青年！这些孩子里，就数他最优秀！"

我想，他把他自己那个"年轻有为"的儿子都忘了。小双很安静，整晚，她就安安静静地靠在卢友文身边，用她那对清清亮亮的眼睛，含笑地注视着他。当长辈们回房之后，李谦和诗晴也跟着关进房里去亲热了。客厅里剩下我和雨农、小双和卢友文。窗外，夏夜的天空里，正璀璨着满天繁星，不知名的虫声，在外面的野地里此起彼伏地鸣叫。远远地，传来一阵阵蛙鼓，有个卖馄饨面的，正一声声地敲着梆子。夏夜，就有那么一股特殊的韵味。卢友文伸手牵住了小双的手：

"小双！我们出去散散步吧！"

小双看了我们一眼，我说：

"去吧！我帮你等门！"

小双顺从地跟着卢友文出去了。我走到窗边，坐在窗台上，把两只脚都弓起来，双手抱着膝，凝视着窗外的小院。许多流萤，在玫瑰花丛中穿梭，我吸了一口气，感到那夏夜的凉风，轻拂着我的头发，我心里迷迷茫茫的。雨农走过来，把我的头揽进了他的怀里，他温存地、怜惜地说：

"我的诗卉太善良，她的小心眼里装满了心事。"

我把头依偎着他，说：

"每个人有每个人自己的幸福，是不是？"

"每个人也有每个人自己的不幸。"雨农说。不知怎的，他这句话使我打了一个寒战。

雨农告辞的时候，我送他到大门口。打开大门，我一眼看到小双和卢友文，他们正依偎在围墙边一棵大榕树下，两人拥抱得紧紧的，卢友文把小双那小小的身子，完全拥抱在他的怀中，他的嘴唇紧贴着她的。月光斜斜地照射着他们，在他们的发际肩头，镶上了一道银白色的光芒。

9

九月里，我开学了，大学四年级，不再像以前那样轻松，什么管理会计、线性规划、国际贸易、会计制度……一下子就忙得我头昏脑涨。同时，雨农一方面准备司法官考试，一方面到地方法院去当了书记官，每天要上班，要研究案子，要听审，要记录，也忙得不亦乐乎。我和雨农只有每晚见见面，见面的时候，他还捧着他的卷宗研究，我也捧着我的书本苦读，生活是相当严肃而紧凑的。

虽然我很忙，我却并没有忽略小双和卢友文的进展。卢友文现在在我们家的地位是公开了，俨然成了第二个李谦或雨农。但是，他却不像雨农和李谦，天天往我们家跑，一星期里，他顶多来个一次两次，大部分时间，反而是小双逗留在他的小阁楼里。我想，原因在于诗尧，尽管诗尧和小双之间并没发生什么，却总有那么一些微妙之处，卢友文见了谁都坦坦然然，只有见了诗尧，他就有些不对劲儿。至于诗尧见了卢友文呢，那就更不用说了。小双是善解人意的，她早就看出这种尴尬，因而，她宁愿和卢友文待在外面，也不愿带他回来。对我，小双的借口却是这样的：

"你想，友文要忙着写作，他是不能整晚往外跑的，写作完全是案头工作，他每晚都要伏案好几小时！"

"那么，"我多嘴地说，"你在旁边，岂不妨碍他写作？"

小双的脸红了红，颇不自然地说：

"我尽量不妨碍他呀，我就在一边帮他收拾收拾屋子，整理整理书籍，有时也帮他抄写抄写，给他缝缝补补衣服，我一句话也不说，大气也不出呢，怎会妨碍他呀！"

好一幅"和谐"的、"生动"的画面。我不由自主地想起《大卫·科波菲尔》里那个小"朵拉"，不知道小双的卢友文会不会成为"朵拉"的"大卫·科波菲尔"！

"他写了多少字？"我这学会计的人，难免"现实"一些，对成果的价值观比耕耘的价值观来得重。果然，小双大不以为然地说了："你以为写作好简单呀，诗卉？你以为只要坐在那儿写，就一定有作品出来呀？你才不知道写作的艰苦呢！以前，我也不知道，看到报纸副刊上，每天都有那么多文章发表，书摊上，左一本厚厚的小说，右一本厚厚的小说，就以为写作是件再容易不过的事儿。谁知，看了友文写，才明白要当个作家，真是不简单呢！"

"怎么呢？"我还是不了解，"再怎么不简单，台湾的职业作家也不少呀！例如……"

我正要举出一大堆职业作家的名字来，小双已微蹙着眉头，面带不豫之色地打断了我：

"要学那些作家，写些毫无分量的东西，风花雪月一番，骗口稿费饭吃，当然也不难！可是，友文说，写作的人必须要有艺术良心，作品先得通过自己这一关，再推出去。否则骗人骗己，非但没意义，也没道德！所以，友文对自己是相当苛求的，常常写了一整天的东西，第二天又全部作废了，他说宁缺毋滥。"

我不由自主地对卢友文肃然起敬，想起李谦写电视剧，动不动来个三声带四声带，再加上废话一大堆，看了半天还不知所云，他可真该和卢友文学习学习！即使学不到人家的写作技巧，也可以学习人家的写作精神。

"那么，"我依然不改"现实"的毛病，"他在写长篇呢，还是在写短篇呢？他'通过自己'的作品有多少？发表了没有？"

小双有点扭捏起来。

"哪有作家一开始就写长篇呀？当然是从短篇开始啦！昨天晚上，他列了个人物表……"

"人物表？"我吓了一跳，"短篇小说还需要人物表吗？又不是写《水浒传》，有一百零八个好汉！"

"不跟你说了！"小双有些生气，"你根本不了解小说和写作。如果你不严格要求，马马虎虎的，只求写出来就算数，那么，长篇小说也可以没有人物表！你看那些武侠小说，打来打去，常常写到后来，前面已经打死了的人，又活过来了，再打他个落花流水。有的小说里，同一个人可以死好几遍呢！"

我瞪大了眼睛，愣愣地说：

"我不知道你还看武侠小说！"

小双的脸又红了。

"我才不看呢!"她轻声说,"是友文告诉我的。"

这卢友文还真见多识广,中外文学、世界名著、诗词歌赋,都能懂一点不说,连武侠小说也一样涉猎!一个念过这么多书,又能刻苦自励的人,必然是有所成就的。我不禁也代小双高兴,庆幸她终于有了一个好伴侣!

十月,秋风起兮,天气有了点凉意。小双待在家里的时间更少了。这晚,雨农提议说,我们何不闯到卢友文的小阁楼里去,做一对不速之客!我也很有兴致,却有些犹豫地说:

"会不会影响人家工作呢?小双说,卢友文写作的时候是不欢迎别人打搅的!"

"管他呢!"雨农说,"像我这样的老朋友,他总不能拒我于门外吧!这卢友文真不够意思,到现在,连杯谢媒酒都没请我喝过!到他家去喝杯茶,总不能算是过分吧!"

于是,这晚,我们拜访了卢友文那著名的小阁楼。这小阁楼真是个小阁楼,原来高踞在一栋四层公寓的阳台上,是四楼那家住户搭出来,原来准备做储藏室用的,不知怎么心血来潮,把它出租了。我们气喘吁吁地爬上了四层楼。这些年来,公寓林立,我家那栋日式改良屋,是公家配给爸爸的,早就有建筑商建议合建公寓,爸爸却不答应。爬了这四层楼,我下定决心,还是不改为妙,否则,爬起楼梯来,实在有些吃不消。真亏得小双弱质娉婷,每晚这样上上下下,爱情伟大!爱情万岁!敲开了小阁楼的门,小双看到我们,惊讶得瞪大了眼睛。卢友文慌忙从书桌边跳起来,一迭连声地笑着嚷:

"稀客！稀客！真是稀客！"

"你们这儿还有熟客吗？"雨农笑着问。

"有呀，怎么没有！"卢友文说。

"是谁？"我问，"别说小双，小双可不算客！"

"是老鼠！"

我们都笑了起来，我觉得卢友文的个性倒蛮乐观的，颇有"颜回精神"，箪食，瓢饮，在陋巷，人不堪其忧，回也不改其乐！我打量着那小屋，说真的，我从没见过这样简陋的房子。整间房子是木板搭的，墙上还露着木板缝儿，冷风直从缝隙里往里面灌。屋内，一块大木板搭在两摞砖头上，算是床。好多块窄木板叠在好多块砖头上算是书架，那书架上倒还摆满了书。屋里唯一像样的家具是一张书桌和两张藤椅。书桌上，散乱地放着稿纸，写了字的，没写字的，写了一半字的……笔筒里插满了两块钱一支的原子笔，桌上还码了一排，我狐疑地望着，实在不太了解写作干吗要那么多笔？小双似乎看出我的疑问，就笑着解释说：

"那些原子笔总是漏油，要不然就写不出来，我先帮他试，好用的就放在他手边，免得写得顺手的时候没笔用！"

原来如此！有个人儿体贴到这种地步，要不成功也难！我再打量那桌子，一杯茶倒是热气腾腾的。一碟花生米、一碟五香豆腐干、一碟小脆饼，就差没有一个酒壶和酒杯。小双又解释了：

"他写东西总爱吃零食，有时写晚了，又没有宵夜可吃，给他准备一点，免得饿肚子！"

怪不得！最近奶奶爱吃的糖莲子，诗晴爱吃的牛肉干，我爱

嗑的五香瓜子儿,都没了影儿了!原来供到这边桌子上来了。卢友文把唯有的两张藤椅推到我们面前,笑着说:

"坐呀!别尽站在那儿。"

"我坐床上。"我说,往床上一坐,"咯吱"一声,木板大大地"呻吟"起来,吓得我慌忙跳起身子,小双笑弯了腰,说:

"谁要你去碰那张床!不过,它不会垮的!你放心好了,真垮了也没关系,离地只有那么一点点高,不会摔着你的!"

我小小心心地再坐了下去,那床仍然低低地叹息了一声。小双给我和雨农倒了两杯茶来,茶叶还蛮香的,一闻就知道和家里的茶叶一样,是"全祥"出品!那么,也准是小双代办的了。我喝了口茶,指指书桌,对卢友文说:

"你忙你的,别让我们来打断了你的文思,我和雨农只是心血来潮,要来看看你们两个,假如耽误你做事的话,我们马上就走!"

"别走,别走,"卢友文说,"大家坐坐、聊聊,我这儿难得有客来。你们来得也正好,我的文思刚好不顺,写也写不出,乐得休息一下。"

雨农走到书桌边,翻了翻那摞稿纸,问:

"这是篇什么小说?叫什么题目?"

"你别动他的,"小双赶紧阻止,笑着说,"待会儿他又要说找不着头了!"

"什么找不着头了?"雨农慌忙收回手来,瞪着那稿纸,"不是已经有十几页了吗?"

"你不知道,"卢友文说,"每一页都只是个头,这篇东西我已经起了十几个头,还没决定用哪一个头呢!写小说啊,就是起头最难,如果头起好了,下面就比较容易了!"

"而且,"小双接着说,"头是最重要的……"

"那当然,"我又嘴快地插了进去,"你瞧,人没手没脚还能活着,没头可不行了!"

"就是这么说!"卢友文欣然同意,"好的开始,是成功的一半,所以,开始是不能随便的,我写东西,最注重的就是这个起头了。"

"这些日子来,你写了多少篇东西?"雨农问。

卢友文笑了,一面笑,他一面用手指着小双,说:

"你问她,就是她害我!"

小双涨红了脸,又要笑,又要忍,又害羞,又抱歉,又高兴,又尴尬,不知道是一种什么表情。我和雨农面面相觑,都有点丈二和尚摸不着头脑。我是最笨的人,生平就不会猜谜语,瞪着小双,我直截了当地问:"你怎么害他了?"

小双直往一边躲,笑着说:

"你听他的!他在胡说呢!"

"怎么胡说?"卢友文嚷着,转头看着雨农,"雨农,你是知道的,以前在马祖,我累了一天,晚上还涂涂抹抹地写一点儿东西。回到台北来,原准备好好大写一番的,结果,认识了这个小双,从此,就完蛋了!"

"怎么讲?"我更迷糊了,"为什么认识了小双,你就完蛋了?"

"写作和一般工作不同,写作要专心一志,要全神贯注,要心无二用,对不对?"卢友文看看我们,"可是,我现在每天早上起来,脑子里想的是杜小双,心里记挂的是杜小双,嘴里念叨的是杜小双!她不来,我就牵肠挂肚地想着她、盼着她,茶不思,饭不想,还有什么精神写文章?等到好不容易把她盼来了,看到她一举手、一投足,就是那样惹人爱,文思就全飞了,一心一意只想和她谈天,和她说话,就是不谈天说话,和她坐在一块儿,静静地你看着我、我看着你也是好的。这种心情下,我怎么写得出东西?以前没恋爱过,不晓得恋爱原来这样占据人的心灵和精神。我不怪她,我怪谁?"

小双只是笑,一个劲儿地笑,头低俯着,眼睛望着书桌,笑得两个肩膀直哆嗦。她的面颊红扑扑的,眼睛水汪汪的,嘴角笑吟吟的。

"听他说!"她说着,"就是嘴里说得好听!八成是自己写不出东西,乱找借口!"

"天地良心!"卢友文叫着,"我如果说的不是真心话,让雷把我劈死,汽车把我撞死,房子倒下来把我压死,吃东西哽住喉咙把我哽死……"

"喂!喂!喂!怎么的吗?怎么的吗?"小双急急地跑过去,伸手去捂住卢友文的嘴,急得脸都白了,"谁要你发誓诅咒的嘛!哪儿跑出这么一大堆疯话来?"

卢友文看到小双伸手来捂他的嘴,他的个子高,就低下头来,顺势在小双的手上吻了一下,这么一来,倒好像小双是伸手过去给他吻似的。小双立刻就弄个满脸通红,一面退开,一面叽咕着说:

"瞧瞧这个人,瞧瞧这个人!一天到晚这么疯疯癫癫的,也不怕别人看了笑话！"

我和雨农交换了一个注视，这小屋挡不住风，也不见得遮得了雨，但是，屋里却洋溢着春天的气息。我看看桌上那些乱七八糟的稿纸，想着卢友文说恋爱使他无法写作的问题，会不会幸福真能阻碍艺术的发展？似乎很多伟大的艺术作品都产生在痛苦中。假若真的如此，卢友文得到小双，岂不变成了他的不幸？这问题太复杂了，我那简单的头脑有些转不过来，摇摇头，我不去想它了。

那晚，从卢友文的小屋里出来，我和雨农手挽着手，散步在秋夜的街头。夜风在我们的身边穿梭，街灯在暗夜的街头闪亮，我的头靠在雨农的肩上，带着几分我自己也不了解的隐忧，我说：

"你觉得，卢友文和小双，将来会幸福吗？"

"现在他们就很幸福了，不是吗？"雨农说，他的声音里充满了信心。挽紧了我，他分享着从卢友文那儿感染到的快乐，"相爱就是幸福。诗卉，他们幸福，我们更幸福。"

"可是我的经济观在作祟，卢友文假若不想想办法，只是一个劲儿地等灵感，恐怕他永远没有能力结婚成家，他总不能让小双跟着他住到这小阁楼里来吧！"

"别太现实，好不好？"雨农不满地说，"只要两心相许，贫穷又算什么？越是贫穷，越能考验爱情的伟大！何况，卢友文不会永远贫穷，他不成功则已，一成功就会名满天下！我们现在的社会不会埋没人才，只要你真有才华，你总有出人头地的一天！"

"是吗？"我问，我不像他那样有把握。老实说，我觉得任何社会里，都或多或少有几个被埋没的人才。

"我们等着瞧吧！"

我耸耸肩，当然，我是等着瞧的。世界上只有一样东西，永远不会加快变慢或停止移动，那就是时间。分分秒秒，时间固定在消失，所有事情，无论好的、歹的，总会到眼前来的。那晚，我回到家里已经很晚了，出乎我意料的，是诗尧还没有睡，他正一个人坐在客厅里抽烟。我很惊奇，因为诗尧如果要独自抽烟，他总是关在自己房里，不会跑到客厅里来。我走过去，问：

"你在干吗？"

"我在等小双。"他沉静地说。

我心头一凛，忍不住深深看了他一眼。

"等她干吗？"我又问。

"有话谈。"他简短地说，喷出一口烟来。

我在他对面坐了下来，我望着他的眼睛。他不说话，只是一口又一口地吐着烟雾，他的脸孔整个都隐藏到烟雾里去了，又是那种令人不可捉摸而又深不可测的样子。我迟疑了一会儿，想着那小屋里的春天。

"我今晚去了卢友文家，"我终于说出口来，"小双也在那儿，卢友文写稿，小双帮他抄。那屋子好小好破，可是他们好快活。"

诗尧熄灭了烟蒂，他紧紧地盯着我。

"你告诉我这段话是什么意思？你以为我想对小双说什么？事到如今，你以为我还能对她说什么吗？"

"我不知道你要对她说什么，"我闷闷地说，"哥哥，我从来不了解你,你永远是莫测高深的。我告诉你这段话也没有什么意义,你明知道,我是有点傻里傻气的,难免常做些没有意义的事情。"

诗尧瞪了我好一会儿,终于,他站起身来。

"诗卉,"他说,凝视着我,声音好落寞、好低柔,"你是家里最了解我的一个人!"沉吟片刻,他转身往屋里走去,在客厅门口,他站住了,回头说,"好吧!我不等小双了,请你转告她一句话,明天晚上六点十分,请她收看歌之林的节目!"

他走了,我在客厅里仍然坐了一会儿,小双还没回来。我不知道歌之林的节目与小双有什么关系,或者,那又是诗尧精心设计的节目。

十一点半,我回到房间里,很累,想睡了,我躺在床上,自己告诉自己说,我要一面睡,一面等小双,可是,我的头才挨上枕头,我就蒙蒙眬眬地睡着了。小双是什么时候回来的,我完全不知道。

一觉醒来,天已大亮,小双又已不在床上了。书桌上,小双留着一张纸条:

"我要陪友文去新竹访朋友,今天不回家吃午饭,也不回家吃晚饭。"

糟糕!我忘了告诉她看电视的事!我赶到诗尧房里,用非常非常抱歉的口气告诉了他。诗尧怔了,望着我,他竟半晌说不出话来。终于他苦笑了一下,摇摇头,故作轻松地说:

"算了,没什么关系,反正……"他的声音低得几乎听不出来,"什么事都是命定的。"

听出他语气中那份不寻常的失望,我真懊恼得要命,但是,现在总无法跑到新竹去找小双!晚上六点十分,我倒看了那个节目,我们全家都看了,我想,没有人会对那节目有什么特殊的印象,除了我以外。因为那只是个单纯的歌唱节目,在那节目里,唱出了一支新歌,歌名叫《在水一方》。画面上,是一个长发披肩的少女的背影,站在一片茫茫水雾中,几枝芦苇,摇曳在水波的前面,使那少女的背影,更加缥缈,更加轻盈,画面美得像梦境,风吹过来,水波荡漾,少女的长发飘飞,衣袂翩然,那歌声配合着画面,清晰地唱着:

绿草苍苍,白雾茫茫,
有位佳人,在水一方。
我愿逆流而上,依偎在她身旁,
无奈前有险滩,道路又远又长。
我愿顺流而下,找寻她的方向,
却见依稀仿佛,她在水的中央。

绿草萋萋,白雾迷离,
有位佳人,靠水而居。
我愿逆流而上,与她轻言细语,
无奈前有险滩,道路曲折无已,
我愿顺流而下,找寻她的踪迹,
却见依稀仿佛,她在水中伫立。

歌声一完，镜头就定在那少女的背影上，然后化成一片模糊。那背影，依稀仿佛，就是小双的背影！

我冲进了我的卧室，因为，忽然间，我满眼眶都是泪水。

10

那天深夜,小双回来了。

我坐在书桌前面,桌上摊着我的《线性规划》和笔记本,但我一个字也没有看进去,我在存心等小双。

小双走进屋来,脸颊被太阳晒得红红的,眼光是醉意蒙眬的,嘴角是笑容可掬的。她穿着件浅紫色的毛衣,纯白色的喇叭裤,长发中分,披挥在肩上和背上,在她发际,那朵小白花始终戴着。她说,要满一年,她才除孝,算算日子,离一年的孝期也不远了,我真无法想象,小双到我们家已快一年了。合上眼睛,小双满身黑衣,伫立在我家客厅里的样子,依稀仍在眼前。现在的小双,却全身闪耀着光华,满面流露着喜悦,一转身、一举步、一语、一笑、一颦眉,全抖落着青春的气息。

"诗卉,"她笑着说,"怎么还没睡?"

"新竹好玩吗?"我答非所问,"去拜访了什么朋友?一定是个很重要的人物,是吗?"

"算了!"小双笑着说,把房门钥匙、皮包、手绢等物都抛在桌上,倦怠地伸了个懒腰,"什么朋友也没拜访,他在新竹根本没朋友!"

"哦?"我愕然地瞪着她。

她走到床边,把身子掷到床上,踢掉了拖鞋,她用双手枕着头,眼睛望着上铺底下的木板。

"是这样的,"她说,"这些日子友文总是写不顺手,他写一张撕一张,就没有一页是他自己认为满意的。昨晚,他说,他工作得太累了,我也觉得如此,一个人又不是机器,怎么能成天关在小屋里,和原子笔稿纸打交道。你看,杰克·伦敦因为当过水手,所以写得出《海狼》;海明威因为当过军人,所以写得出《战地钟声》;雷马克深受战争之苦,才写出《凯旋门》和《春闺梦里人》这些不朽名著。写作,不能脱离生活经验,他如果总是待在小屋里,只能写《老鼠觅食记》了!"

"没料到,你成为小说研究专家了!"我说。

小双得意地笑了笑,用手指划着上铺的木板。

"我也是听友文说的,他什么都知道。那些名作家的出身和历史,他都能历历说来。真不明白,他脑子里怎么可以装得下那么多东西?"

"这么说来,"我闷声说,"法国名作家左拉,一定是个交际花!"

"胡说八道!"小双笑着,"左拉是个男人,怎么能当交际花?你就会乱扯!"

"那么,他怎么写得出《小酒店》和《娜娜》。托尔斯泰一定是个女人，否则写不出《安娜·卡列尼娜》。杰克·伦敦除了是水手之外，他还是只狗，否则写不出《野性的呼唤》。海明威当过渔夫，才写出《老人与海》。我们中国的吴承恩，就准是猴子变的了！"

"吴承恩？"小双怔怔地看着我。

"别忘了，是他写的《西游记》！不是猴子，怎么创造得出一个齐天大圣孙悟空来！"

小双望着我，然后她大笑起来。

"你完全在和我乱扯一通，"她说，点了点头，"我知道，你心里自始至终，就在潜意识里反对卢友文，只要是友文说的话，你总要去鸡蛋里挑骨头！"

"我并没反对卢友文。"我耸耸肩，仍然闷闷的，"好吧，你说了半天的杰克·伦敦、海明威、雷马克，到底他们和你的新竹之行有什么关联？"

"我只是举例说明，"小双翻身望着我，"写作不是一件完全靠闭门造车，就写得出来的事情。既然友文最近写不顺手，我就建议干脆出去走走，到郊外逛逛，散散心，把自己放松一下，这样，或者就写得出来了。所以，我们今天去了青草湖，又逛了狮头山。呵！走得我浑身骨头都散了。"她掠掠头发，虽然倦意明写在她脸上，她仍然看来神采飞扬，"今天天气真好，不冷不热的，你们也该出去走走，不要整天闷在家里！这种秋高气爽的季节，才是郊游的好天气呢！"

原来她是出去郊游了！我从来不知道，出去郊游还要先弄出这么一大套理论来，于是，我的声音就更加低沉，更加无精打

采了:

"说什么访友,原来是去玩了!"

"也不完全是玩呀!"小双睁着对黑白分明的眼睛,直瞅着我,"按照友文的句子,是出去'捕捉灵感'了。"

"哦,"我用铅笔敲着书本,"想必,今天这一天,他一定满载而归了。"

小双笑了一声,把头半埋在枕头里,长发遮了过来,拂了她一脸,她闭上眼睛,一副心满意足的样子。忽然间,我觉得关于诗尧安排了半天的《在水一方》,是不必告诉她了。对她而言,那是件毫无意义的事情!我望着她,她太忙了!她要忙着帮人抄稿,忙着帮人准备纸笔,忙着帮人准备宵夜,还要忙着陪人去捕捉灵感,她还有什么心情来过问《在水一方》呢?于是,这晚,我什么话都没说。

几天之后,《在水一方》第二次播出来,小双依旧没有看到。等到小双终于看到《在水一方》的播放时,已经是十一月中旬了。那晚的节目播得很晚,小双凑巧在家,正拿着毛线针,和奶奶学着打毛衣。我一看那毛线是咖啡色的,又起了三百多针的头,就知道毛衣是卢友文的了。她坐在沙发里,一面打毛衣,一面漫不经心地看电视。卢友文那晚也来我家坐了一会儿,就说要赶一篇小说,先走了。诗晴和李谦,那阵子正忙着找房子、看家具,筹备结婚,所以不在家。妈妈和爸爸早回房休息了。客厅里,那晚只有我、雨农、小双和奶奶。诗尧也在他自己房里,这些日子来,他是越来越孤僻了。当《在水一方》播出来时,小双忽然整个身子一跳,毛线团就滚到地板上去了。她立即坐正身

子,瞪大眼睛,一眨也不眨地望着电视机。她那样注意,那样出神,使奶奶也扶了扶老花眼镜,扑过去望着电视机说:

"这是哪个歌星呀?我好像从来没见过!"

我慌忙把手指压在嘴唇上,对奶奶轻"嘘"了一声。奶奶瞅着我,又转头看看小双,再瞪大眼睛看看电视,莫名其妙地摇摇头,叽里咕噜了一句:

"不认得!完全不认得!"

奶奶归里包堆,认得的歌星也只有一个白嘉莉!这歌星她当然不认得。事实上我也不认得,因为他是个新人,不是女孩子,是个男歌星!画面上,已完全不同于以前的方式,这次,对着镜头的是那个男歌星,歌喉相当嘹亮,而且,相当有韵味。但是,在这歌星的背后,却有个隐隐约约的女孩子,站在一片水雾之中。那女孩依然长发垂肩,穿着一件白纱的衣服,迎风而立,飘飘然,盈盈然,如真如幻,似近还远!当那男歌星唱完最后一句"我愿顺流而下,找寻她的踪迹,却见依稀仿佛,她在水中伫立"的时候,小双回过头来了,她的眼睛紧盯着我,她的脸色苍白,呼吸急促,而神情激动。

"你怎么不告诉我?诗卉?"她责备地说,"诗尧为什么也不告诉我?"

"告诉你什么?"我说,"告诉你今晚要播《在水一方》吗?我根本不知道今晚会播,诗尧大概也不知道,因为这支歌已经播出好多次了!第一次播出的时候,哥哥确实要我告诉你。但是,那天你和卢友文'捕捉灵感'去了。以后,哥哥也没提。你呢?你反正整晚不在家,你反正对电视不感兴趣,你反正任何电视节目都不看，而且，音乐是什么？音乐不过是娱乐品而已，告诉你又有什么用呢？"

小双望着我，半响，她没有说话，然后，她站起身来，拾起沙发上的毛线针和地上的毛线团，一声不响地走进房里去了。雨农拉拉我的衣服，在我耳边说：

"帮个忙，别再惹麻烦了，现在，早是大局已定了！你别再制造出一点问题来！"

"那么，你担心些什么呢？反正大局已定了！"我瞪了他一眼。奶奶看看我们，看看电视，说：

"你们在吵架吗？诗卉，你怎么一忽儿和小双吵，一忽儿和雨农吵？你这个脾气啊，是越惯越娇了！"

"奶奶！"我生气地喊，"你什么都弄不清楚，就少管我们的闲事吧！"

"瞧吧！"奶奶说，"现在又和我吵起来了！好啦，好啦，我走，我回房间去，别让小两口看着我这副老骨头讨厌！"

"哎呀，奶奶！"我慌忙扑过去，一把抱住奶奶的脖子，猴在她身上说，"奶奶，你怎么的吗？人家又不是和你生气！"

奶奶用手指戳了我的鼻尖一下，亲昵地望着我，笑着对我说：

"别以为奶奶是老糊涂，奶奶心里也明白。诗卉，几个孩子里，就你心地最善良、最傻、最爱管闲事。我告诉你吧，凡事都有个天数，人算总是不如天算的！你别扭，奶奶心里也别扭，可是，人总拗不过天去，是不是？"

我笑笑，摇摇头，叹口气。奶奶也笑笑，摇摇头，叹口气。然后，奶奶回房间去了。我走过去，关掉了电视，坐在沙发上发呆。雨农明天早上八点钟就要出庭，审一件"公公告儿媳妇遗弃"的怪案子。他走过来，揉揉我的短发，怜惜地说：

"少操别人的心了，好不好？如果你时间有得多啊，就想想我们的未来吧！"

我勉强地笑笑，心里是一百二十分的"心酸酸"，自己也不知道为什么。雨农走了以后，我仍然独自坐在客厅里，用手托着下巴，我只是默默地出着神。我不知道这样坐了多久，诗晴回来了，我还是坐着，满屋子都关灯睡觉了，我还是坐着。最后，小双出来了，望着我，她说：

"诗卉，你不准备睡觉了吗？"

我看着她，她的眼圈红红的，似乎哭过了。为什么？为她死去的父亲，为那支《在水一方》，还是为了诗尧的一片苦心，我不知道，我也不想知道了。回到房里，我们都没再说什么，就睡了。

几天以后一个深夜，我和小双都在卧房里，我正在做会计制度的笔记，小双在打毛衣。忽然间，有人敲门，我还没说话，诗尧已经闯了进来，他的脸发红，呼吸粗重，一进门，就是一股浓烈的酒味！他喝了酒，这么晚，他不知道从什么地方喝了酒来！在我的记忆里，诗尧是从不喝酒的。我站起身，惊愕地叫了一声：

"哥哥！"

诗尧不理我，他的眼睛直勾勾地望着小双，好像房里根本没有我这个人的存在。小双坐在床沿上，毛线针和毛线团都放下了，她呆呆地抬着头，有点惊惶地、茫然地、不知所措地看着诗尧。我望望他们，悄然地退到屋子最暗的一个角落里，我缩在那儿，一动也不动。

"小双！"诗尧叫，走了过去，重重地坐在我刚才坐过的椅子里，转过椅子，他把椅子拉到床边，面对着小双，"我有一样东西带给你！我想，这件东西，对你和卢友文，都非常有用！"说着，他从口袋里掏出一件东西来，放在桌上。我伸长脖子看了一眼，是一张支票！

小双的脸色雪白，眼珠乌黑，她凝视着诗尧，嘴唇颤抖着，低声问："这是什么意思？"

"一张一万元的支票！"诗尧说，"你马上可以到银行去领现款，支票是即期的，也没有画线！"

小双的脸色更白了。

"你……你认为我们没有钱用？"她低问。

"我'知道'你们没有钱用！"诗尧重重地说，"你每天早上徒步走四十分钟，到卢友文家，路上，你要帮他买烧饼油条。中午，你们大概是靠生力面维生，然后，你徒步一小时去音乐社上课，因为这中间没有直达的公共汽车！下了课，你又要买面包、牛油、火腿、花生米等东西，再徒步一小时去卢友文家！你最近加了薪，每月也只有四千元，一千五百交给了妈妈，你还能剩多少？"

小双连嘴唇都失去了颜色，她的眼睛睁得又圆又大，那眼珠显得又黑又深。她重重地呼吸，胸腔在剧烈地起伏着，她的声音好冷好沉，低得像耳语：

"你在侦察我！"

"不要管我有没有侦察你！"诗尧的声音恼怒而不稳定，空气里有着火药的气息。我浑身紧张,全身心都戒备了起来,我的哥哥喝醉了,他是真的醉了,醉得不知道自己在做什么。"我讲的都是事实,对吧?所以,这里有一万元的支票,你最起码可以坐坐计程车,和你的男朋友去吃吃小馆子!"

小双的背脊挺得好直好直,脸色板得像一块寒冰,她的眼睛死死地盯着诗尧,愤怒和屈辱明显地燃烧在她眼睛里,她的声音颤抖着,充满了激动和悲愤:

"因为我们穷,你就有权利来侮辱我们吗?因为友文热衷于写作,你就看低了他的人格吗?因为我们刻苦奋斗,你就嘲笑我们没有生活能力吗?因为我们没钱用,你就认为我们会接受你的施舍吗?……"她一连串地说着,长睫毛不停地颤动,眼珠是濡湿而清亮的,眼神是锐利而凌厉的。

"慢着!"诗尧叫,打断了小双的话,"我何时轻视过你?我何时嘲笑过你?我又何时施舍过你?我告诉你!"他提高了声音,几乎是在吼叫,"我朱诗尧再窝囊,再糊涂,再浑球,也不至于拿钱去支援我的情敌!"

小双蹙起了眉头,愕然地张开了嘴,颤声说:

"那么,那么,你……你拿支票给我干吗?"

"这是你的钱!"诗尧吼着,紧紧地盯着小双,"我已经尽了我最大的能力,钱是歌林公司拿出来的,他们买了《在水一方》的唱片权,连作曲带作词,一共算一万元!我无法使他们出得更高,不过,我已经尽了我的全力!你懂了吗?这是你的钱,是你爸爸给你的遗产!不是我给你们的恋爱费,你那样骄傲,你那样自负,我敢去侮辱你吗?我敢去施舍你吗?即使我为你心痛得全身发抖,我又何尝敢给你一毛钱?"

小双的眼睛越睁越大,困惑在她眉端越聚越深,听到诗尧最后的一句话,她已经完全怔了。她的眼光定定地望着诗尧,她摇头,起先是慢慢地、缓缓地摇头,接着,她的头越摇越快,她的声音艰涩、喑哑而震颤:

"不,诗尧,这不可能!"

诗尧迅速地抓紧了小双的手,他的酒似乎醒了一大半,他两眼发红,脸色却变白了,胸部剧烈地起伏着,他紧张地、沙哑地、口齿不清地问:

"什么事不可能?你认为歌林不可能买这唱片权吗?"

小双眼里浮上了泪影,她费力地不让那眼泪滴下来,睫毛往上扬着,她的眼睛又圆又大。

"不是歌林,是你!你不可能对我这样!"她不信任地说,"你心里不可能有我!不可能!"她又摇头,飞快地摇头,把长发摇了满脸,"我不相信这个!我无法相信这个!"

"你必须相信!"诗尧大声地说,突然激动地用手捧住了小双的脸,稳定了她那颗拼命左右摇摆的头颅,他嘶哑地说,"你必须相信!小双,我做错了许许多多的事,我像个傻瓜,居然允许那个卢友文闯进来,我愚不可及!我笨,我傻,从你走进我家的大门,我就没有做对过一件事!但是,小双,请你相信我,你带给了我一生没有忍受过的痛苦!"小双的眉头轻蹙在一块儿,眼中泪光莹然,她却始终不让那泪珠滑下来,她的眼睛就那样睁着,闪着泪光,带着凄楚,怀疑地、做梦似的望着诗尧。这眼光显然使诗尧心都碎了,因为,他猝然把她的头揽进了怀里,痛楚地喊了一声：

"小双！请相信我！请相信我！"

小双轻轻地推开他，抬眼瞅着他，依然做梦一样的，不信任似的说："你……你知道吗？诗尧，你从来没有对我表示过什么，我……我一直以为，你心里的人是……是黄鹂！"

"你——你怎么也这样傻！"诗尧粗鲁地说，"诗卉知道，妈妈知道，我想，连奶奶都知道！而你，你——"他咬牙，咬得牙齿发响，"你居然敢说你不知道？"

"我为什么该知道？"小双幽怨地问，"你一直那样骄傲，那样冷冰冰，那样就事论事！我以为……以为这只是诗卉的一厢情愿！"

"那么，"诗尧的声音颤抖了，颤抖得非常厉害，他的眼睛里燃烧着希望和渴求，他似乎一下子振奋了起来，"那么，现在表示，还不算太晚，是不是？小双，是不是？"

小双不语，却悄然地想从诗尧怀里挣脱出来。诗尧慌了，他一把拉紧了她，急促地、紧张地、语无伦次地说：

"小双，我或者很坏，或者很笨，我暴躁易怒而又不近人情。但是，小双，对于你，对于你……我怎么说呢？"他摇头，苦恼而激动，"从你第一次踏进我家大门，从你全身黑衣挺立在客厅里，我就发昏了，我就神志不清了，从没有那样自惭形秽过，从没有那样自卑过，你像个小小的神祇，庄严而端重。第二天一早，你用钢琴考我，换了别人，我是万万不会动气的，只是，你那么雅致，那么高洁，使我觉得你是瞧不起我，于是，我发火了。从此，就一步步错下去，你越吸引我，我就越错得厉害，我自己也不知道是怎么了！小双，你……你……"他喘着气，祈求地、低声下气地说，"你原谅我，我……我没有经验，我从没有恋爱过！"

小双仍然低首不语，室内静了好几秒钟，只听到诗尧那沉重的呼吸声。我紧缩着身子，大气也不敢出，生怕他们发现到我的存在而停止了谈话。但是，我显然是过虑了，他们谁也没有注意到我。小双终于推开了诗尧，她坐回到床沿上，低俯着头，她的睫毛上带着泪珠，她的嘴唇微动着，半晌，她才嗫嚅着说：

"诗……诗尧，我……我不能……"

"小双！"诗尧很快地打断了她，他紧握着她的手，脸色由苍白而又转成血红了，"你如果答复不了我，就不要答复！你想一想，想一想，好好地想一想。我并不是明知道你有了男朋友，再来和他竞争，远在他出现之前，我心里就只有你一个！只是，我笨，我糊涂，我自卑，我神经质……"

"诗尧！"小双轻声地打断了他，她的声音那样轻，却有莫大的、震撼人心的力量。诗尧立刻住了口，他神情紧张，面色阴晴不定，他死命地握着小双的手，似乎恨不得把她整个人都揉碎了，吞进肚子里去。小双的睫毛悄悄地抬了起来，她的眼睛凄然地瞅着诗尧。一看到小双这眼光，我心里已经直冒冷气。但是，我那可怜的哥哥，仍然像溺水的人，抓住浮木般不肯放松，用充满了希望的声音，他顺从地、卑微地说：

"是的，小双，你告诉我，告诉我该怎样做，才能使你不讨厌我？"

"我从没有讨厌过你，"小双轻声说，"从前没有，现在没有，以后也不会。"

"那么,"诗尧小心翼翼地说,"你会让我照顾你,让我爱你,让我宠你,让我用以后所有的生命来陪伴你,对不对?"

"不!"她的声音低而清晰,"不!"她摇着头,"诗尧,你不会喜欢一个三心二意的女孩子!"

"我不懂。"诗尧说,嘴唇已失去了血色。

"诗尧,"小双的声音虽然低沉柔和,却有股令人无从反驳的坚决,"我感激你对我的这番心,永远感激,不但感激,而且感动。那天我知道你播出《在水一方》以后,你不知道我有多感动!可是,我无法接受你的爱,因为,我已经接受了另一个男人的爱情。一个好女孩,总不能三心二意的!"

诗尧屏息了几秒钟。

"你的意思是说……"他沉着声音说,"你爱的人是卢友文,不是我,是吗?"

我的心绞扭了起来,缩在那角落里,我不由自主地用手抱住了头,不敢看他们任何一个人。然后,我听到小双的声音,那么轻柔,却像一枚炸弹般在室内炸开:

"是的,诗尧,我不能骗你!我爱的是他。我没有办法,这一辈子,我已经跟定了他!"

好一段时间,房里静悄悄的,一点儿声音都没有。我无法再抱头不理了,抬起头来,我悄然地看向他们,我看到小双静静地、凄然地瞅着诗尧,而我那哥哥,却已经变成了一尊化石!泪水涌进了我的眼眶,小双,不要太残忍!小双,不要太残忍!我忍不住了,站起身来,我冲了过去,正想劝解几句话,诗尧跳起来了，他的脸惨白如纸，眼睛里冒着火，指着小双，他一个字一个字地说：

"小双，杜小双，你结婚，你马上结婚！嫁给那个得诺贝尔奖的大作家去！今生今世，我永远不要再见到你！你既然跟定了他，你马上就跟他走！"

说完，他掉转身子，像个马力十足的火车头般，猛烈地冲出了房间。这儿，小双再也支撑不住，她哭倒在我的怀里。

"诗卉，"她哭泣着喊，"为什么他那么残忍？为什么他那么残忍！难道他连我的友谊，都不肯接受吗？"

我心底一片悲哀，小双，你又何尝不残忍！我心里说着，嘴里却说不出口。爱情上的角逐，是人类心灵上最惨烈的竞争，我了解我的哥哥，他已经彻彻底底地受了伤！你看过野兽负伤后的反噬和狂嗥吗？那就是我哥哥冲出去前所唯一能做的了。

11

接连下来的许多日子，小双早出晚归，我们全家人都几乎难得见到她了。不只家里的人见不到她，连和她同房而居的我，也一样见不到她。她总是天刚亮就出去，深更半夜才回来。她出去时我还没起床，她回来时我往往已经睡了。偶然见了面，我问她忙什么，她总是轻描淡写地说一句：

"没有什么。"

她说"没有什么"，你就没办法再追问下去。何况，不用追问，我心里也有些明白，无论天气已变得多么寒冷，无论家里已生上了火炉，无论寒风彻日彻夜地飘飞，无论雨季已湿漉漉地来临……在一栋四层公寓的顶楼上，有那么一间小阁楼，里面却永远是温暖的春天。

小双成日不回家，爸爸有些不高兴了。

"这孩子是怎么回事？你们当伯母、当奶奶的，也别因为人家姓杜不姓朱，就对她漠不关心啊！"

"哎哟，什么话！"奶奶叫了起来，"我们才巴不得宠她爱她，把她整天揽在怀里呢！可是，女孩子嘛，交了男朋友就和以前不一样了！不是我们家亲生女儿，总不太好意思让男朋友在家里耗到三更半夜。何况……何况……唉！"

奶奶没有把那个"何况"说完，却化成了一声叹息，我心里倒清楚，何况我们家有个失恋的哥哥啊！带回来既不能像李谦和雨农一样受欢迎，反而增加别人的痛苦，就不如大家避开，眼不见为净了。

"哦，"爸爸的眼光满屋子转着，"交了男朋友？那么，小双是在恋爱了？和谁？卢友文吗？"

"是的，"雨农说，"是卢友文。"

爸爸点了点头，沉吟不语了，半晌，才说：

"那孩子的眼光倒不错，卢友文虽然穷一点，但是，才气高、学问好，又肯吃苦耐劳，有雄心壮志，这样的孩子，不是久居人下者。小双年纪轻，见识却不凡，一个孤苦伶仃的女孩，没有选择个有钱有势的家庭，却看上一贫如洗的卢友文，总算难得之至了！"

当然难得！我心里在叽咕着，没看上年轻有为的电视公司副理，却看上了他，怎么不难得！但愿那个卢友文，也能知道这份难得，而珍惜这份意外的幸福就好了。爸爸既然知道了小双的行踪，也就不再介意。那一阵，我们大家都忙，我又赶上了期终考，对小双的事，也就没有太注意。一晚，小双对我说：

"今天卢友文搬了家。"

"哦？"我望着她。

"天冷得厉害，"她说，"那小木屋又搭在屋顶上，冷风成天灌进来，整个房间都像冰窖，再住下去非生病不可。而且……"她迟疑了一会儿，似乎咽住了一句要说的话，"反正，是非搬不可了，现在搬到师大附近，一栋小小的日式房子里，房东本来要拆了建公寓，可是地儿太小，建不起来，隔壁人家又不肯合建，所以房子就空着。房东说空着也是空着，不如出租。房子很破很旧了，好在却是独门独院，还有个小花园呢！只是，现在，花园里长满了荒草，整理整理，种点花木，就不失为一个写作的好环境了。"

"多少钱一个月？"我又"现实"起来了。

"八百元，另外有五千元押租。"

八百元！对很多人来说可能是个小数目，对卢友文来说，就不见得了，何况还要缴五千块押租！难得卢友文缴得出来！可是，我再看看小双，心里有了数了，那一万元的唱片费，总算派了用场！两情相悦，你的就是我的，这根本是无可厚非的事。我和雨农之间，也一样不分彼此的。只是，我那傻哥哥处心积虑，希望小双能吃好一点，少走点路，不要太辛苦……而那一万元，这样用起来，又够折腾多久呢？

接着，小双似乎更忙了，有一晚，我看到她在灯下缝窗帘，深红色的窗帘又厚又重，她用手缝，一针一线地抽着，只一会儿就扎破了手指，我说：

"好了吧！让妈妈用针车给你缝一下。"

"不用了，"她红了脸，"已经缝好了。"

原来她还不好意思呢！看样子，卢友文那新居中的一点一滴,都是小双亲手布置呢!我希望,她别自己去割草种花才好。我的"希望"刚闪过脑海没两天,小双的手指上就缠了纱布回来,我"啊唷"了一声问:

"你怎么了?"

"没什么,"她笑笑,"不知道镰刀也很利的呢!"

那晚,刚好诗尧提前回来,他们两个就在客厅中撞上了。自从发生过卧房里那一幕以后,他们两个都很小心地彼此回避着,这些日子来,几乎两人没见过面。陡然遇上,就都有些尴尬,小双立即往卧室里退,正好诗尧也想退回房间去,两人不约而同地往客厅门口闪过去,就撞了一个满怀。小双碰痛了受伤的手指,不由自主地叫了一声,慌忙提起手来甩着,这一甩,我才发现她受伤不轻,因为那纱布上迅速地被血渗透了。诗尧蓦然间脸色苍白,他一把抓住了小双的手问:"怎么回事?你受伤了!"

小双涨红了脸,夺回手去,急急地说:

"没什么,根本没什么!"说完,她身子一闪,就闪进卧室里去了。诗尧仍然呆站在那儿,半晌,才重重地跺了一下脚,自顾自地走了。客厅里,我听到妈妈轻叹了一声,接着,奶奶也轻叹了一声,于是,我也忍不住地轻叹了一声。

那天夜里,我借故到诗尧房里去,看到诗尧正躺在床上,两眼瞪着天花板发愣。我叹口气说:

"哥哥,别傻了,她为别人受伤,用得着你来为她心疼吗?"

"那个卢友文,"诗尧咬牙切齿地说,"他不该让小双受伤!"

"这话才奇怪哩!"我对诗尧真是又好气,又好笑,又可怜,"难道卢友文愿意小双受伤吗?受伤总是一个意外事件呀,没人愿意好端端受伤的！"

"我不管，"诗尧闷闷地说，"卢友文就不该让小双受伤！如果是我的女朋友，我不允许她伤到一根汗毛！"

我望着诗尧，忽然觉得他有点走火入魔，已经到了不可理喻的地步。但是，我曾担心他会因为得不到小双而恨小双，这时，却明白我的担心是太多余了。

几天后，我忽然发现小双鬓边的小白花，已经取下来了，我愕然地问：

"怎么？你的孝期已经满了吗？"

"满一年了。"小双黯然低语，"那天，我往空遥拜了三拜，也就算了。我不知道人死了之后会到什么地方去，只希望，我父亲泉下有知，能指导我，帮助我，让我一生，都不要伤害任何人。"

听她的话中有话，我深深地看了她一眼，她也深深地看了我一眼。

一时间，我觉得她几番欲言又止，似乎有什么事想告诉我，但是，最后，她仍然什么都没有说。

这样，在我期终考刚考完的第一个星期天晚上，小双忽然和卢友文联袂而来。这确实是最近的一件很稀奇的事，因为卢友文已经很久没来我们家了。很凑巧，那晚，家里的人全在场，连诗尧都没有出去。一看到卢友文，诗尧勉强地点了点头，就预备退开。谁知，小双一下子拦住了他，微笑地望着他说：

"别走开，好不好？"

小双的微笑那样温柔，那样带着点祈求的味道，诗尧立刻显得昏乱了起来，他一声不响地退回到沙发里，燃起了一支烟。

我注视着小双,觉得她今晚好特别,她穿着件粉红色薄呢的洋装,这还是我第一次看她穿红色系的衣服。脸上薄施脂粉,淡描双眉,更显得唇红齿白,楚楚动人。没料到初卸孝服的小双,和初经妆扮的小双,竟是这样娇艳,这样明媚的。卢友文呢?他也相当出色!这晚,他竟穿着一套黑色的西装,里面的衬衫簇新而雪白,打着一个黑色的领花,看来衣冠楚楚,仿佛刚参加过什么盛会。他那高而帅的身材,漂亮而英挺的面貌,傍着娇小玲珑的小双,真是一对璧人!我注意到诗尧阴郁的表情,他不自觉地缩了缩自己那矮了一截的左脚,似乎想逃避谁的注意似的。

"朱伯伯,朱伯母,奶奶,"小双忽然开了口,站在屋子中间,她浅笑盈盈,面带红晕,眼底有一抹奇异的光芒,"诗尧,诗晴,诗卉,还有雨农和李谦……"她把我们所有的人全叫遍了,然后低首敛眉,用充满了歉意和感激的声音说,"我先要谢谢大家一年来对我的多般照拂,这段恩德和这份深情,不是我三言两语谢得了的,但是,如果我不谢,好像我心里没有你们,好像我是不知感恩的,没有人心的,事实上,我只觉得一个'谢'字,无以代表我千万分之一的心情……"

"啊唷!"奶奶第一个忍不住,大叫了起来,"小双,你这是干什么呀?忽然间背起台词来了!你又没演电视连续剧,怎么念叨了这么一大堆呢!"

我们大家也惊愕地望着小双,不知道她葫芦里在卖什么药。我第一个联想到她父亲的忌日,暗想她会不会在怪我们忘了那日子,所以来了这么一大篇"反话"!妈妈把她从上看到下,毕竟比较了解女孩的心事,她柔声说:

"小双,你有什么事要征求我们的同意吗?你放心,我们是最开明的家庭,不会为难你的!"

小双的脸更红了,低着头,她清楚地说:

"我知道朱伯伯和朱伯母都是最开明的人,所以,请原谅我不告之罪。"

"哎呀,哎呀,"奶奶一迭连声地喊,"再说下去,要成了古装戏了,成语都出来了。"

"小双,"爸爸温和却庄重地问,"你到底有什么事?"

小双抬起头来,眼光对满室轻扫了一圈,然后,她望着爸爸,柔声地、清脆地、严肃地,而又郑重地说了:

"朱伯伯,我和友文已经在今天下午结婚了!"

顿时间,满室都噤住了,大家你看看我,我看看你,没有一个人相信这件事是真的。诗尧是大大地一震,一截烟灰就落到地板上,他的脸色一时间变得像一张纸,眼睛死盯着小双。妈妈却直瞅着我,好像我参与了这件事似的。本来也是,我和小双同居一室,又最亲密,怎可能不知道!我慌了,急了,也生气了!迈上前去,我一把抓住小双的手,焦灼地喊:

"你说什么?别冤大家!你要结婚,也没有人不许你结!但是从你来我们家,你就和我们像亲姐妹一样,你怎么可以偷偷摸摸地结婚而不通知我们!难道连一杯喜酒都不让我们喝吗?你这样做实在太不够意思!你倒说说清楚看,这到底是怎么回事?"

"小双!"奶奶也叫了起来,"婚姻大事,又不是儿戏,你是真结了婚,还是开开玩笑?"

"朱伯伯,朱伯母!"这回,是卢友文开了口,往前跨了一步,他对着妈妈爸爸就一鞠躬,然后,他朗声地、不亢不卑地说了,"这不能怪小双,一切都是我出的主意。如果伯父伯母有什么见怪的地方,尽管怪我好了。"

"啊唷!"奶奶说,"难道你们是真结婚了?"

"是真的,"卢友文说,"今天在地方法院公证处公证结婚的,你们不信,结婚证书在这儿!"

大家看了结婚证书,这才相信,是真有其事了。立即,满屋子议论纷纭,每个人都面有不豫之色。我再看向诗尧,现在,他整个脸都扭曲了,眉毛紧紧地拧在一块儿。我越想越气,回过头来,我对着雨农就乱嚷乱骂起来:

"好啊,雨农,亏你还在地方法院上班,他们在那儿公证结婚,你怎么会不知道?准是你和他们串通好了的!"

"天地良心!"雨农大叫着,"他们在公证处,我在法庭,地方法院那么大,我出庭记录都来不及,我怎么管得到公证处的事?何况公证结婚天天有,难道我闲得没事干,好好地去查公证结婚名单来玩吗?"

"诗卉,你们别生气!"小双对我们说,一脸的沉静,一脸的温柔,一脸的祈谅与恳求味儿。我呆了,瞪着她,我真不知道是生气好,还是去恭喜她好。掉转头,她又注视着爸爸妈妈和奶奶,她轻声地、恳切地、清清楚楚地说:"朱伯伯,伯母,奶奶,你们别生气。听我说,自从我爸爸去世,朱伯伯就把我带进朱家,一年来,吃的、穿的、用的,都和诗卉诗晴一样。想我杜小双孤苦无依,上无父母,下无弟妹,居然能享受到家庭的温暖!这一年,是我生命里最重要最重要的一年,也是我永远不会忘记的一年！难道我这样无情无义，你们如此待我，我竟然连结婚这种大事，也不和长辈们商量，就自作主张，私下办理了吗？朱伯伯，请您谅解，我实在有我的想法。认识卢友文之后，似乎是命中注定，他也是个无父无母的孤儿。我虽住在朱家，你们待我也恩深义重，但是，说坦白话，一个孤儿的心情总是比较特殊的，寄人篱下的感觉仍然深重。我和友文同病相怜，接触日久，终于谈到婚嫁。朱伯伯，您一向是很欣赏友文的，我想，如果我是您的亲生女儿，您也未见得会反对这门婚事！"

爸爸动容地望着小双，听到这儿，他不由自主地连连点头，于是，小双又继续说：

"您想，你们都待我这样好，如果我提出要结婚的要求，你们肯让我这样随便找两个朋友当证人，到法院去公证了事吗？以朱伯伯朱伯母的脾气，怜惜我是个无父无母的孩子，一定要大肆铺张一番，恐怕要做得比诗晴的婚礼更隆重，才于心平安。可是，假若那样的话，我会心安吗？一年来已经受恩深重，朱伯伯是个读书人，两袖清风，朱家并不富有，我敢让朱伯伯和朱伯母为我的婚事再破费操心吗？再加上，友文和我的看法一样，我们都觉得，结婚是两个人自己的事，两情相悦，两心相许，结为终身侣伴。这份信心和誓言更超过一纸婚书和法律的手续！所以，我们不在乎结婚的形式，也不在乎隆重与否，只在乎我们自己是否相爱，是否要永远在一起！既然决定要在一起，我们就用最简单的办法，完成了这道法律上必须通过的手续。朱伯伯、朱伯母，请你们原谅我的不告而嫁吧！假若你们还疼我，还爱我，那就不要责备我，也不要怪罪我，而请你们——给我一份祝福吧！"

说实话，小双这篇话，倒真是可圈可点。我们大家都抬着头，怔怔地望着她，简直不知道说什么好。最后，还是爸爸打破了僵局，他一个劲儿地点着头，一迭连声地说：

"好，好，好，不愧是敬之的女儿！"伸出手去，他一手拉着小双，一手拉着卢友文，诚恳地、热烈地、激动地说，"恭喜你们！希望你们永远记得今天说过的话，并肩奋斗，白头偕老！"

爸爸才说完这句话，整个房里就翻了天了，大家一窝蜂地拥上前去，把他们两个围在中间，恭喜的恭喜，问问题的问问题。我是拉住小双，又捶她，又打她，又敲她，又骂她：

"你坏透了！你这个心里有一百二十个窍的坏女孩，这么重要的事，你居然在我面前也瞒了个密不透风！你坏透了！坏透了！坏透了！"

就在我拉住小双大嚷大叫的时候，雨农也拉住卢友文闹了个没了没休：

"好啊，卢友文，你谢媒酒还没请呢，新娘子就已经娶过去了！记得在马祖的时候你说过什么？你说你要以笔为妻子，以作品为孩子，现在怎么说？怎么说？婚已经结了，你的喜酒到底请不请？你说！你说！"

诗晴一直在旁边嚷着：

"新房在什么地方呀？我们连礼也不送了吗？"

李谦喊得更响：

"没有喝喜酒，又没参加婚礼，我们闹闹房可不可以？干脆大家闹到新房里去！"

在这一大片喊声、叫声、呼喝声中，奶奶忽然排众而来，她

用手推开了周围的人,一直走到小双的面前,她大声地、重重地说:

"你们都让开,我有几句话对小双说!"

我们都不由自主地退开了,我心里还真有几分担心,不知道奶奶要说些什么。奶奶的观念一向是忽新忽旧,又开明又保守的。不过,我可以断言她对这样草率的婚姻是不会满意的。但是,事已如此,我们除了祝贺他们以外,还能做什么呢?

"小双,"奶奶开了口,伸出手去,她紧握着小双的手,"当你第一天到我们朱家来的时候,我已经决定了,你是我的第三个孙女儿。我们朱家,本也是大户人家,你奶奶自幼,穿的戴的,就没有缺过,经过两次打仗,到了台湾,奶奶的家当全丢光了。现在,奶奶唯有的一点儿东西,是一对玉镯子和一个玉坠子。镯子吗?我已经决定了,分给诗晴和诗卉一人一个。这坠子嘛,今天就给了你,别说咱们家嫁女儿,连一点儿陪嫁都没有。"说着,奶奶从她自己脖子上,解下一条金链子,从棉袄里头,拉出那个玉坠子来。那坠子倒是碧绿的,我从小看熟了,是一块镌着两条鱼的玉牌。她亲手把那玉坠子往小双脖子上挂去,一面又说:"这是老东西,跟我也跟了几十年了,听说,最近玉又流行起来了,我可不管流行还是不流行,值钱还是不值钱。奶奶有点小迷信,认为戴块玉可以避避邪,所以,小双呵,你戴去避避邪吧。这是家传的东西,希望你永远戴着,可别弄丢了,算奶奶给你的纪念品!"

小双用手握住了那坠子,她急急地说:

"奶奶,这怎么可以!你留着自己戴吧,这……"

"小双!"奶奶严肃地说,"你认为你是杜家的孩子,不想认我这个奶奶啊!"

"奶奶!"小双用充满感情的声音大叫了一句,就双手抱着奶奶的身子,一溜就溜到地板上去跪着了。奶奶慌忙把她拉起来,含泪拍着她的肩膀,颤声说:

"孩子,你够苦命了,没爹没娘的。现在结了婚,就是一个新的开始,希望从今天起,你再也没有悲哀烦恼了。"

小双被奶奶这样一招惹,就弄得满眼眶的泪水,她拼命忍着,那泪水仍然要滚下来。妈妈立刻赶上去,搂住小双,大声嚷着说:

"好了!好了!好日子可不许哭!今天无论如何,是小双结婚的日子,我们虽然什么都没准备,喝杯喜酒总是要喝的。大家吃过晚饭也相当久了,我提议,现在我们全体去'梅子'吃宵夜去,叫瓶酒,大家也意思一下!"

妈妈的提议,立刻获得了大家一致的欢呼。我望过去,诗尧始终一动也不动地坐在沙发里,猛抽着香烟。这时,他从椅子里直跳了起来,熄灭了烟蒂,他用颇不稳定的声调,打鼻子里哼着气说:

"是的!我们应该好好地庆祝一下,难得,朱家会有这种突然从天上掉下来的喜事!"

我听他的语气十分不妙,再看他的脸色就更不妙。我正想找个办法把他留在家里,妈妈已经先开了口:

"诗尧,你不是明天一早就有事吗?你留下来看家如何?"

诗尧用古古怪怪的眼光瞪了妈妈一眼,就直跨到小双面前,

135

重重地、哑声地说:

"是不是我没有权利去喝你这杯喜酒?"

小双有点惊惶,有点尴尬,有点怯意,还有更多的不安。她嗫嚅着说:

"怎么会?"

"那么,"诗尧的眼光对满屋一扫,带着股浓重的、挑衅的意味,"还有谁反对我去喝这杯喜酒吗?"他的眼光肆无忌惮地落在卢友文脸上。情况相当尴尬了。奶奶拍拍手,叫了起来:

"走啊!大家一起去啊!既然是咱们家的喜事,全家谁也不可以缺席!"

给奶奶这样一叫,才算解了围了,大家一阵喧闹,拿大衣的拿大衣,穿鞋子的穿鞋子,找围巾的找围巾……好不容易,总算出了门,浩浩荡荡地,我们到了梅子餐厅,坐下来,刚好把一张圆桌坐满。才坐定,诗尧就对女侍大声地说:

"先拿五瓶绍兴酒来,我们这儿,今晚每个人都不醉无归!取大杯子来!"

我和妈妈交换了一个眼光,妈妈微蹙了一下眉,满脸的无可奈何。女侍已迅速地拿上酒瓶和酒杯,诗尧立刻注满每人的杯子,举起杯子,他直盯着卢友文:

"人生像个战场,是不是,卢友文?"

卢友文很含蓄地、很斯文地微笑着,静静地望着诗尧。对比之下,诗尧像个败兵之将,卢友文却像个谦谦君子。桌面上的气氛十分紧张,连一向会闹会解围的奶奶,都成了没嘴的葫芦,只是眨巴着眼睛,呆望着诗尧。爸爸是根本没进入情况,只觉得诗

尧十分反常,就莫名其妙地望望大家,说:

"这是干吗?菜还没叫,就闹酒吗?"

诗尧根本不理爸爸,他已经旁若无人,大有"豁出去了"的趋势,他紧盯着卢友文:

"不知道你在酒量方面是不是也和其他方面一样强?我们今晚来比比酒量如何?"

卢友文仍然微笑着,温和地说:

"有此必要吗?在酒量上,我认输!我一向不长于喝酒!何况,"他看看小双,"今晚,我承认,不需要喝酒,我已经醉了。"

诗尧的眼里,迅速地燃烧着一抹强烈的火焰,痛楚和激怒飞上了他的眉梢,他站起身来,正要说什么,小双忽然挺身而起。她站在那儿,双手盈盈然地捧着一杯酒,是一大杯,而不是一小杯。她直视着诗尧,眼中充满了祈谅的、温柔的、歉然的和近乎恳求的神色。她清清脆脆地、楚楚动人地说:

"诗尧!先说明,我从没喝过酒。现在,我敬你一杯,谢谢你对我的多般照顾,谢谢你一切的一切!如果……我杜小双有何不到之处,也请你多多包涵!"说完,她迅速地举杯对口,直着脖子,像喝茶一样灌了下去,咕嘟咕嘟地大口咽着,才咽了两口,她就直呛了起来,转过头去,她剧烈地咳着。诗尧的脸色白得像大理石,他一伸手,抢下了小双手里的杯子,颤声说:

"够了!小双!"

放下酒杯,他默然片刻,抬起头来,他脸上已消失了刚刚的激怒与火气,剩下的是一份难以描述的萧索。他郑重地伸手压在卢友文肩上,直视着卢友文,他一个字一个字地说:

"恭喜你，卢友文！请你代我们全家，好好地照顾小双，爱护她，怜惜她！并且，请珍重你所得到的幸福！"

奶奶拍拍手，开始哇哇大叫了起来：

"好了！好了！叫菜吧！我可饿了！你们要闹酒啊，等一下再闹吧！诗晴，你说过的，梅子有一种丁香鱼最好吃是吗？不知道他们除了丁香鱼以外，有没有并蒂虾呀？"

"什么并蒂虾？"诗晴说，"听都没听说过！"

"今晚是好日子嘛！"奶奶笑嘻嘻的，"既然有丁香鱼，就该有并蒂虾！我们不是有句成语，什么合欢并蒂的吗？没有并蒂虾，来个合欢虾也可以！"

给奶奶这样一说，我们就都笑了起来。这一笑，桌上的气氛就放松了，刚刚那种剑拔弩张之势，已成过去。一餐饭，也勉强算是"圆满结束"。

小双就这样结了婚，小双就这样离开了我们家。她来也突然，去也突然。那夜，是我一年以来，第一次独睡一个房间，我失眠了，翻来覆去，我怎么样也睡不着。下铺上，还堆着小双的东西，她为了对婚事保密起见，东西都没拿走。我看着她的衣物，想着这一年来的种种事故，心里完全不知道是怎样一种滋味。最后，我实在熬不住了，翻身起床，披了一件睡袍，我来到诗尧的房里。

诗尧房里的灯亮着，我推门进去，发现他根本没有睡觉，他坐在书桌前面，拿着一支笔，在一张纸上画满了数目字。看到了我，他一声也不响，仍然拿笔在纸上乱涂着。我走过去，轻声叫：

"哥哥！"

诗尧再看了我一眼，他说：

"我在想，我从头到尾，没做对过一件事！"

"哥哥！"我说，"请你不要自怨自艾好不好？这事是天定的，从此，我相信姻缘前定这句话了！"

诗尧继续在纸上乱涂，他的声音冷峻而深邃：

"这是我的错，是我叫她结婚的，她就真的结了婚！我逼得她必须立刻作决定，因为在这个家庭里，她已无立足之地了！我从没有好好地爱她，我一直在逼她！"

"哥哥！"我蹙起眉头，伸手握住了诗尧的手，他的手是冰冰冷的，"你帮帮忙，别这样认死扣，行吗？我告诉你，即使没有那天晚上你跟她的一场吵闹，她仍然会和卢友文结婚的！"

诗尧再望了我一眼，他眼睛里已布满了红丝。低下头去，他不说话了，只是一个劲儿地在纸上写字。我情不自禁地伸头去看那张纸，只见上面横的、直的、竖的、斜的、正的、倒的……写满了同一个号码：

三百七十八

"这是什么？"我诧异地问，担忧他会不会精神失常了，"你在记谁的门牌号码？"

他摇摇头。

"三百七十八！"他低声说，"一共三百七十八天！从她第一天来开始，她一共在我们家住了三百七十八天！换言之，我也放走了三百七十八个机会！"

我深吸了口气，望着我的哥哥。天哪！从此，我再也不怀疑"人生自是有情痴，此恨不关风与月"的句子了。

12

小双结婚之后的第三天,我把小双的衣物收拾了一个小箱子,连同她常用的毯子、枕头套、被单等日用品,一股脑儿放在一起,预备给小双送去。诗晴看到了,说:

"诗卉,我和李谦商量过,关于小双的结婚,我们无论如何,不能这样毫无表示……"

"是呀!"我叫着,"我也在为这事为难呢!人家婚也结了,我们能怎么办呢?"

"我说,"雨农接口,"我们现在也不是讲客气、讲面子的时候,只是要表示一份心意。卢友文的情况我太了解,他既无背景又无亲友,穷得只剩下一把傲骨。小双呢?更不用说了,她是爱情至上,宁可跟他去喝白开水过日子。所以,我建议,我们大家凑个份子,能拿出多少钱,就拿出多少钱,凑出一个数目,让诗卉送去。诗卉和小双感情好,比较谈得来,送去的时候可以说委婉一点,不要伤了他们的自尊!"

"对!"李谦说,"咱们就这样办!最实惠!"

于是,我们躲在房里,开始"凑份子",可怜大家都穷,谁也拿不出比较像样的数字。就在我们大家筹划着、研究着、商量着的时候,妈妈来叫我,把我一直叫进了她的房里,她说:

"听说你们要凑份子送给小双。"

"是呀!"我说,"凑了半天,只凑出两千块。早知道,我上个月不做那件大衣就好了!"

"诗卉,"妈妈沉吟地说,"我和你爸爸也商量了一下,这些年来,家里总是寅吃卯粮,够用就不错了,怎么还剩得下钱!何况,诗晴结婚的时候,多少也得花钱。所以,我们凑合着,拿出个几千块,加上你们的两千,凑成一万块好了,你一起送去吧!"

"好呀!"我兴奋地喊,"这样,才算个数字,我正在发愁,怎么拿得出手呢!"

"另外,"妈妈拿出钥匙,打开了床头柜上的小抽屉,取出一个锦缎的盒子来,"这儿是一串珍珠项链,现在,日本养珠到处都是,这种项链根本不值钱了。你拿去给小双,告诉她,和奶奶的玉坠子一样,这只是我给她的一点儿纪念品。说来可笑,这还是我结婚时的陪嫁呢!你让她收着,好歹,算她跟了我这么一年!"

"哦!"我喜出望外,一乐之下,抱着妈妈就亲了一下,"妈!你真好,你真是个好妈妈!"

"瞧你!"妈妈笑着,"东西都给了小双了,你将来别吃醋,说我没有东西给你!"

"不要紧,不要紧,不要紧!"我一迭连声地嚷着,"我什么都不要！我有妈妈疼着，爸爸爱着，奶奶宠着，人家小双，什么都没有！"

妈妈一个劲儿地点头。

"这句话，倒也是良心话！即使我们都疼她，不是她的亲生父母，总是差了一层！"她望着我，"好了，你快去吧！"

于是，我带着一万块钱，带着珍珠项链，带着小双的皮箱及衣物，兴冲冲地走出了大门。才到门口，诗尧从后面追上了我，他气喘吁吁地拦在我前面：

"很好，诗卉，"他咬着牙说，"你认为我心胸狭小到连一份婚礼都不愿意送了吗？"

我站住了，讷讷地说：

"我觉得，已经……已经差不多了。要不然……要不然你也凑个份子。事实上，这一万块我就说我们全家凑的，我也不说谁拿出了多少。"

诗尧对我摇摇头，然后，他从怀里拿出一个密封的信封，放在我手里的一大堆东西上，说：

"把这个给她就行了。"

我慌忙退后了一步，正色说：

"不来！不来！哥哥，人家已经结婚了，我今天是送婚礼去的，我绝不能帮你私下传递情书！"

诗尧紧紧地盯着我：

"我发誓，绝不是情书好不好？"

"那么，"我一本正经地说，"我能不能当着卢友文的面前，把这信封交给小双，说是你送的婚礼？"

诗尧默立了片刻,他的眼光深深地望着我,里面有着痛楚,有着无奈,还有更多的萧索。

"诗卉,"他低声地说,"你是绝不肯把它私下交给小双了?"

"绝不!"我斩钉截铁地说。

他迟疑了一会儿。

"好吧!"他点点头说,"你就当着卢友文的面交给她,如果她不收,你再带回来。"

"哥哥!"我狐疑地说,"这是什么玩意儿,你还是先告诉我的好,我不愿意跑去碰钉子、闹笑话!"

诗尧恳求似的望了我一眼。

"诗卉,我是个闹笑话的人吗?"他无力地问。

"靠不住!"我摇摇头。

诗尧的脸涨红了,青筋又在他额上跳动,他一把抢下那信封来,恼怒地说:

"好吧!不求你,我明天自己送去!"

想想,如果会闹笑话,他自己送去,这个笑话准闹得更大!于是,我慌忙再把信封夺了回来,叽咕着说:

"好了,我送去,送去,如果要碰钉子、闹笑话,我就碰吧、闹吧,谁叫我是你的妹妹呢!"

于是,我把信封收在手提包里。叫了一辆计程车,我按照小双给我的地址,往和平东路的方向驶去。

车子停在浦城街的一条小巷子里,我很快就找到了那个门牌号码,因为,附近全盖了四层楼的公寓,就有那么两栋又矮又破的木板房子,非常不谐调地杂在林立的公寓之间。我按了门铃,很快地,小双跑来开了门,看到我,她又惊又喜又意外。

"哎哟,诗卉!你怎么来了?我正预备明天去接你和诗晴来玩呢!你倒先来了!"

"等你去接吗?"我哇哇叫,"你又不是不知道,我生来就是急脾气,如果你一年不来接我,难道我就等一年吗?还不快接过箱子去,我是送东西来了。"

小双慌忙接过箱子,我还抱着大堆毛毯、被单、太空被等东西,小双愕然地说:

"这是干吗?"

"你用惯的东西,我全给你带来了,反正家里没人用,你即使现在用不着,大概年底也用得着了!"

"为什么年底用得着?"小双不解地问。

"添了小宝宝呀!"我叫。

"胡说!"小双红了脸,"总是爱开玩笑!"

我跟着小双往屋子里面走,虽然手里抱着东西,我仍然对那小院东张西望地打量了一番。院子好小,小得可怜,新割除的杂草像没剃清爽的头,东一块西一块地丛生着,围墙的篱笆边有两排芭蕉和芦苇,倒长得相当茂盛,相反地,通往正屋的小径两旁,新栽了两整排的玫瑰,却都无精打采地垂着头,一副营养不足的样子。小双看出我在打量花园,就笑着说:

"这院子真别扭,种花它不长,杂草倒长得个快!"

我想起前一阵子,她说卢友文搬家啦、除草啦、种花啦,原来是在布置新房,就又狠狠地瞪了她一眼说:

"你如果早告诉我,你在布置新房,我来帮你除草施肥,保管现在已经开了满院的花儿了！"

小双笑了笑，也不说话。我走进了玄关，跨上地板，就一眼看到卢友文正在书桌前坐着，桌上堆满了书籍、字典、稿纸、茶杯等东西。看到了我，卢友文回头对着我一笑，说：

"我正写到一个高潮阶段，我不陪你，现在一中断，等下情绪就不连贯了，你不会生气吧？"

"不会！不会！不会！"我连忙说。小双已经拉拉我的袖子，指指里面的一间房间。我看她挺严重的样儿，吓得我连那间"客厅"是个什么样儿，也没看清楚，就跟着她走进了"卧室"里。到了那间卧室，我才大略明白，这也是栋经过改良的日式屋子，榻榻米换成了地板，纸门也已换成木板的隔间。但是，显然整栋房子都已年久失修，地板踩上去会咯吱咯吱响，风吹着窗棂，似乎整栋房子都在那儿摇晃、呻吟和挣扎。我把手里的东西堆在床上，四面看看，那张床倒是新买的双人床，除床以外，室内还有个衣橱、一张小桌子和两把藤椅。连化妆台都没有，只是，那桌上放着一面镜子。镜子旁边，有个小花瓶，里面插着两枝芦苇。我从不知道芦苇也能插瓶，看来挺别致的。小双笑了笑，坦白地说：

"这是'花园'里的特产，芦苇和芭蕉叶，我有时也插两枝芭蕉叶子，甚至，插两枝青草，让屋里有点生趣。"

生趣！听到这两个字，我才觉得这屋子是相当阴暗的，空气里有股潮湿与霉腐的味儿。这房子总共也只有两间，后面就是厨房和厕所，从卧房的窗子望出去，后面还有个小窄院儿，却完全是杂草蓬生了。小双红了红脸说：

"他忙着写东西,没时间除草。我呢?割一次草就弄破了手指头,他说不许我再去碰那些野草了。"

我点了点头,不想再深入地研究这房子了,反正,横看竖看,这房子就没有一点儿"新房"的样儿。平常,我还总觉得我们家的房子简陋,现在,才真知道什么叫"简",什么叫"陋",我们家的那些镂花窗格、曲曲回廊和小院里的繁花似锦,和这儿比,简直是"天堂"了。

"房子很小很破,"小双解释地说,"好在,我们两个对物质上都没有什么大要求,日子过得去就行了。"

"卢友文现在总有点稿费收入了吧?"我那"现实"的毛病又发作了。

小双的脸又红了红,顺手在床头上拿过一本杂志来,那杂志已经翻得又旧又破了。她翻开来,满脸光彩地拿给我看,那摊开的一页上,赫然是卢友文的名字,我翻了翻,是篇短篇小说,题目叫《拱门下》。

"题目就取得好,"我说,"不俗气!"

小双笑着点点头,好骄傲、好欣慰的样子。我本来还有句话,想问她这样的一篇小说,能拿到多少稿费。后来一想,别总是盯着问人家钱的问题,显得我这人满身铜臭,毫不诗意,岂不辜负爸爸给我们取名字时,加上的这个"诗"字吗?于是,我笑着从皮包里先取出我们的"份子",再取出那串项链,我交到小双手中,笑着说:

"项链是妈妈给的,她说不值钱,让你留着当纪念。'份子'是全家凑的,当然,绝大部分是妈妈爸爸拿出来的。我知道你们对金钱看得很淡,但是,生活总之是生活,柴米油盐酱醋茶,件件要花钱,我们就'现实'一番了。何况,我们都很懒,不愿意分开去想礼物,就合起来送这一份。"

小双怔怔地望着我,半天半天,她似乎还弄不清楚是怎么回事。我反复解释,她只是瞪大眼睛,直直地望着我。最后,我一急,就直截了当地说了:

"我们猜想你缺钱用,商量着把礼物折为现款,全家推派我来做代表,认为我口才好,不会伤你的自尊。现在,钱送到了,我的口才可不行,假如你认为这钱会侮辱了你的话,你就把它一把火烧了,然后把我赶出去。"

小双瞅着我,顿时间,她竟眼泪汪汪了。一把抓住了我的手,她紧紧地握着我,只说了句:

"为什么你们都对我这样好?"

说完,就低下头去,出乎我意料地哭起来了。小双一向个性强,即使眼泪在眼眶里打转,她也有本领不让它落下来。现在,她竟然毫不克制地哭泣起来,就使我心慌意乱了,又怕她把卢友文给招惹进来,因为我皮包里还有我哥哥托带的一件"危险礼物"呢!于是,我搂着她,急急地说:

"只要你知道我们都是好意,只要你能领情,只要你高高兴兴地收下,我们也就开心了!"

小双用手绢擦了擦脸,很快地收了泪,她甩甩头,振作了一下说:

"我能不收下吗?我能拒绝吗?我还不至于那样不识好歹!何况……何况……"她又低下头去,用好低好低的声音,轻轻地

147

说着,"我也不瞒你,诗卉,你们并非锦上添花,你们在雪中送炭呢!我……我实在弄得没办法了。人,仅凭傲骨也不能活的,是不是?"

我心里有点糊涂,我已料定小双生活很苦,但是,苦归苦,总可以过下去,她在音乐社有四千元一个月的薪水,卢友文也多少可以收入一点儿稿费了。两个人的需求都不大,何况,前几个月,诗尧才给了她一万块呢!我正在心里计算着,小双已抬起头来,深吸了口气,她把长发往后一掠,冲着我就嫣然地笑了,说:

"好了,让你第一次来,就看着我淌眼泪,好没意思!你坐好,我去给你倒杯茶来!"

"你别跑!"我拉住她的衣服,"还有一样礼物呢!"

"什么?"小双吓了一跳,"不来了,不来了,这样子,我真的不好意思了,管你是什么,我反正不收了。"

"你坐好,"我把她压在床上,正色说,"小双,这件礼物是什么,连我也不知道,是哥哥要我带给你的!"

小双的脸色蓦然惨白,她往后直退,我已取出那个信封,送到她面前去。小双迅速地跳起身子,挣脱了我的手,好像我拿着的是一件毒药似的。她退到门边,对我一个劲儿地摇头,脸色是严肃的、责备的,而且,是相当恼怒的。

"诗卉!你拿回去!如果你和我还是朋友,你就拿回去!不管这信封里装的是什么,只要是来自你哥哥处,我绝不收!诗卉,我告诉你,我嫁给友文,是因为我们深深相爱,跟着他,无论吃多少苦,我心甘情愿。这一生,我绝不做对不起我丈夫的事!"

她那样义正词严,她那样一团正气,她那样凛凛然不可侵犯,使我觉得自己好差劲、好可耻、好不应该。我讪讪地拿着信封,整个脑门子都发起热来了,我说:

"早就知道是碰钉子的事儿,哥哥偏要我做!回去,我不找他算账才怪!"

小双看我满面懊丧,她又心软了,走过来,她拉住我的手叹了口气,然后赔笑地说:

"别生我气,诗卉!"

"你别生我的气就好了!"我勉强地笑了笑,把那信封塞回了皮包里,经过这样一闹,我觉得兴致索然了,站起身来,我说,"好了,我要回去了。"

小双用手臂一把圈住了我,笑着说:

"你敢走!你走就是和我生气!坐下来,我给你倒茶去!"说着,她不由分说地把我推到床上去,我觉得,这时一走,倒好像真和她怄气似的,也就坐了下来。她走出了卧室,我依稀听到她和卢友文交谈了几句什么,只一会儿,她就端着杯热茶走了回来。我说:

"我们不会声音太大,吵了卢友文吧?"

"不会。"小双笑吟吟的,忽然恢复了好心情,就这么出去绕了一圈,她看来就精神抖擞而容光焕发,"他说他今天写得很顺手,已经写了两千字了。他要我留你多玩玩,帮他好好招待你!"

原来,卢友文的"顺手"与"不顺手"会这样影响小双的,我凝视着她,发起愣来了。

"怎么了?"小双推推我,笑着说,"不认得我了?"

149

"卢友文每天能写多少字？"我问。

"那怎么能有一定？"小双笑容可掬，"你在说外行话了！写作这玩意，'顺手'的时候，一天写个一千字两千字就很不错了，'不顺手'的时候，几个月写不出一个字的时候也多得很呢！"

"那么，卢友文是'顺手'的时候多呢，还是'不顺手'的时候多呢？"

"当然'不顺手'的时候多呀！"她的眼里有着真挚的崇拜，"许多大作家，穷一生的努力，只写得出一部作品来！"

"哦！"我愣了愣，不由自主地把卢友文那篇《拱门下》拿了过来，想拜读一番。小双立刻把台灯移近了我，笑着说："可能你不会喜欢他写的这种东西。"

"为什么呢？"我问。

"你看看再说吧！"

我看了，很快就看完了，那是一篇大约八千字的短篇。没有什么复杂的情节。主要是写一个矿工的女儿，认识了一位元大学生。这女孩因为平日都和一些粗犷的工人在一起，觉得自己所认识的男友都不高尚，认得这大学生后，她把所有的希望和憧憬都放在这大学生身上。一晚，这大学生约她在一个废园的"拱门下"见面，她兴冲冲地去了，带着满脑子罗曼蒂克的思想，谁知，这大学生一见面就搂住她，伸手到她的裙子里去摸索求欢，她几经挣扎，狼狈而逃。这才知道男人都是一样的。

我看完了，放下那篇《拱门下》，我默然沉思。小双小心翼翼地看看我的表情，问：

"你觉得怎样？"

"很好。"我耸耸肩,"只是不像卢友文的作品!"

"为什么?"小双问。

"我也不知道为什么,"我说,"我不懂文学。但是,我看过很多中外文学,我觉得,他可以选择更好的题材来写!例如……"我瞪着她,"写一篇你!写一篇他心目里的小双,写你的爱情,你的纯真,你为他所做的一切,如果有这么一篇东西,会比大学生伸手到女孩衣服里去,更能感动我,也更能让我有真实感!"

"我早知道你不会喜欢!"小双不以为忤地笑着,"你是唯美派!但是,你不了解人性……"

"人性就是这样的吗?"我有点激动,"卢友文第一次约会你,就把手伸到你衣服里去了吗?"

"胡说八道!"小双叫着,涨红了脸,"你别一个钉子一个眼吧,人家是写小说呀!"

"原来小说是不需要写实的!"我再耸耸肩,"我记得卢友文曾在我家大发议论,谈到小说要'生活化'的问题,我现在懂了,所谓'生活化',并非写实,而是唯丑!"

"没料到,"一个声音忽然在门口响了起来,我抬起头,卢友文不知何时,已笑吟吟地站在房门口,"诗卉对小说,还有很多研究呢!"

"研究个鬼!"我的脸发起烧来,"我不过在顺嘴胡说而已!"

小双一跃而起,她喜悦地扑过去,用双手握住卢友文的手,抬头仰望着他,她眼底又流转着那种令人心动的光华。她的声音里充满欢乐和崇敬。

"写完了吗？你瞧，手写得冷冰冰的，我倒杯热茶给你暖暖手。"说完，她像只轻快的小蝴蝶般飞了出去，一会儿，又像只轻快的小蝴蝶般飞了回来，双手捧上一杯热气腾腾的茶。卢友文接过茶来，怜惜地看了看小双，用手轻抚着她的头发，说：

"小双是个傻女孩，跟着我这个疯子受苦！"

"你是个疯子吗？"我笑着问。

"放着几百件可以赚钱的工作不去做，却在家里饿着肚子写小说，这种人不算疯子，哪种人才是疯子？"卢友文问，他的眼睛亮晶晶的，嘴角一直带着微笑，浑身都散发着一种不寻常的"力量"，一种属于精神的"力量"。我凝视他，难怪小双爱他，他确有动人心处。

"你不是疯子，"小双柔声说，"你是天才。"

"天才与疯子间的距离有多少？"卢友文问，洒脱地、自嘲地微笑着，"小双，我可能是天才，我也可能是疯子，我如果不是天才，我一定就是疯子，也可能，我既是天才，我又是疯子！"

小双"扑哧"一声笑了出来。

"你在说绕口令吗？什么天才疯子的一大堆！我不管你是天才还是疯子，你饿了吗？要不要我给你下碗面？天才也好，疯子也好，都需要吃东西，是不是？"

卢友文抚摩着小双的肩膀，温柔地笑了。

"我不要吃东西，我在想——我应该写一部书，书名就叫《天才与疯子》，说不定，这本书可以拿诺贝尔奖呢！"

小双抿着嘴角笑，望着我直摇头。

"你瞧，诗卉，这个人的脑海里只有写书！"

卢友文的笑容忽然收敛了，望着小双，他正色地、沉重地，几乎是痛苦地说：

"不，小双，我的脑海里还有你！明天，我要出去找工作了，写作既然不能当饭吃，我就该找个工作养活你，我不能让别人说，卢友文连太太都养不起！我去找个教书的工作，下了课，可以照样写作！"

"友文，"小双轻声地、小心翼翼地说，"朱伯伯他们全家，凑了一万块给我们作婚礼，还有一串项链呢！"她爱惜地举着那串项链，拿给卢友文看。

"哦！"卢友文一怔，望望那项链，又望望我，笑容全消失了。正要说什么，小双轻柔地叫：

"友文！"

卢友文咽住了要说的话，他再爱怜地抚摩着小双的头发，轻叹了一声，说：

"古人有句话说得最切实：贫贱夫妻百事哀！"

说完，他转身又出去写文章了。

我望着小双，一时间，觉得感触颇多，而又说不出所以然来。小双也坐在那儿怔怔地发愣，手里紧握着那串项链。我的眼角扫到那篇《拱门下》，我忍不住说：

"他稿费收入不高吗？"

小双望着那杂志，叹了口气。

"这种杂志，是没有稿费的！给稿费的杂志，只用成名作家的稿子！"

"那么，那些成名作家在未成名以前，怎么办呢？"

"就像友文一样吧。"小双说,"最伤脑筋的,还是友文太认真,每个字都要斟酌,写出来的东西就少了。"她看看我,忽然说,"不知道什么地方有旧钢琴卖,我想东拼西凑一下,去买一架钢琴,可以在家里收学生。"

"你那音乐社的课呢?"我诧异地问,"不上了吗?"

"音乐社这个月已经关门了。"小双笑笑说,"那老板认为利润太少,管理麻烦,不干了。所以,"她扬扬眉毛,"我也失业了。"

哦!怪不得她那么苦!怪不得她那么急需钱用!我望着小双,她又羞赧地笑笑,低声说:

"本来我也不至于很拮据,但是,你不知道一个单身汉……像友文,他是不大会支配生活的,结婚前,我才知道他借了许多债,这儿一百,那儿两百的,我就帮他一股脑儿全还清了。"

我点点头,说什么呢?每个人有每个人的选择,每个人有每个人的命!跟着卢友文吃苦,只要她认为是快乐,也就无话可说了!那晚,我回到家里,心中说不出是一股什么滋味。直接走进诗尧的房间,我把那信封重重地放在他书桌上。他看看信封,冷冷地说:

"连拆封都不拆吗?"

"是的,连我的友谊,都几乎送掉了。"

诗尧一语不发,拿起那信封来,他撕开了口,从里面抽出一张花花绿绿的纸张,他把那纸折叠成一架纸飞机,在满屋子里抛掷着。我按捺不住心里的好奇,一把抓住那纸飞机,我打开一看,是一张山叶公司出的钢琴提货单,凭条提取钢琴一架!在提货单上，我的哥哥写着一行小字：

　　宝剑以赠烈士，红粉以赠佳人。钢琴一架，聊赠知音者！

诗尧取过那提货单去，继续折成飞机，继续在屋子里飞掷着。

13

小双婚后，就很少再回到我们家来。我们家呢？诗晴定于五月一日结婚，雨农在地方法院的工作忙得要命，又要准备司法官考试。李谦正式进了电视公司，成为编审。诗尧升任经理的呼声很高，工作也多了一倍。妈妈和奶奶整天陪着诗晴买衣料、做衣服、办嫁妆……和李家的长辈们你请我、我请你的应酬不完。我忙着弄毕业论文，去银行里实习会计。这样一忙起来，大家对于已有归宿的小双，也就无形地疏远了。这之间，只有奶奶和妈妈抽空去看过小双一次，回来后，奶奶只纳闷地对我说了一句：

"亏了那孩子，看起来弱不禁风的，怎么吃得了那么多苦！"

妈妈却什么话都没说，足足地发了一个晚上的呆。

这样，在诗晴婚前，小双却回来了一趟。

那晚，诗晴和李谦仍然去采购了，诗尧、我、雨农和妈妈奶奶都在家，爸爸有应酬出去了。小双一来，就引得我一阵欢呼和一阵大叫大跳。奶奶直奔过去，搂着她东看西看，捏她的手腕，

摸她的脸颊,托她的下巴,掠她的头发……不住口地说:

"不行啊,小双,不行啊!你要长胖一点才好,人家结了婚都会胖,你怎么越来越瘦了呢?"

那晚,小双穿着一件她以前常穿的黑色长袖的洋装,领口和袖口上,滚着一圈小白花边。她未施脂粉,依然长发飘逸,面颊白皙,看来竟有点像她第一晚到我们家来的样子。她微微含着笑,对满屋子的人从容不迫地打着招呼。到了诗尧面前,她深深地看了他一眼,低低地说了句:

"谢谢你送我的礼物!"

我一怔,什么礼物?我有点糊涂,我记得,小双不是严词"退回"了他的礼物吗?怎么又跑出"礼物"来了?我望向诗尧,诗尧显得有点窘迫,但是,很快地,他恢复了自然,对小双仔细地打量了一番,他勉强地微笑着,说:

"好用吗?"

"很好。"小双说,"我收了十几个学生呢!"

我更加狐疑了,他们在打什么哑谜?我一个箭步就跨上前去,望望诗尧,又望望小双,我说:

"你们在说些什么?哥哥,你送了什么礼物?"

"一架钢琴!"小双低语,"上星期天,我刚起床,人家就抬进来了,我一直坐在那儿恍恍惚惚地发呆,心里想,原来做梦做多了就会发生幻觉的!直到听到友文在那儿哇哇叫,问我东西从哪儿来的,我才相信是真的了。后来我看到钢琴上的卡片,才知道是诗尧公司里抽奖的东西。"她望着诗尧,"这种大奖,既然没抽出去,怎么会给你呢?"

"这……这个吗?"诗尧有些结舌,眼光不敢直对小双,他显得精神恍惚而心情不定,"这是公司里的惯例,没抽出去的奖,就……就发给高级职员,代替奖金的。你……你想,咱们家已经有了一架钢琴,再要一架钢琴干吗?"

小双点了点头,望了望妈妈和奶奶:

"奶奶,我受朱家的恩惠,实在太多了!说真的,虽然这钢琴是公司给诗尧的,不是花钱买来的,但是,我无功不受禄,怎好收这么重的礼!但是,"她长叹了一声,"我可真需要一架琴。那音乐社结束之后,我……我……"她欲言又止,半晌,才吞吞吐吐地说,"我闲着没事,也怪闷的,有了琴我好开心,把以前的学生都找回来了!"她再望向诗尧,委婉地一笑,"我收了,以后再谢你!"

诗尧回过神来了,他的精神一振,小双这个笑容,显然令他心魂俱醉,他看来又惊喜、又狼狈、又兴奋、又怅然。好一会儿,他才说:"小双,不要再和我客气。我知道,我有很多事情,都做得不很得体,如果我曾经有得罪你的地方,我们一笔勾销怎么样?"小双嫣然一笑,脸红了。

"提那些事干什么,"她说,"亲兄弟、亲姐妹,也会偶尔有点儿误会的,过去就过去了,大家还是一家人。事实上,我感激你都来不及呢!谈什么得罪不得罪的话呢!要提得罪,只怕我得罪你的地方比较多呢!"我望望小双,再看看诗尧,心想,这小双也狡猾得厉害,把以前那些"不愉快",全归之于"兄弟姐妹"间的误会,这可"撇清"得干干净净了。这样也好,我那哥哥总可以死了心了。其实,不死心又怎么办呢?我注意到诗尧的表情，听到小双这几句话，他却真的高兴起来，他笑了，脸上容光焕发。我不自禁地有点可怜他：当哥哥，总比当陌生人好吧！

妈妈自始至终，就悄悄地望着诗尧不说话。当诗尧提到钢琴的来源时，妈妈才对诗尧轻轻地摇了摇头。诗尧完全看不见，这时，他又对小双热心地说：

"我还有一样东西送你！"

又来了！我暗抽一口凉气。每次，一样东西才摆平，他就又要搞出一件碰钉子的事来。果然，小双的眉头立刻蹙了蹙，脸上微微地变了色：

"诗尧，我不能再收你任何东西了！"

"这件东西，你却非收不可！"诗尧兴高采烈地说，从沙发里一跃而起，简直有点得意忘形。他一冲就冲进了屋里。小双的脸色变得非常地难看了，她望着我，有点求救的意味。我只能对她扬扬眉毛，耸耸肩膀，我能拿我这个傻哥哥怎么办！奶奶和妈妈互望了一眼，妈妈就低头去钉诗晴衣服上的亮片。室内有一点儿不自然，还有一些尴尬，就在这时，诗尧冲出来了，把一件东西往小双手里一塞，他神采飞扬地说："你能不收吗？"

小双低头看着，脸色发白了，她用牙齿紧咬着嘴唇，泪水迅速地涌上来，在她眼眶里打着转儿。我愕然地伸长脖子看过去，原来是张唱片！我心里真纳闷得厉害，一张唱片有什么了不起？值得一个兴奋得脸发红，一个激动得脸发白吗？然后，小双掉转身子来，手里紧握着那张唱片，我才看到封面，刹那间，我明白了。那张唱片的名字是：《在水一方》！

"我可以借用一下唱机吗？"小双含泪问，声音里带着点哽塞，楚楚可怜的，"家里没唱机，回了家，就不能听了！"

诗尧赶过去，立刻打开了唱机，小双小心地、近乎虔诚地，抽出了那张唱片，他们两个面对面地站在唱机前面，望着那唱片在唱盘上旋转，两人的神色都是严肃而动容的。室内安静了一会儿，《在水一方》的歌声就轻扬了起来，充满在整个房间里。全屋子的人静悄悄地听着，谁也没有说话。一曲既终，诗尧又把唱针移回去，再放了一遍，第二遍唱完，诗尧又放了第三遍。等到第三遍唱完，小双才长长地叹了口气，伸手关掉了唱机。拿起唱片，她爱惜地吹了吹上面根本不存在的灰尘，然后一层层地把它套回封套里。诗尧紧盯着她，说：

"记得你曾经答应过我的一件事吗？"

"什么？"小双有点困惑。

"你说你要把你父亲生前作的曲，填上歌词，拿给我到电视公司去唱的。你知道，《在水一方》这支歌，已经很红了吗？"

"是吗？"小双说，"我整天大门不出，二门不迈，还真的不知道呢！"

"有一天，街头巷尾都会唱这一支歌。"诗尧说，"言归正传，你以前说的话还算数不算数？最近，电视公司和唱片业都面临一个危机，没有歌可唱！很多歌词不雅的歌都被禁掉了，所以，我们也急需好歌。你说，你整不整理？一来完成你父亲的遗志，二来你也可以有一笔小收入！怎样？"

小双注视着他，然后，她毅然地一点头：

"我整理！现在有了钢琴，我可以做了！只要有时间，我马上就做！"

"别只管说啊，"诗尧再追了一句，"我会盯着你，要你交卷的！"小双笑了。我暗中扯了扯雨农的袖子，雨农就忽然间冒出一句话来：

"卢友文最近怎样？怎么不跟你一起来玩？"

我哥哥脸上的阳光没有了，眼里的神采也没有了，浑身的精力也消失了，满怀的兴致也不见了。他悄然地退回沙发里，默默地坐了下来。小双倒坦然地抬起头来，望着雨农说：

"他忙嘛，总是那样忙！"

"他那部《天才与疯子》写得怎么样了？"我嘴快地接口。

小双望着我，微笑了一下：

"他还没闹清楚，他到底是天才还是疯子呢！"

"说真的，小双啊，"奶奶插口了，"友文的稿子，都发表在报纸上呀！你知道，咱们家只订一份《联合报》，我每天倒也注意着，怎么老没看到友文的名字呀！"

"奶奶，你不知道，"雨农说，"写小说的人都用笔名的！谁用真名字呢？"

"笔名哦，"奶奶说，"那么，友文的笔名叫什么呀？他给《联合报》写稿吗？"

小双的脸红了，嗫嚅着说：

"奶奶，他现在在写一部长篇小说，长篇不是一年半载写得完的！有时候，写个十年八年、一辈子也说不定呢！在长篇没有完成之前，他又不能写别的，会分散注意力。所以……所以……所以他目前，没有在什么报纸上写稿子。"

"哦，"奶奶纳闷地说，"那么，报社给不给他薪水啊？"

"奶奶,你又糊涂了!"我慌忙接口,"作家还有拿薪水的吗?作家只拿稿费,要稿子登出来才给钱呢!在稿子没发表之前,是一毛钱也没有的!"

"哦,"奶奶更加迷糊了,"那么,写上十年八年,没有薪水,岂不是饿死了?"

"所以写文章才不简单呀!"我说,"这要有大魄力、大决心,肯吃苦的人才肯干呢!"

"那么,"奶奶是"那么"不完了,"他为什么要写文章呀?"奶奶不解地望着小双,"不是很多工作可以做吗?干吗要这样苦呢?"

"妈,这叫做人各有志。"妈妈对奶奶说,"以前科举时代'十年窗下无人知,一举成名天下晓'的人不是也很多吗?卢友文现在就正在'十年窗下'的阶段,总有一天,他会'一举成名'的!"

"哦,弄了半天,他要做官呀!"奶奶恍然大悟地说。

小双"扑哧"一声笑了,我们也忍不住笑了。奶奶望着我们大家笑,她就扶着个老花眼镜,看看这个,又看看那个,嘴里叽里咕噜地说:

"以为我不懂,其实我也懂的,他辛辛苦苦,不是想要那个'拿被儿',还是'拿枕儿'的东西吗?"

"拿被儿?"小双瞪大了眼睛。

"诺贝尔呀!"我说,捧腹大笑了起来。

这一下,满屋子都大笑了起来,笑得前俯后仰,不亦乐乎,奶奶也跟着我们笑,小双也笑。可是,不知怎的,我觉得小双的笑容里，多少有一点儿勉强和无可奈何的味道。不只勉强和无可奈何，她还有点儿辛酸，有点儿消沉，有点儿浑身不对劲儿。或者，她会误以为我们在嘲弄卢友文吧，想到这儿，我就不由自主地收住笑了。

那晚，小双回去以后，我冲进了诗尧的房里。

"那架钢琴是怎么回事？你对我从实招来吧！"我说。

诗尧望着我，满不在乎地、慢吞吞地说：

"你既然无法帮我达成任务，我就自己来！"

"好啊，原来这架钢琴就是山叶那一架！"我说，"当然绝不可能是电视公司抽奖抽剩的了！你说吧，你在什么地方弄来的钱？"

诗尧闷声不响。

"你说呀！"我性急地嚷，"一架钢琴又不是个小数字，你可别亏空公款！"

"嚷什么！"诗尧皱皱眉头说，"我什么时候亏空过公款，钢琴是她结婚那阵买的，你又不是不知道。刚好过旧历年，公司加发了年终奖金！"

"哦，"我点点头，"怪不得妈妈说，今年百业萧条，连你的年终奖金都没了！"

诗尧一句话也不说，拿着笔，他又在纸上乱涂乱写，我熬不住，又好奇地伸着脖子看了看，这次，他没有涂数目字了，只反复写着几句话：

绿草苍苍，白雾茫茫，

有位佳人，在水一方。

在水一方！在水一方！他这位"佳人"啊，真的在水的遥远的一方呢！我怔了。

五月，诗晴和李谦结婚了，新房在仁爱路，一栋三十坪左右的公寓里，三房两厅，布置得焕然一新。虽然不是富丽堂皇，却也喜气洋洋。结婚那天，小双和卢友文倒都来了，小双有些憔悴，卢友文却依然漂亮潇洒，处处引人注目，连来喝喜酒的一位名导演，都悄声问诗尧："那个蛮帅的男孩子是谁？问问他肯不肯演电影？"

"少碰钉子吧！"诗尧说，"人家是位作家呢！"

"作家又怎样！"那导演神气活现地说，"写作是艺术，电影是综合艺术，任何艺术家，都可以干电影！"

因为有这样一件事，诗晴婚后，我们就常拿卢友文开玩笑。尤其雨农，他拍着卢友文的肩膀说：

"我瞧，卢友文呀，你趁早还是去演电影吧！你看，你写了一年的小说，写得两袖清风、家徒四壁。而邓光荣、秦祥林他们呢，接一部戏就十万二十万港币！不要以为时代变了，我告诉你，百无一用的，仍然是书生呢！"

卢友文推开了雨农。

"少开玩笑吧！"他说，"要我演电影，也行，除非是演我自己的小说！"

"你自己的小说呢？"

"还在写呢！"

这样，卢友文仍然苦攻着他的小说，不管他到底写了多少，不管他发表了多少，他那份锲而不舍的精神，倒的确让人敬佩呢！

夏天，我毕了业，马上就接受了银行里的聘请，去当了会计。毕业前那一段日子，我又忙着交论文，又忙着实习，又忙着考试，有好长一段时间，我没有去看小双。毕业后又忙着就业，忙着熟悉我的新工作，也没时间去看小双。等我终于抽出时间去看小双时，已经是九月中旬了。

那天晚上，我到了小双家里，才走到房门口，就听到一阵钢琴的叮咚声。只听几个音，就知道是那部拜尔德——初步的钢琴练习曲，看样子，小双正在教学生呢！

我按了门铃，钢琴声戛然而止，一会儿，小双出来开了房门，看到了我，她笑得好开心好开心：

"诗卉，我以为你不理我了呢！"

"我看，是你不理我们了！"我立即数说着，"你是个忘恩负义的丫头，难道你不知道我正在忙考试忙就业吗？你来都不来一次，奶奶已经念叨了几百次了！"

小双的脸色变了，一瞬间，就显得又抱歉又焦急，她居然认起真来，瞪着眼睛说：

"我如果忘了你们，我就不得好死！我每天都记挂着，可是……可是……"

"哎哟，"我叫，"和你开玩笑呢！怎么急得脸都红了！这一阵子，谁不忙呢！"

走进客厅，卢友文从书桌前抬眼望了我一下，我正想走过去打个招呼,小双已一把把我拉进了卧室。我这才发现,那架山叶钢琴居然放在卧室里。钢琴前面,有个八岁左右的女孩子,长得胖嘟嘟、圆滚滚、笨头笨脑的,正在对那本琴谱发愣呢!小双小心地把卧室门关紧,回头对我笑笑说:

"怕琴声吵了他,这些日子,他又写不顺,心里又急,脾气就不大好。诗卉,你先坐坐,等我教完这孩子,就来陪你!"

"你忙你的吧!"我说着,就自顾自地歪在床上,顺手在床头上抽了一本杂志来看,一看,还是那本登载着《拱门下》的杂志,我也就随意地翻弄着。小双又已弹起琴来,一面弹着,一面耐心地向那孩子解释着,那孩子只是一个劲儿地发愣,每当小双问她:

"你懂了吗?"

那孩子傻傻地摇摇头。于是,小双又耐心地弹一遍,再问:

"你懂了吗?"

那孩子仍然摇头。小双拿起她的手来,一个指头一个指头地搬弄到琴键上去,那孩子像个小木偶似的被操纵着。我稀奇地看着这一幕,心想,这如果是我的学生,我早把她踢出房门了。"对牛弹琴"已经够悲哀了,"教牛弹琴"岂不是天大苦事!我正想着,客厅里传来一声重重的咳嗽声,接着,是重重的拉椅子声。小双立刻停止了弹琴,脸色倏然变得比纸还白了,两眼恐惧地望着房门口。我不知道发生了什么大事,就从床上坐直了身子,诧异地看着。果然,"哗啦"一声,房门开了,卢友文脸色铁青地站在那儿,重重地叫:

"小双,我警告你……"

"友文！"小双站直身子，急急地说，"我已经教完了！今晚不教了！你别生气……诗卉在这儿！"

"我知道诗卉在这儿！"卢友文对我瞪了一眼，就又肆无忌惮地转向小双，"我跟你讲了几百次了，小双，我的忍耐力已经到了饱和点了，你如果要教钢琴，你到外面去教，我无法忍受这种噪音！"他指着那孩子，"你让这傻瓜蛋立刻走！马上走，这种笨瓜蛋，你弄来干什么？"小双挺起了肩脊，把那孩子揽进了怀里，她梗着脖子，憋着气，直直地说：

"这孩子不傻，她只是有点迟钝，慢慢教她，一定教得好，没有孩子生来就会弹琴……"

"我说！"卢友文突然大吼，"叫她滚！"

那孩子吓呆了，"哇"的一声，她放声大哭，小双慌忙把她抱在怀里，拍抚着她的背脊，连声说：

"莉莉不哭，莉莉别怕，叔叔心情不好，乱发脾气，莉莉不要伤心！"那个"莉莉"却哭得惊天动地：

"哇哇哇！我要妈妈！哇哇哇！我要回家！"

"回家！回家！回家！"卢友文一把扯过那孩子来，把她推出门去，"你回家去！你找你妈妈去！赶快去！从明天起，也不许再来！"

那孩子一面"哇哇哇"地哭着，一面撒开了腿，"咚咚咚"地就跑走了。

小双呆呆地在钢琴前面坐下来，低俯着头，她轻声地、自语似的说："这下你该满意了，你赶走了我最后的一个学生！"

"满意了？满意了？满意了？"卢友文吼到她面前来，他脸色发青,眼睛里冒着火,"你知道吗?自从你弄了这架钢琴来以后,我一个字也没写出来!你知道吗?"

小双抬起头来,她直视着卢友文,她的声音低沉而清晰:

"在我没有弄这架钢琴来之前,你也没有写出什么字来!"

卢友文瞪视着小双,他呼吸急促,眼睛发红,压低了声音,他用沙哑的、威胁的、令人心寒的声音,冷冷地说:

"你是什么意思?你认为我根本写不出东西,是不是?你瞧不起我,是不是?你心里有什么话,你就明说吧!"

小双的眼睛发直,眼光定定地看着钢琴盖子,她的声音平静而深邃,像来自一个遥远的深谷:

"我尊敬你,我崇拜你,我热爱你,我信任你,所以我才嫁给了你!我知道你有梦想、有雄心、有大志,可是,梦想和雄心都既不能吃,也不能用。为了解决生活,我才教钢琴……"

"你的眼光怎么那么狭窄?"卢友文打断了她,"你只担心今日的柴米油盐,你难道看不见未来的光明远景?我告诉你,我不是一个平凡的人,你不要用要求一个平凡人的目标来要求我!"

"我尽量去看那光明远景,"小双幽幽地说,"我只担心,在那远景未来临之前,我们都已经饿死了。"

"小双,"卢友文咬牙切齿,"没料到你是如此现实、如此狭小、如此没深度、如此虚荣的女孩子!"

小双抬眼瞅着他。

"你不是一个平凡的人,但是,你一样要像一个平凡人一样地吃喝,食衣住行,没有一件你逃得掉!即使我们两个都变成了神仙,能够不食人间烟火,可是……可是……"她垂下头,半晌没说话，然后，有两滴泪珠，悄然地滴碎在钢琴上面，她轻轻地自语，"我们那没出世的孩子，是不是也能不吃不喝呢？"

我愕然地瞪着小双，这才发现，她穿了件宽宽松松的衣服，腹部微微隆起，原来她快做妈妈了！我再注视卢友文，显然，小双这几句话打动了他，他的面色变了。好半天，他站在那儿不说话，似乎在沉思着什么，脸色变化莫定。然后，他走近小双，伸手轻轻地抚摸着她的头发，接着，他就猝然地用双手把小双的头紧紧地抱在怀里，他激动地说：

"我不好，我不好，小双，我对不起你，我让你跟着我吃苦！我自私，我狭窄，我罪该万死！"

"不，不，不！"小双立刻喊着，愧悔万端地环抱住卢友文的脸，把头埋在他的怀里，一迭连声地喊，"是我不好，我说了不该说的话，我拖累了你！"

卢友文推开小双，他凝视着她，面色发红，眼光激动。

"你没有什么不好，是我不好！"他嚷着，"自从你嫁给我，没有过过一天好日子，我不能再固执了，我要去找工作，你的话是对的，即使将来有光明的远景，现在也要生活呀！我不能让你为我挨饿，为我受苦！何况你肚子里还有个孩子。我卢友文如果养不活妻儿，我还是个男子汉吗？小双，你别伤心，我并不是一个只会说大话不会做事的人，我跟你发誓，我要从头干起！"

说完，他取出笔来，拖过床上那本杂志，他在上面飞快地写下了几行字，指着那字迹对小双说：

"诗卉在这儿，诗卉作证，这儿就是我的誓言！现在，我出去了！"他掉头就往外走。

小双跳了起来,追着喊:

"友文!友文!你到哪里去?"

"去拜访我大学里的教授,找工作去!"他头也不回地走了。

这儿,小双面颊上泪痕未干,眼睛里泪光犹存,可是,嘴角已带着个可怜兮兮的微笑,她对我苦涩地摇摇头:

"诗卉,你难得来,就让你看到这么丑陋的一幕。"

我用双手抱住了她,笑嘻嘻地说:

"是很动人的一幕,世界上没有不吵架的夫妻。别伤心了,人家还写了誓言给你呢,小母亲!"

小双的脸红了,我问:

"这样的消息,也不回家去通知一声啊?什么时候要生产?"

"早呢!大概是明年二月底。"

"奶奶要大忙特忙了。"我笑着说,一眼看到那本杂志上的"誓言",我拿起来,卢友文的字迹洒脱飘逸,在那上面行云流水般地写着:

我自己和我过去的灵魂告别了,我把它丢在后面,像一个空壳似的。生命是一连串的死亡与复活,卢友文,我们一齐死去再复生吧!

我反复读着这几句话,禁不住深深叹息了。

"小双,"我感慨地说,"如果卢友文不能成为一个大作家,也就实在没天理了!你瞧,他随便写的几句话,就这么发人深省,而且,文字又用得那么好。"

"是的,文字好,句子好,只是,他写给我几百次了,他已经记得滚瓜烂熟,每当他觉得应该找工作的时候,他就写这段话给我。这是——"她顿了顿，坦白地说，"这是罗曼·罗兰在《约翰·克利斯朵夫》那本书的末卷序中的句子，他只是把'克利斯朵夫'几个字改成'卢友文'而已。"

我呆呆地看着她，愣住了。在那一瞬间，我觉得小双的语气既酸楚，又无奈。而且，她似乎隐藏了很多很多要说的话，她似乎挣扎在一种看不见的忧愁中。我注视着她，她微笑着，忽然间，我觉得这屋子里的一切都是不实际的，不真实的。尤其，小双那个微笑！

14

从小双家里回去,我没有对全家任何一个人提起有关他们夫妻吵架的事。我只告诉妈妈和奶奶,小双怀孕了。果然,这消息引起了奶奶极大的欣喜和兴趣,她嚷着说:

"瞧,她和诗晴诗卉比起来,年龄最小,但是,她第一个结婚,第一个当妈妈,这下好了,真该'拿被儿''拿枕儿''拿小鞋儿''拿小帽儿',都要准备起来了。小双那孩子,自己才多大一点儿,怎么当妈妈呢!还是我来包办吧!"

"奶奶,"我警告地说,"你在小双和卢友文的面前,可别提'拿被儿'三个字。"

"怎么?"奶奶不解地问,"原来这三个字不好哇?那么,他们自己怎么可以提呢?我看,他们每次提起来,都挺乐的嘛!"

我无法和奶奶扯不清地谈这中间的微妙,只能加重语气地说一句:"我说别提,您就别提吧!"

奶奶也是个急脾气,第二晚,她就去看了小双。回到家里来，她一进门就气呼呼地嚷：

"把我气死了！真把我气死了！"

"怎么了？"妈妈问。

"小双那孩子挺懂礼貌的，怎么会给你气受呢？"

"不是小双呀！"奶奶叫着，"我告诉你吧！我一进门，你猜那孩子在干什么？正趴在地上擦地板呢！额上的汗珠子比地板上的水还多，就这样一滴滴地往下落。我抓着她，告诉她这样可不行，有了喜的人怎能做这种重活儿。她只是对我笑，说运动运动身子也好哇！我说，这种'运动'，你就交给卢友文去运动吧！她说，男子汉怎能做女人的事，给他听到了要生气的呢……"

站在一边的诗尧，忍无可忍地插了一句：

"奶奶，你们谈话的时候，卢友文在什么地方？"

"他不在家呢！小双说，他出去找工作了。她说得才多呢！她说卢友文够委屈了哇，娶了她才要找工作，不然，就可以专心在家写东西了呀！反正，友文是这样好、友文是那样好地说了一堆。正说着说着，忽然大门被敲得砰砰乱响，就杀进来一个大胖女人……"奶奶手舞足蹈地指着我，"平常你们说我胖，那女人足足有我两个粗呢！"

"那胖女人来干吗？"我听呆了。

"那胖女人像个大坦克车似的冲了进来，手里还拉着个呆头呆脑的胖女娃呢！那女人一进门就骂，骂的可是上海话哇，我一句也听不懂，搞了半天，那女人只是'死侬、死侬'的，后来，我总算听明白了一段，她说：'我可是缴了学费让孩子学琴的，你不教也罢了，怎么骂我们孩子是笨蛋哇！现在伤了孩子的自尊心了,你给赔来吧!'小双呆呆地站在那儿,脸上一阵红一阵白的,就别提有多可怜了。人家骂了二十分钟,她也没还两句嘴儿。最后,她才走上前去,给人家左鞠躬右道歉地说:'张太太,这事都怪我不好,你们家莉莉没错儿,昨晚上我家先生脾气不好,与莉莉没关系,琴声吵了他写文章,他就说了几句重话儿……'小双的话没说完,那胖女人就哇啦哇啦又叫了一大串,说什么,你们高贵,是文学家,是音乐家,就别收学生哇!收了学生,就得教呀!给了你们钱,是让你们来欺侮咱们家孩子的嘛!小双急得眼泪都快掉出来了,只是一个劲儿说:'张太太,您就包涵包涵点吧!我学费退还给您。'说着,就翻箱倒柜地找出三百块钱来给她。那胖女人一把夺过钱去,说:'不行哇!你退一个月的钱怎么行?你要把三个月的都退出来!'小双可怜兮兮地说:'可是我教了她三个月呀!'那胖女人说:'三个月!她一支曲子都没学会,你教的是哪一门琴呀?何况你伤了孩子的自尊,影响她的什么……什么……心理……心理健康哇!我要到派出所去告你呢……'"

奶奶这儿还没说完,诗尧脸色铁青地站了起来:

"我去找那个胖女人理论去!"说着,他往门外就走。

奶奶伸手一把抓住诗尧,说:

"你去干吗?事情已经结了,要你去凑什么热闹?"

"事情怎么结的?"我焦急地问,"哥哥,你别打岔,听奶奶说嘛,后来呢?"

"后来我可忍不住了,我上前去说:'你这位太太,人家给你歉也道了,钱也还了,你怎么还没完没了呢?'我还没说完,那胖女人可真凶哇，她一撸袖子就站上前来，说：'你是要打架呢还是要动手呀？'小双急了，赶过来，她护在我前面，对那女人一直鞠躬，说好话儿，末了还说，三个月的钱，我就还你吧！只是现在手头不方便，你给个期限儿，我月底给你吧！这样，那胖女人才走了，一面走，还一面骂个不停呢！"

"还有这种事？"诗尧愤愤然地说，"那个女人住在哪里，我先登门去打她一架再说！"

"算了吧，"奶奶说，"这种女人，碰到了就算倒霉吧！这事还没完呢……"

"还没完？"妈妈瞪大了眼睛，"还要怎么样呢？"

"这样是……那胖女人才走啊，卢友文回来了，我这脾气可熬不住，就把这胖女人的事一五一十地告诉卢友文。小双直拉我袖子，直叫奶奶，我也没意会过来，还在那儿说个不停……"

"我知道了，"诗尧说，"准是卢友文发火了，又去找那胖女人算账了。"

奶奶看了诗尧一眼。

"你说倒说对了一半，卢友文是发火了，只是，他并不是对那胖女人发火，他是对小双发火了！"

"怎么？"我大声问。

"他指着小双就又骂又说：'我说的吧，那些笨孩子和那些暴发户的家长是不能惹的！谁要你教钢琴？谁要你收学生？把我的脸都丢光了！'小双本来就憋着满眼眶的眼泪呢，这样一来，眼泪就扑簌簌往下滚了。她吞吞吐吐地说了句：'我是想赚点钱嘛！'一句话，卢友文又火了，他大叫大跳地说：'谁要你赚钱哇？你是存心要在奶奶面前坍我的台呀！我卢友文穷，卢友文没钱，我可没有瞒谁呀！你嫁我的时候，说好要跟我吃苦，你吃不了苦，干吗嫁我呢？难道我卢友文，还要靠你教钢琴来养吗？'他一直吼，一直叫，气得我手也发抖了，身子也发软了，正想帮小双说两句话儿，小双却死拉着我，在我耳边说：'奶奶，你别说他，他一定在外面怄了气了！平常，他是不会这样待我的！'我看他们两个那样儿，一个愿打，一个愿挨，我说什么呢？我一气就回来了！"

奶奶说完，我们满屋子都静悄悄的。谁也不说话，半晌，妈妈才轻叹了一声，说：

"命吧！这孩子生来就苦命！"

诗尧站起身来，一声不响地就走回他房里去了。我看他脸上阴晴不定，心里有点担忧，就也跟着走进他屋里。他正呆坐在书桌前面，拿起一支铅笔，把它折成两段，又把剩下的两段折成四段。我走过去，他抬眼看了我一眼，冷冷地说：

"你好，诗卉！"

怎么，看样子是对我生气呢！人类可真有迁怒的本领！小双受气，关我什么事呢？

"我可没得罪你吧？哥哥！"我说。

"你瞒得真紧，"诗尧冷冰冰地说，"你一点儿口风都不露，原来，小双现在是生活在地狱里！"

"地狱和天堂的区别才难划分呢！"我说，"你觉得她在地狱里，她自己可能觉得是在天堂里！而且，哥哥，管他是地狱还是天堂，反正与你没关系！"

诗尧的脸涨红了，脖子也硬了，额上的青筋又出来了。他把手里的断铅笔往屋里重重地一摔，大声说：

"我能做些什么？"

"哥哥，你什么都不能做！"我正色说，"人家已经嫁为人妇，而且将为人母。你能做什么呢？你帮个忙，把小双从你的记忆里完全抹掉，再也不要去想她。她幸福，是她的事；她不幸，也是她的事！你能做的，是早点交个女朋友，早点结婚，早点给朱家添个孙子。你不要以为奶奶的观念新，她早已想抱曾孙子了！"

诗尧一眨也不眨地瞪着我，好像我是一个他从没见过的怪物似的，半晌，他恨恨地说：

"诗卉，你是一个没有感情、没有良心、没有热诚的冷血动物！"

"很好，"我转身就往屋外走，"我冷血动物，我看你这个热血动物到底能做些什么！"

诗尧一把抓住了我。

"慢着！"他叫。

我站住了，他望着我，眼中布满了红丝。

"诗卉，"他低声地说，太阳穴在跳动着，眼神是深邃而凌厉的，"帮我一个忙！请你帮我一个忙！我再也没有办法这样过下去了！"

他的神色惊吓了我，我不自禁地往后退着。

"你要做什么，哥哥？"我结舌地问。

"你去帮我安排，我必须单独见小双一面！我有许多话要对她说。请你帮我安排，诗卉！"

177

我猛烈地摇头。

"不,不!哥哥!你不能这样做!我也不能帮你安排!我绝不能!就像你说的,你失去了三百七十八个机会,现在已经太晚了!一切都太晚了!要安排,你早就该叫我安排,在她刚来我们家的时候,在卢友文没有出现的时候,甚至,在她和卢友文交朋友的时候……都可以安排!而现在,不行!不行!绝不行!"

"诗卉!"他抓紧我,摇着我,疯狂而激动地,"你要帮我!我并不是要追求她,我知道一切都晚了。往日的我,骄傲得像一块石头;现在的我,孤独得像一片浮木。我已经失去追求她的资格,我只想和她谈谈,只想告诉她,我在这儿,我永远在这儿,在她身边,在她四周……"他急促地说着,越说越语无伦次,"我永远在她旁边!我要让她了解,让她了解……"

"哥哥!"我严厉地叫,"你要说的话,她都了解的,你懂吗?在目前,你什么都不能做,你懂吗?你如果行动不慎,你只能使她受到伤害,你懂吗?"

诗尧怔住了,他呆呆地望着我,我也呆呆地瞪着他,我们彼此对视着,好一会儿,谁都没有说话,然后,逐渐地,他眼底那层凌厉之色消失了,取而代之的,是一层近乎绝望的、落寞的、怅惘的、迷茫的神色。他放松了我,颓然地走到床边,把自己重重地掷在床上,他低语:

"是的,我什么都不能做。可是——"他咬牙,"如果那个卢友文敢欺侮她,我会把他杀掉!"

我走到床边,在床沿上坐下,凝视着他:

"哥哥,请你不要傻了好不好?你难道不知道,小双热爱着卢友文吗?不管卢友文是不是怜惜小双,小双爱他,就无可奈何啊!我敢说,如果你伤了卢友文一根汗毛,你伤的不是卢友文,而是小双!"我的哥哥瞪着我。

"那个卢友文,就这么值得爱吗?"他沙哑地问。

"我不知道值不值得,"我深沉地说,"我只知道,小双以他的快乐为快乐,小双以他的悲哀为悲哀!"

诗尧翻身向着床里,一句话也不说了。

经过奶奶这样的一篇报告,经过我的一番实地探测,我们都知道小双的婚姻,并不像想象那样美满。不过,家家有本难念的经,天下哪儿找得出十全十美的夫妇呢?我们私下,固然代小双惋惜,而小双自己,是不是也懊悔这婚姻呢?一个月以后,就在我们还在谈论和怀疑着的时候,小双自己来了,像是要给我们一个答复似的,她衣着整齐,容光焕发。

那是晚上,全家人都在家。小双穿着件红衬衫,黑色的背心裙。长发中分,自自然然地披泻在肩上和背上。她略施了脂粉,看起来很有精神,很甜蜜,又很快活。诗尧一看到她,就像个弹簧人般从沙发里弹了起来,然后他就紧紧地盯着她,上上下下地打量她,似乎不大相信自己的眼睛。小双被他看得有些不好意思,微红着脸,她笑着说:"都没出去吗?真好。"

奶奶伸手牵住了她,怜惜地拍拍她的手背:

"今天气色很好,"奶奶赞美地说,"要天天这样才好,别太累着。擦地板那种工作,是不能再做了。"

小双扭了扭身子,轻笑了一声。

"不过偶然擦一次地板,就给奶奶撞着了。谁会天天去做那种工作呢？"

"友文又在家写文章吗？"雨农问，因为我在他面前告过卢友文一状，使他觉得自己这"介绍人"当得有点犯罪感，所以特别显得关切。小双回过头来，她脸上绽放着光彩。

"你知道吗，雨农？"她高兴地说，"友文找到了工作，他现在开始上班了！"

"上班？"雨农直跳了起来，仿佛这是件天下奇闻，"在什么地方上班？"

"在公司的国外贸易部，专门处理英文信件。"小双笑着说，"一天上班八小时，够他累的了。他又不习惯，下了班就喊腰酸背痛肚子痛……"

"肚子怎么会痛的？"我好奇地问。

"他说腰弯得太久了的关系。"小双笑得叽叽咯咯的，我记得，似乎很久没有看到她这样笑了，"反正，下了班，他的毛病才多呢！不过，难得他肯上班呀！像他这种人，要他上班比要他的命还严重嘛！"

"那么，他的写作呢？"雨农问。

"他还是写呀，晚上在家写。"小双望着雨农，脸上掠过了一抹困惑的神色，"雨农，说真话，你觉不觉得，友文虽然是个天才，但是，要当职业作家还是不行，主要是——他的速度太慢。我曾经研究过关于他的写作问题，为什么台湾有那么多职业作家，他却赚不着稿费呢？后来我得到结论了。撇开那些名作家不谈，就算新作家吧，他们每个月总写得出十篇八篇稿子，这些稿子寄出去，就算一半被退稿吧，也有四篇五篇登出来。这样，或多或少，总有一点儿收入。友文呢，他老是想啊想啊想啊，今天写了，明天又撕了，这样一个月下来，可能保留不了一千字，那，怎么能当职业作家呢？"

"小双，"我忍不住说，"我要问你一句坦白话，从你去年七月认识卢友文，到你们结婚，到现在，差不多一年半了，这一年半之间，卢友文到底写了多少字？"

"说真的，"小双坦白地说，"字倒真的写得不少，只是都撕了。"

"为什么要撕呢？"奶奶又不懂了，"那些字儿，登在报纸上不就是能拿钱吗？他这一撕，不是在撕钞票呀？"

"他对自己的要求太高了！"小双轻叹了一声，"从我认识他以来，他只发表过一篇《拱门下》，偏偏又是没稿费的。雨农，你知道他那个人，对于经济是毫无观念的，如果拿稿费来衡量他的稿子，那就是侮辱他！他说他不是用文字来骗饭吃，而是想写一点能藏诸名山，流传百世……反正，"她又轻笑了一下，"你们也听多了他这种议论。所以，他肯去上班，那真是难上加难呢！"

"你怎么说服了他？"我问。

"唉！"小双叹口气，"也真难办！以前，我总是不让他操心钱的事，可是，他越来越糊涂了！诗卉，你是亲眼看到他那股横劲儿，我还敢说吗？这个月，电力公司把电给剪了，他就点蜡烛写。接着，水也停了，家里可不能不喝水啊！我出去提水，那天，提着一桶水，就在门口摔了一跤……"

"哎哟！"奶奶叫，"这可不是开玩笑的！你这孩子真不知轻重，摔出毛病来没有？"

小双的脸红了。

"当时是疼得晕过去了,醒来的时候躺在床上,已经打过安胎针,总算没出毛病。可是,友文可吓坏了,吓得脸都发白了,他就对我赌咒发誓说,他要……要好好赚钱,好好工作,好好照顾我,负担起家庭生活来。又说他要和过去的灵魂告别了,要死去再复生的那一大套。我本来以为他也不过是说说而已,谁知,他这次真是痛下决心,就去上班了。"

"那么,还亏得你这一摔了!"我说,"说真的,不管卢友文有多大的天才,我还是认为,一个男子汉就该工作,就该有正当职业。"

"话不是这么说,"爸爸接了口,他一直安安静静地在倾听,"写作也是件正当职业,但是,千万不能眼高手低!批评别人的作品头头是道,自己做起来困难重重,那是最难受的事!"

"朱伯伯,"小双说,"您这话可别给他听见,他最怕的就是'眼高手低'四个字!"

"那么,他是不是'眼高手低'呢?"我又嘴快了。

"不。"小双脸色变了变,正色说,"他有才华,只是尚待磨炼,他还年轻呢!我想,他最好就是能有个工作,再用多余的时间来练习写作。我费了很久时间,才让他了解,再伟大的作家也要吃饭!"

"卢友文是个好青年,"爸爸点头说,"他的毛病是在于梦想太多而不务实际。"

"现在他知道要务实际了!"小双笑得又甜又美又幸福,我从不知道,一个丈夫去"上班",居然能让太太这样兴奋和快乐,

"也真难为了他，为了我，他实在牺牲得太多了！"

"笑话！"诗尧忽然开了口，他阴沉地坐在那儿，面露不豫之色，"丈夫养活太太，是天经地义的事，怎么谈得上'牺牲'两个字！"

小双望了望诗尧。我以为她一定会和诗尧辩起来，谁知，她却对诗尧温柔地笑了笑，说：

"诗尧，我今晚是特地来找你的！"

"哦？"诗尧瞪大眼睛，精神全来了。我望着我那不争气的哥哥，心想，他已经不可救药得该进精神病院了。

小双从皮包里拿出了一个纸卷，她递给了诗尧，半含着笑，半含着羞，她说：

"我整理出两支歌来，词是我自己填上去的。友文说我写得糟透了，他又不肯帮我写，我只好这样拿来了。你看，能用就拿去用，不能用就算了。歌谱也变动了很多，爸爸的曲，有些地方我觉得很涩，不能不改一下。"她摊开歌谱，和诗尧一起看着，她指着中间改过的那几个音，看了看钢琴。诗尧立刻走过去，把琴盖掀起来，把歌谱放在琴架上，他热心地说：

"你何不弹一弹，唱一唱呢？如果有什么要改的地方，我们也可以商量着，马上就改。"

小双顺从地走到钢琴前面，坐了下来，诗尧站在旁边，身子扑在琴上，他用热烈的眼光望着小双。他的眼光是那样热烈，似乎丝毫没有顾虑到她是个将做母亲的卢太太。小双没注意他的眼光，她的眼睛注视着歌谱，然后，她弹出一串柔美的音符，一面说：

"这支歌的歌名叫《梦》。我的歌词,你听了不要笑。"

接着,她唱了起来,我们全家都静静地听着,我永远永远记得那歌词,因为那歌词好美好美。

> 昨夜梦中相遇,执手默默无语,
> 今晨梦中醒来,梦已无从寻觅!
> 梦儿,梦儿!来去何等匆遽!
>
> 昨夜梦中相诉,多少情怀尽吐,
> 今晨梦中醒来,梦已不知何处?
> 梦儿,梦儿!今宵与我同住!
>
> 昨夜梦中相聚,无尽浓情蜜意,
> 今晨梦中醒来,梦已无踪无迹!
> 梦儿,梦儿!请你归来休去!

小双的歌喉一向柔美,咬字又相当清晰,再加上她那份感情和韵味,这支歌竟唱得荡气回肠。而那歌词,那歌词,那歌词……我怎么说呢?我想,她是唱进诗尧内心深处去了。因为,我那个傻哥哥,用手托着下巴,一眨也不眨地望着小双,比那次听她唱《在水一方》更动容。事实上,他是整个人,都已经痴了。

15

年底,我去看小双。

大约是晚上八点钟,我预料小双和卢友文都在家,但是,到了那儿才发现,只有小双一个人在家里。那栋小屋好安静、好孤独地伫立在一大堆公寓中。屋内只亮着一盏六十瓦的小台灯,台灯放在钢琴上面,小双正俯在那儿改谱,我去了,她仍然工作着,不时按动一两个琴键,单调的琴声就打破了那无边的寂静。好一会儿,小双轻叹一声,推开乐谱站起身来。她已经大腹便便,行动显得有些儿迟滞,那暗淡的灯光发着昏黄的光线,照射着她。她微笑着,那笑容好单薄,好脆弱,好勉强,好寂寞。

"卢友文呢?"我问。

"他……我也不知道。"她眼底有一丝困惑,"最近总是这样,下了班就很少回来,他说,上了班就有朋友,有了朋友就要应酬。一个男人的世界是很广大的,不像女人,除了家庭,就是家庭。"

"胡说!"我嘴快地接口,"李谦和诗晴都上班,早上一起起床弄早饭，吃完了分头去上班，下班后，谁先到家谁先做晚饭，嘻嘻哈哈地吃，吃完了抢着洗碗。我就没听李谦说男人的世界有多广大，也没听诗晴说，女人的世界只有家庭。"

小双静静地听我说，她眼中浮起了一抹欣羡的光芒。

"他们好幸福，是不是？"她说，"他们配得真好，两个人能同心合力地向一个目标迈进。"

"你们呢？"我问，"卢友文难道放弃写作了？"

"没有，他说他永不会放弃。"

"那……怎么不写呢？"

小双走向外间的客厅里，我跟着走了出去，她打开灯，我就看到一书桌的稿纸，写了字的，没写字的，写了一半字的，写了几行字的……全有。小双在书桌前坐下来，拿起一张稿纸看看，放了下去，她又换一张看看。我身不由己地跟过去，拉了一张椅子，我坐在小双身边，问："我可不可以看？"

小双递给我一张纸，上面只有几行：

"他站在那高岗上，让山风吹拂着他，他似乎听到海啸，很遥远很遥远的海啸，那啸声聚集成一种强大的力量，对他像呐喊般排山倒海而来……"

我放下纸张：

"头起得还不错，为什么不写下去呢？"

"因为……"小双轻蹙着眉头，"他不知道这呐喊是什么东西，也不知道那海啸从何而来。我觉得，那是他内心里的一种挣扎，他总听到一个声音在他耳边对他说：你是天才，你是天才，你是天才！你该写作，你该写作，你该写作！于是，他因为自己是天才而写作,却实在不知道要写什么东西!"

"我记得,"我皱眉说,"卢友文第一次来我家,就曾经侃侃而谈,他对写作似乎充满了计划,何至于现在不知道要写什么。"

小双的面容更困惑了,她抬起眼睛来看我。

"诗卉,我也不懂,我已经完全糊涂了。在我和友文结婚的时候,我以为我是世界上最了解他的一个人,可是,现在,我觉得他简直像一个谜,我越来越看不透他。诗卉,我不瞒你说,我常有种紧张和惊慌的感觉,觉得我在一团浓雾里摸索,而他,友文,他却距离我好遥远好遥远。"

"这大概因为你总是一个人在家,想得太多了。"我勉强地笑着说,"卢友文真该在家陪陪你,尤其,"我看看她的肚子,"在你目前这种情况下。"

"没关系,"小双笑了,"要二月底才生呢!何况,我有护身符。"

"护身符?"我不解地问。

"奶奶给的玉坠子呀!"她从衣襟里拖出那坠子来,笑着,"我一直贴身戴着呢!只要戴着它,只要伸手摸着那块玉,我就好安慰好开心,我会告诉自己说:杜小双,你在这世界上并不孤独,并不寂寞,有人爱着你,有人关心着你,有人把你看成自己的孙女儿一样呢!"

我瞪着小双,难道她已经感到孤独和寂寞了吗?难道她并不快乐,并不甜蜜吗?小双望着我,忽然发现自己说漏了什么,她跳起身子,笑着说:

"我们何必谈友文的写作呢?我们何必谈这么严肃的问题呢?来吧!诗卉,我弹一支曲子给你听,这支曲子是我自己作的呢!

你听听看好不好听？"

折回到钢琴前面，小双弹了一支曲子，我对音乐虽然不太懂，但是，从小听诗尧玩钢琴，耳濡目染，倒也略知一二。那曲子刚劲不足，却柔媚有余，而且，颇有种怆恻与凄凉的韵味。我说：

"只是一支钢琴曲，不是一支歌曲吗？"

"是一支歌曲。"小双说，"只是我不想唱那歌词。"

"为什么？"

"友文说，这种歌词代表标准的'女性歌词'。"

"歌词还分女性和男性吗？"我哇哇大叫，"又不是动物！这性别怎么划分呢？"

"你不知道，友文说，电影也有'女性电影'，小说也有'女性小说'，歌词也有'女性歌词'。"

"女性是好还是不好呢？"我问。

"大概是不好吧！"小双笑笑，"这代表'无病呻吟、柔情第一、没丈夫气、风花雪月'的总和。"

"哦！"我低应着，"女性确实有很多缺点，奇怪的是男性都缺少不了女性！"

"友文说，这就是人类的悲剧。"

"他怎么不写一篇《人类悲剧论》呢！说不定可以拿诺贝尔奖呢！"我有点生气地说，好端端，干吗要侮辱女性呢？这世界上没有女性哪儿来的男性！

"诗卉最沉不住气，"小双笑笑说，继续抚弄着琴键，那柔美的音符跳跃在夜色里，"这也值得生气吗？假若你这么爱生气，和友文在一块儿,你们一定从早到晚地拌嘴!"

"所以我很少和他在一块儿呀!"我说,"好了,小双,把你的女性歌词唱给我听听吧!"

小双弹着琴,正要唱的时候,门铃响了,小双跳了起来,脸上燃起了光彩。只说了句"友文回来了",她就赶到大门口去开门,我走进客厅里,听到他们夫妻俩的声音,小双在委婉地说着:

"以后不回来吃晚饭,好歹预先告诉我一声,我一直等着你,到现在还没吃呢!"

原来小双还没吃晚饭!我看看手表,九点多钟了!如果给奶奶知道,准要把她骂个半死。我站在那儿,卢友文和小双走进来了,看到我,卢友文怔了怔,就对我连连地点头,笑着说:

"你来了,好极了。诗卉,你正好陪小双聊聊天,我还有事要出去呢!"

小双大吃了一惊,她拉着友文的衣袖,急急地说:

"怎么还要出去呢?已经九点多了!你到底在忙些什么?这样从早到晚不回家!明天不是一早就要上班吗?你现在又出去,深更半夜回来,你明天早上起不来,岂不是又要迟到?这个月,你已经迟到好多天了!"

"我有事嘛!"卢友文不耐烦地说,扯了扯小双的衣服,对卧房努了努嘴,低声说,"进去谈,好不好?"

看样子是避讳我呢!我立即往玄关冲去,说:

"我先走了,小双,改天再来看你!"

"别走!别走!千万别走!"卢友文拦住我,"我有急事,非出去不可。但是,我一出去,小双可以整夜坐在这儿淌眼泪。奇怪,以前的小双不是顶坚强的吗?什么事都不肯掉眼泪的吗?可是,我告诉你,诗卉,事实上我娶了一个林黛玉做太太,偏偏我又不是贾宝玉,对眼泪真是怕透了!小双流起眼泪来呵,简直可以淹大水!"

我站在那儿,走也不是,不走也不是,偷眼看小双,她极力忍耐着,但是,眼眶儿已经有点红了。我只好站定,靠在门框上,望着他们发呆。卢友文又折回到小双面前,说:

"有事和你商量!"

小双挺了挺背脊。

"有什么事,你说吧!"她咬了咬嘴唇,"诗卉又不是外人!你还要避讳吗?"

"那么,"卢友文沉吟了一下,"我需要一点儿钱。"

小双直直地望着他。

"你是回来拿钱的!"她说,"如果你不缺钱用,你会不会回来这一趟呢?"

"别鸡蛋里挑骨头好不好?"卢友文皱起了眉头,"我没有时间耽误,也不想吵架,你拿三千块给我!"

"三千块!"小双的眼睛瞪得又圆又大,"你以为我挖到金矿了?我从什么地方变出三千块钱给你?而且……你要三千块钱干什么?"

"不要管我要钱干什么,"卢友文恼怒地说,"你只要把钱给我就行了!"

"我……我哪里有钱?"

"少装蒜了！"卢友文那两道浓眉纠结到了一块儿，脸色变得相当阴沉而难看，"诗卉在这儿，你难道一定要我抓你的底牌吗？"

"我的底牌？"小双愕然地张大了眼睛，脸色雪白，眼珠乌黑晶亮，她诧异地说，"我有什么底牌？"

"你弄得我不耐烦了！"卢友文大声说，"别做出那副清白样子来！你以为我不知道吗？上星期诗尧才给你送过钱来！而且不是小数字！"

我的心怦然一跳，诗尧，诗尧，你这个浑蛋！你毕竟和她单独见面了，而且还留下把柄给那个丈夫！我望向小双，她却并不像做了任何亏心事，她依然是那样坦然，那样无畏无惧，那样一团正气。迎视着卢友文的眼光，她说：

"你怎么知道的？"

"我打电话问李谦的！他说你那两支歌早就卖掉了！电视上也早就唱出来了。奇怪，居然有那种冤大头的唱片公司，出钱买你这种莫名其妙的歌！可见，嘿嘿……"他冷笑了一声，"这之中大有问题！好吧，我也不追究到底是怎么回事了，你把钱给我就行了！"

小双的呼吸急促，声音震颤：

"你……你在暗示什么？"

"我什么都没有暗示！"卢友文大叫，"我的意思只是说，你杜小双了不起！你杜小双是天才！你随便涂几句似通非通的歌词，居然就能变成钞票！你伟大！你不凡！你有本领！好了吧？现在，你可以把钱给我了吧！"

小双颤抖着,她拼命在压抑自己,胸口剧烈地起伏着。她的眼睛黑黝黝地盯着卢友文,眼光里充满了悲哀,充满了愤怒,充满了委屈。她的声音,却仍然极力维持着平静:

"友文,你做做好事。是的,我收了一万块钱,人家买我的歌曲,主要是电视公司肯唱,是的……这是诗尧的介绍和帮忙……但是,绝无任何不可告人的事……你别……别夹枪带棒地乱骂。我写歌词,卖歌曲,这……这也不是什么可耻的事……"

"我说过这是可耻的事吗?"卢友文大吼了一句,用手紧握着小双的胳膊,小双在他那强而有力的掌握下挣扎。卢友文喊着:"你到底给不给我钱,你说!你说!"

"友文,友文!求求你,"小双终于哀恳地喊了出来,"你让我留下那笔钱来,等生产的时候用吧!"

"生产!距离你生产还有两个月呢!到那时候,我早就有一笔稿费了!"

"友文,我不能期望于你的稿费呀!那太渺茫,太不可靠……"小双脱口而出,接着,就大喊了一句,"哎哟,你弄痛了我!"

我再也忍不住了,奔上前去,我一把抓住卢友文的手腕,摇撼着他,推着他,我叫着说:

"你疯了!卢友文!你会弄伤她!她肚子里有孩子呢!你疯了!你还不放手!"

卢友文用力把小双一推,松了手。小双站立不住,差一点儿摔到地板上去,我慌忙抱住了她。她忍耐着,倔强地忍受着这一切,身子却在我手臂里剧烈地颤抖。卢友文仍然站在我们面前,高得像一座铁塔,他的声音撕裂般地狂叫着:

"小双！我警告你！永远不要嘲笑我的写作！永远不要嘲笑我的写作！"

小双颤巍巍地从我怀抱里站起来，立刻显出满面的沮丧和懊悔，她胆怯地伸手去摸索卢友文的手，她急切地解释：

"对不起，友文，我没有那个意思，我不是那个意思！你别生气，是我的错，都是我的错！"

我坐在地板上，深抽了一口凉气。搞了半天，都是她错哩！这人生，还有一点儿真理吗？我想着，眼光仍然直直地望着他们。于是，我看到卢友文用力地甩开了小双的手，就跑去一个人坐在藤椅里，用两只手抱住头，好像痛苦得要死掉的样子。小双慌了、急了，也吓坏了，她跑过去，用手抚摩着卢友文的满头乱发，焦灼地、担忧地、祈求地说："友文！友文？你怎样？你生气了？"

卢友文在手心中辗转地摇着头，他苦恼地、压抑地、悲痛地说：

"你瞧不起我！我知道，你根本瞧不起我！我在这世界上只有一个你，但是，你瞧不起我！"

小双立即崩溃了，她用双手抱紧了卢友文的头，好像一个溺爱的母亲，抱着她打架负伤的孩子似的。她急急地、赌咒发誓地说：

"友文！我没有！我没有！如果我瞧不起你，我就不得好死！友文，我知道你有天才，有雄心，但是，要慢慢来，是不是？罗马也不是一天造成的，是不是？友文，我没有要伤你的心，我不该说那几句话，我不该苛求你……我……我……我……"她说不下去了,她的喉咙完全哽住了,已经在她眼眶里挣扎了很久的眼泪,这时才夺眶而出。卢友文抬起头来了,他用苦恼的、无助的、孩子般的眼光看着小双,然后,他把小双的身子拉下来,用胳膊紧紧地拥抱着她,他说:

"小双!你为什么这么命苦!难道除了我卢友文,你就嫁不着更好的丈夫吗?你为什么要跟着我吃苦?你明明有更好的选择,你为什么要选择我?为什么?为什么?为什么?我又为什么这样不争气?为什么?"

他那样痛心疾首,他那样自怨自艾,使小双顿时泪如泉涌。她用手捧着他的头,睁大那带泪的眸子望着他。她抱他、抚摩他、拥紧他,一面不住口地说:

"我没有命苦,我没有命苦,友文,你是好丈夫,你是的,你一直是的!"

然后,小双挣脱了他,跑到卧房里面去了。只一会儿,她又跑了出来,手里握着一大叠钞票,也不知道是多少,她把钞票往他外衣口袋里一塞,就强忍着眼泪,用手梳理着他乱蓬蓬的头发,低言细语地说:

"你不是还有事吗?就早些去吧!免得别人等你!"

"我不去了。"卢友文说,"我要在家里陪着你,我要痛改前非,我要……"

"你去吧!友文!"小双柔声说,爱怜地而又无可奈何地望着他,"你去吧!只是,尽早回来,好吗?你如果不去,整夜你都会不安心的!"

"可是……"卢友文瞅着她,"你不会寂寞吗?"

"有诗卉陪着我呢!"

"那么,"卢友文站起身来,犹疑地看看我,"诗卉,就拜托你陪陪小双……"

我从地板上一跃而起,各种复杂的心情在我胸腔里交战,我迅速地说:

"少来!卢友文!小双是你的太太,你陪她……"

小双一把拉住了我,用带泪的眸子瞅着我。

"诗卉!"她软软地叫,"我没有得罪你吧?"

我泄了气,对卢友文挥挥手,我说:

"你去吧!你快去吧!我陪你太太,不管你有什么重要事,只请你快去快回!"

卢友文犹豫了大约一秒钟,就重重地把额前的头发掠向脑后,下决心地掉转了头,大有"我不入地狱,谁入地狱"的那种悲壮之概,他大踏步地走出了房门,很快地,我就听到大门"砰"然一响,他走了。

这儿,我和小双面面相对,好半天,谁也没说话。然后,小双去厨房里洗脸,我跟到厨房门口。她家的厨房是要走下台阶的,我就在台阶上坐了下来。说:

"你还没吃晚饭,我在这里看着你,你弄点东西吃!"

小双可怜兮兮地摇摇头:

"我现在什么都吃不下,等我饿了,我自己会来弄东西吃!"

我叹口气,看她那副心事重重的样子,想必也是吃不下。我们折回到卧房里,我望着她,忍不住问:

"你到底知不知道,卢友文这么晚出去,有什么重要的事情?"

"我知道。"她静静地说。

"是什么?"小双低下头去,默然不语。

我追问着:

"是什么事?你说呀!告诉我呀!"

小双仍然不说话,可是,那刚刚擦干净的脸上,又滑下两道泪痕来了。我心里猛地一跳,就"哎哟"一声叫了起来:

"老天,小双,他是不是在外面弄了一个女人?我告诉你,像卢友文这种小白脸就是靠不住,仗着自己长得漂亮,女孩子喜欢,他就难免拈花惹草……"

"诗卉!"这可把小双憋出话来了,"你想到什么地方去了?他不会的。在感情上,他绝不会做任何对不起我的事情。"

"那么,"我愣愣地说,"这么晚了,他还能到什么地方去?"

"他……他……他……"小双嗫嚅着,终于轻轻地说出口来,"他去赌钱。"

"什么?"我直跳起来,"你居然让他去?你昏了头了?小双?你发疯了!你有多少家当去给他输?你是大财主吗?你有百万家财吗?你知道多少人为赌而倾家荡产?你这样不是宠他、惯他,你是在害他……"我一连串像倒水一样地说。小双只是静静地瞅着我,然后,她摇摇头,低声说:

"你看见的,我能阻止他吗?我能吗?如果我再多说两句,他非把我看成仇人不可。诗卉,你不了解他,他也很可怜,写不出好作品使他自卑,使他苦闷,他必须找一样事情来麻木自己,来逃避自己……"

"小双!"我恼怒地叫,"任何赌徒都有几百种借口!亏你还去帮他找借口！你真是个好太太啊！"

小双哀愁地望着我，忍耐地沉默着，满脸的凄然与无奈。我不忍再说什么了，望着她，我叹口气，咽住满腔要说的话。小双默然良久，终于，她振作了一下，忽然恳切地说：

"求你一件事，诗卉。"

"你说吧！"

"关于今天晚上的事，关于友文赌钱的事，关于我们吵架的事，请你——"她咬咬嘴唇，"请你千万不要告诉诗尧，也不要告诉奶奶他们。"我看着她。她那样哀哀无助，她那样可怜兮兮，我还能怎么样呢？我还能说什么呢？点了点头，我说：

"你放心，我一个字也不说。"

小双感激地看着我。然后，她站起身来，走到钢琴前面，她慢吞吞地坐下，慢吞吞地按了几个琴键，慢吞吞地说了一句："你刚刚不是要听我的'女性歌词'吗？"

于是，她一边弹着琴，一边用含泪的声音低唱着：

　　请你静静听我，
　　为你唱支悲歌，
　　有个小小女孩，
　　不知爱是什么。
　　她对月亮许愿，
　　但愿早浴爱河，
　　月亮对她低语，
　　爱情只是苦果。

> 如今她已尝过，
> 爱情滋味如何！
> 为谁忍受寂寞？
> 为谁望断星河？
> 为谁长夜等待？
> 为谁孤灯独坐？

她没有唱完那支歌，因为，骤然间，她扑在琴上，放声痛哭。我跑过去，抓住了她的手，她紧握着我，哭泣着喊：

"诗卉！诗卉！为什么爱情会变成这样？他到底是我的爱人，还是我的敌人？是我生命里的喜悦，还是我生命里的悲哀？是我的幸运，还是我的冤孽？"

16

那一阵子,我很不放心小双,虽然我发誓不把她的情况告诉奶奶和诗尧他们,我却忍不住告诉了雨农。卢友文是雨农带到我们家来的,是因为雨农的介绍而认识小双的。因此,在我心中,雨农多少要对这事负点责任。雨农听了我的叙述,也相当不安,私下里,他对我说:

"卢友文聪明而热情,他绝非一个玩世不恭或欺侮太太的人,这事一定有点原因,我要把它查出来!"

因此,那阵子,我和雨农三天两头就往小双家里跑。小双似乎也觉察出我们的来意,她总是笑吟吟的,尽量做出一副很快活、很幸福的样子来。而卢友文呢,三次里总有两次不在家,唯一在家的一次,他会埋头在书桌上,说他"忙得要死",希望我们"不要打扰他",这样,我们就拿他一点儿办法也没有。好在,我们去了,也没有再碰到过什么不如意的事。

这样,有一晚,我们到小双家里的时候,看到卢友文正满面怒容地坐在书桌前面。而小双呢,她坐在椅子里,脸色好苍白,眼神定定地望着屋角,用牙齿猛咬着手指甲发愣。一看到这情形,我就知道准又有事了。雨农也觉察到情况的不对劲,他走过去,拍拍卢友文的肩膀说:

"怎么,友文?写不出东西吗?文思不顺吗?"

"写东西!"卢友文忽然大叫起来,"写他个鬼东西!雨农,我告诉你,我不是天才,我是个疯子!"

小双继续坐在那儿,脸上木无表情。雨农看看我和小双,又看看卢友文,赔笑地说:

"这是怎么回事?小夫妻吵架了吗?友文,不是我说你,小双可真是个难得的好太太,你诸事要忍让一点。尤其,你瞧,马上就要做爸爸的人了!"

"做爸爸?"卢友文叫,暴躁地回过头来,指着小双,"发现怀孕的时候,我就对她说,把孩子拿掉,我们这种穷人家,连自己都养不活,还养得活孩子?她不肯,她要生,这是她的事!可是,现在动不动就对我说,为了孩子,你该怎样怎样,为了孩子,为了孩子!我为什么要为了孩子而活?我为什么不能为自己、为写作、为我不朽的事业而活?因为小双,因为孩子,我要工作,我要做牛做马做奴隶,那么,告诉我,我还有我自己吗?'卢友文'三个字已经从世界上抹掉了,代替的是杜小双和孩子!"

雨农呆了,他是搞不清楚卢友文这一大堆道理的,半响,雨农才挤出一句话来:

"我们应该为我们所爱的人而活,不是吗?"

小双这时抬起头来了,她幽幽地说了一句:

"问题是，我和孩子都不是他所爱的！"

这句话像一枚炸弹，卢友文顿时爆炸了。跳起身来，他走向小双，抓住小双的肩膀，他给了她一阵剧烈的摇撼。他红着脸，直着脖子，吼叫着说：

"小双，你说这话有良心吗？"

小双抬头望着他，泪光在她眼睛里闪烁。

"不要碰我，"她轻声说，"如果你真爱我，表现给我看！"

卢友文不再摇她了，他定定地望着小双，小双也定定地望着他，好一会儿，他们彼此望着，谁也不说话。然后，卢友文颓然地放开她，步履歪斜地走到桌边，沉坐在沙发里。他又发作了，他的老毛病又来了！和刚刚的暴躁威猛判若两人，他用手托着头，忽然间就变得沮丧、痛苦、悲切万状，他懊恼地说：

"我是怎么了？我是怎么了？一定有魔鬼附在我的身上，使我迷失本性。我——已经毁灭了，完了，不堪救药了！说什么写作，谈什么天才？我根本一点儿才华也没有，我只是一架空壳，一个废物！事实上，我连废物都不如，废物还有利用价值，我却连利用价值都没有！我的存在还有什么意义？徒然让爱我的人受苦！让爱我的人伤心！我这人，我这人连猪狗都不如！"

从没听过有人这样强烈地自责，我呆了，雨农也呆了，我们两个站在旁边，像一对傻瓜，只是你看我，我看你。小双，不像往日的小双，每当卢友文颓丧时，她就完全融化了。今晚，她好固执，她好漠然，她那冰冻的小脸呆怔怔的，身子直直地坐着，一动也不动。好像卢友文的声音，只是从遥远的地方飘来的一阵寒风，唯一引起的，是她的一阵轻微的战栗。我想，她一定听这种话听得太多了，才会如此无动于衷。于是，卢友文"更加"痛苦了，他抱着头，"更加"懊恼地喊着："小双，我知道，你恨我！你恨我！"

"我不恨你，"小双冷冷地开了口，声音好凄楚、好苍凉，"我要恨，只是恨我自己。"

"小双，你不要恨你自己，你别说这种话！"卢友文狂叫着，像个负伤的野兽，"你这样说，等于是在打我的耳光。小双，我对你发誓，我不再赌钱，不再晚归了。我发誓，我要找出以前的稿子来，继续我的写作！我发誓！雨农和诗卉，你们作我的证人，我发誓，明天的我，不再是今天的我！我要努力写作，努力赚钱，努力上班，我要对得起小双，我要做一个男子汉，负起家庭的责任！我发誓！"

小双低语了一句：

"你如果真有决心，不要说，只要做！"

我心里一动，望着小双，我觉得她说了一句很重要很重要的话：不要说，只要做！果然，卢友文拼命地点着头，一个劲儿地说：

"是的，我不说，我做！只要你不生气，只要你不这样板着脸，我做！我要拿出真正的成绩给你看！不再是有头无尾的东西！我发誓！"

小双低低地叹口气，这时，才转过头来，望着卢友文，卢友文也默默地、祈谅地望着她。看样子，一场争执已成过去，我示意雨农告辞，小夫妻吵了架再和好，那时的恩爱可能更超过以前，我们不要再碍事了。小双送我们到大门口，我才悄悄地问了一句：

"为什么吵起架来的？"

"他——"小双摇摇头，"他要卖钢琴！"

"什么？"我吓了一跳，"为什么？"

小双瞅着我。

"你想，为了什么呢？家里再也拿不出他的赌本了，他就转念到钢琴上去了。我说，钢琴是我的，他不在家，我多少可以靠钢琴消解寂寞。而且，这些日子，作曲也变成一项收入了。卖了钢琴，我怎么作曲呢？就这样，他就火了，说我瞧不起他，侮辱了他！"

我呼出一口长气来。雨农在一旁安慰地说：

"反正过去了，小双，他已经说过了，从明天起，要努力做事了！"

"明天吗？"小双又低低叹气了，"知道那首《明日歌》吗？'明日复明日，明日何其多。我生待明日，万事成蹉跎！'只希望，他这一次的'明日'，是真正的开始吧！"

从小双家里出来，我和雨农的心情都很沉重，我们是眼见着他们相识、相爱和结婚的，总希望他们有个好的未来。但是，那个卢友文，是个怎样的人呢？就像雨农后来对我说的：

"他绝顶聪明，心地善良，也热情，也真爱小双，只是，他是世界上最矛盾的人物，忽而把自己看得比天还高，忽而又把自己贬得比地还低，你以为他是装样吧？才不是！他还是真痛苦！他高兴时，会让人跟着他发疯；他悲哀时，你就惨了，他非把你拖进地狱不可！这种人，你说他是坏人吗？他不是！跟他一起生活,你就完了!"

用这段话来描写卢友文,或者是很恰当的,也或者,我们还高估了卢友文。

那天是二月三日,我记得很清楚。快过阴历年了,银行里的业务特别忙。大约下午五点,银行已经结业,我还在整理账务,没有下班。忽然,有我的电话,拿起听筒,就听到妈妈急促而紧张的声音:

"诗卉!赶快到宏恩医院急救室来,小双出了事!同时,你通知雨农,叫他马上找卢友文!"

我吓呆了,一时间,也来不及找雨农,我把账务匆忙地交给同事,就立刻叫了一辆计程车赶到宏恩医院。还没到急救室,就一头撞到了妈妈,她拉着我就问:

"卢友文来了吗?"

"没有呀!"我说,"我是从银行直接来的,怎么回事?小双怎样了?发生了什么事情?"

"我也不知道是怎样的,"妈妈急得语无伦次,"说是小双支持着去敲邻居的门,只说出我们的电话号码,人就晕了!邻居看她浑身是血,一面通知医院开救护车,一面就打电话给我们!我和你奶奶赶来,她已经完全昏迷了,医生说要立即输血,动手术把孩子拿出来!可是,卢友文呢?卢友文要来签字呀!"

"妈!"我吓得发抖,"是难产吗?时间还没到呀,小双说要月底才生呢!孩子保不住了吗?他们要牺牲孩子吗?"

"我也不知道呀!"妈妈大叫,"医生说万一不行,就必须牺牲孩子保大人!你还不去找卢友文!叫雨农到他公司去找人呀!"

我心中怦怦乱跳，飞快地跑到公用电话前，急得连雨农的电话号码都记不清了，好不容易打通电话，找到了雨农，我三言两语地说了，就又飞快地跑回急救室，冲进急救室，我一眼看到小双，她躺在床上，白被单盖着她，她的脸色比那白被单还白，冷汗湿透了她的头发，从她额上直往下滴。医生护士都围在旁边，量血压的量血压，试脉搏的试脉搏，血浆瓶子已经吊了起来，那护士把针头插进小双的血管。奶奶颤巍巍地站在小双头前，不住用手去抚摩小双的头发。我挨过去，喊着小双的名字。于是，忽然间，小双开了口，她痛苦地左右摇摆着头，一迭连声地喊着：

"奶奶！奶奶！奶奶！"

奶奶流着泪，她慌忙摸着小双的下巴，急急地说：

"小双！别怕！奶奶在这儿！奶奶陪着你呢！"

小双仍然摇摆着头，泪珠从她眼角滚了下来，她不住口地喊着："奶奶！奶奶！坠子！奶奶！坠子！"

忽然间，我想起小双说玉坠子是她的护身符的事，我扑过去，对奶奶说：

"那坠子，她要那坠子，在她脖子上呢！"

我掀开她的衣领，去找那玉坠子。倏然间，我看到那脖子上一道擦伤的血痕，坠子已不翼而飞。我正惊愕着，医生赶了过来，一阵混乱，他推着我们：

"让开让开，家属让开！马上送手术室，马上动手术！没有时间耽搁，你们谁签字？"

奶奶浑身发抖，颤巍巍地说：

"我签，我签，我签！"

于是,小双被推往手术室,在到手术室的路上,小双就一直痛苦地摇着头,短促地、苦恼地喊着:

"奶奶!坠子!奶奶!坠子!奶奶!坠子……"

小双进了手术室,我们谁也无能为力了。卢友文仍然没有出现。妈妈在手术同意书上签了字,我们祖孙三个,就焦灼地、含泪地、苦恼地在手术室外彼此对视着。就在这时,诗尧赶来了,他一把抓住了我的手,脸色惨白,手心冰冷,他战栗地说:

"诗卉,她怎样了?她会死吗?"

"不要咒她好不好?"我恼怒地叫,"她在手术室,医生说,保大人不保孩子!你……你来干什么?"

"我叫他来的!"妈妈这才想起来了,"钱呢?带来没有?要缴保证金,还有血浆钱!"

"我把找得到的钱都带来了,"诗尧说,"家里全部的钱只有七千块,我问隔壁李伯伯又借了五千块!"

奶奶把缴费单交给诗尧,就在这时,一位护士小姐又推着两瓶血浆进手术室,诗尧顿时打了一个冷战,用手扶住头,身子直晃。我慌忙搀他坐下来,在他耳边说:

"哥哥,你冷静一点,别人会以为你是小双的丈夫呢!你坐一下吧!"

一句话提醒了诗尧,他抬起头来,眼睛都直了。

"卢友文呢?"他问,"那个混蛋丈夫呢?他死到什么地方去了?"

"雨农去找他了!"我说,"你去缴费吧!现在骂人也没有用!"

诗尧去缴了费,折回手术室门口,我们等着,等着,等着……像等了一千万年那么长久，只看到医生护士们，穿着白衣服，出出入入于手术室门口，却没有一个人来理我们。奶奶抓住每一个护士，苦苦追问着小双的情形，那些护士只是说："还不知道呢！"这样，终于，一个护士走了出来，微笑地说：

"是个女孩子，六磅重，很好！"

"活的吗？"奶奶瞪着眼睛问。

"活的！"

"小双呢？"诗尧沙哑地问，"大人呢？"

"医生马上出来了，你们问医生吧！"护士缩了回去。

诗尧倒进椅子里，他又用手扶住头，喃喃地说：

"她完了！我知道，她完了！"

我用脚狠狠地跺了诗尧的脚一下，我哑声说：

"你安静一点儿行不行？你一定要咒她死吗？"

诗尧直直地望着我，他的脸色发青，眼睛发红，嘴唇上连一点儿血色也没有，那神情，就像他自己已经宣布死刑了。我心里一酸，眼泪就涌进眼眶，模糊了我的视线，我伸手紧握着诗尧的手，我说：

"放心，哥哥，她会好好的！她才二十岁！那么年轻！她会好好的！"

医生终于出来了。我们全像弹簧人一样从椅子里弹起来，医生望着我们，点了点头：

"失了那么多的血，差一点儿就救不过来了，现在，如果没有意外变化，大概不至于有问题。只是失血太多，还不能说脱离危险期。你们先去病房里等着吧！"

我们去了病房。一会儿,小双被推进来了,躺在病床上,她看起来又瘦又小。护士取掉了套在她头上的帽子,她那头乌黑的头发就在枕上披泻下来,衬托得她那张脸尤其苍白、尤其消瘦。她的眼睛合着,长长的睫毛在眼睛下面投下一圈暗影。她的眉峰轻轻地蹙着,虽然医生说麻药的力量还未完全消失,但是,她那轻蹙的眉峰仍然给人一种不胜痛楚、不胜负荷的感觉。血浆瓶子始终吊在旁边,那鲜红的血液看来刺目而惊心。她的头在枕上蠕动,嘴里轻轻地吐出一声呻吟,她恍恍惚惚地叫:

"奶奶!奶奶!"

奶奶抓住了她那苍白的手指,眼泪一直在奶奶眼眶里转着,她连声喊:

"小双,奶奶在这儿!奶奶陪着你呢!"

小双费力地睁开眼睛,她的眉头蹙得更紧了,无力地转动着头,她神志迷糊地找寻着什么。

"奶奶,孩子……孩子……"

"孩子很好,"我慌忙接口,"小双,你安心休养,孩子很好,是女孩,六磅重,我等会儿就去看她,你放心,都放心,一切全好。"

小双抬起眼睛来看我,似乎并不相信我。她那乌黑的眼珠逐渐被泪水所濡湿了。那两汪泪水,像两泓清潭,盈盈然地浮漾着,她低声啜泣,抽噎着说:

"我要孩子,诗卉,我要孩子。"

妈妈立刻拍拍她,说:

"我去和医生商量,让护士把孩子抱给你看看,好吗?不过,按规矩，要二十四小时才能抱出婴儿室呢！"

小双哀求似的看着妈妈，旁边在照顾的护士说话了，她抚摩着小双的手，安慰地说：

"不行呢！医生不许抱出来的！"

眼泪从小双眼角滚落了下去。

"孩子，"她呜咽着，"我要孩子。"

护士动容了，她拭去小双的泪痕，说：

"好吧！我去试试看！"

护士走了，小双合上了眼睛。一会儿，护士果然抱着那孩子走了回来。小双挣扎着抬起头，努力张大了眼睛望着那红通通的、皮肤皱皱的小东西。那孩子好小好小，像一只小猫，她熟睡着，小手好可爱地握成了拳头。小双贪婪地看着。护士已微笑地摇头了：

"不行不行，小妈妈和小婴儿都需要休息，我们要回婴儿室了！"

孩子抱走了，小双"唉"了一声，倒回到枕头上，好像她全身的力气都用完了。奶奶慌忙帮她抚平枕头，拉好棉被，整理她散乱的头发，说：

"小双，睡睡吧！"

"奶奶，"小双仍然在叫，她的头不安地摆动着，好像有满肚子的话要诉说，"奶奶，那坠子，他……他抢走了那坠子……"

奶奶不解地看看我，我也满腹狐疑。扑过身子去，我凝视着小双：

"小双，谁抢走了坠子？"我问，开始明白，这比预产期早了

209

二十天的孩子,一定是由于某种事件而造成的"意外",而这事件,准与那"坠子"有关。

"他抢走了坠子!"小双再说,呜咽着,泪水一直滚下来,"是友文,友文!他……他已经卖掉了那珍珠项链,他……他……又抢走了玉坠子!"

我伸出手去,翻开小双的衣领,我又看到那条伤痕了。显然,他们经过一番争斗,因为,我现在明白了,那伤痕是金链子拖过去所造成的。我深吸了口凉气,气得浑身都发起抖来。回过头去,我看到诗尧站在门边,他的脸色铁青,眼睛里冒着火。我悄然走开,到门边对诗尧说:

"你回去吧!这儿没有你的事了!"

诗尧咬牙切齿地看着我。

"那个卢友文在哪里?"他低问,"我要把他碎尸万段!"

我蹙紧眉头,瞅着他:

"你别再惹麻烦了,好不好?麻烦已经够多了。"

就在这时,雨农赶来了,他气喘吁吁地站在门口。

"诗卉,我找不到卢友文,他公司里说,他今天下午根本没有上班。我已经赶到小双家里,留了条子,叫他一回家就到这儿来!他公司里的同事说,要找他,除非是到一家赌场里去找!"

"赌场?"我愣着,"台湾哪儿来的赌场?"

"事实上,就是地下赌窟,"雨农说,"我有一个地址,我现在就去碰碰运气,不过,那同事说,这地址也不可靠,因为他们常常迁移地点,我怕你着急,先来通知你一声,小双怎样?没危险吧!"

"生了一个女孩子,早产了二十天!你如果找到卢友文,告诉他,"我的声音哽了,"他是世界上最残忍、最最狠心、最最没有人性的男人!"

雨农深深地望了我一眼。

"我找他去!"他掉转身子。

"我跟你一起去!"诗尧说。

我死命扯住诗尧的衣服。

"哥哥!"我叫,"我求你!你不许去,你去了准闯祸!"

我对雨农做了一个眼色,雨农如飞地跑了。诗尧把头仰靠在墙上,眉毛整个纠结在一起,双手握紧了拳,他痛苦地望着天花板。我注视着他,几乎可以感到他的心在滴血。我咬紧牙根,糊涂了。为什么?为什么人生会这样?该相爱的人没有缘分,有缘分的人又不知珍惜!为什么?为什么?

17

那夜，我整夜守护在小双的病床前面。本来该请特别护士，但是，家里一时凑不出太多的钱，又怕以后还要付钱，我说能省的就省了，反正我放心不下，不如在这儿权充特别护士。奶奶年事已高，到夜里九点多钟，我就逼着妈妈和她回去了。诗尧在这儿也是白费，何况，一个大男人在病房里，又有诸多不便，于是，妈妈强迫地、命令地拖着他一起走了。雨农去找卢友文，始终还没有找来。

晚上九点钟左右，小双睡得极不安稳，一直呻吟呼痛。医生给她打了一针止痛针，显然那针药有极大的镇定作用，小双就此沉沉睡去。血浆瓶子已经换成了生理食盐水，始终不断地在注射，护士每两小时来量一次血压，告诉我说，血压已经升了上去。大概，她这条小命是保住了。

我就这样坐在病床前面，望着那好小好瘦的小双，心里回转着上千上万种念头，想着她第一次来我家的情形，第一次见卢友文的情形，草率的结婚和陋屋里的蜜月。小双，如果按命运来说，她的命岂不是太苦！

到了下半夜，小双又开始睡不安稳，由于麻药的关系，她一直呕吐，一直呻吟。我拉着她的手，喃喃地安慰着她，于是，她张开眼睛迷蒙地看着我，低喊着：

"诗卉！"

"小双，"我握紧她的手，"你很痛吗？要不要叫医生来？"

"不，不要。"她轻声说，眼光在病床周围搜寻着，似乎在找什么人。于是，我说：

"奶奶和妈妈先回去了，她们明天一早就会来看你！"

小双点点头，没说什么，我觉得，她找的未见得是奶奶和妈妈，就忍不住又说：

"雨农去找卢友文，不知道是怎么回事，找到现在还没找来！不过，雨农在你家里已经留了条子了。"

小双睁眼看看我，她的眼光好怪异、好特别、好冷漠，使我不自禁地打了个寒战。她把头转向一边，合上眼睛她又昏昏睡去了。

凌晨两点钟，忽然有人敲门，我以为又是护士来看情况，只说了声"进来"。门开了，竟是雨农和卢友文！我跳了起来，慌忙把手指压在唇上，表示"噤声"。雨农悄然地把我拉向一边，我合上房门，雨农低问：

"怎样？"

"没死。"我简单地说，不知道胸中的一腔怨气，是该对谁而发。

转头看卢友文，他满头乱发，面容憔悴，眼睛里布满了红丝，下巴上全是胡子楂儿，穿着件破旧的牛仔布夹克，一身的潦倒相，满脸的狼狈样儿。当初那个神采飞扬的卢友文何处去了？当初那个漂亮潇洒的卢友文何处去了？他现在看起来，像个坐了十年监牢，刚出狱的囚犯。

他直接扑向床边去，在我还来不及阻止他以前，他已一把握住了小双那放在被外的、苍白的小手。然后，他喊着：

"小双！"

小双被惊醒了，她迷糊地张开眼睛来，微蹙着眉梢，她困惑地、迷茫地望着眼前的人。卢友文扑过去，坐在床沿上，他弯腰望着她，沙嘎地、急促地、哽塞地，他不停地叫着，语无伦次地说着：

"小双！小双！我对不起你！我对不起你！我该死！我该下地狱！小双！你好吗？你疼吗？你打我吧！你骂我吧！我不是人，我是禽兽！我配不上你，我让你受罪，我让你吃苦，我不是人！……"小双的眉头蹙得更紧了，她轻轻地把手从卢友文手中挣脱出来，转头叫我：

"诗卉！"

我立刻走过去，问她要什么。

"让他走开好吗？"她有气无力地说，"我好累，我好想睡。"她闭上眼睛，一脸的疲倦和不耐。

我拉了拉卢友文的袖子：

"你做做好事，卢友文，"我说，"你现在不要打扰她，让她睡一睡，她刚刚动过大手术，才从鬼门关回来的呢！你有话，等她睡醒了再说。"

卢友文痛苦地瞅着我,又转头去看小双,他似乎还有千言万语,要急着诉说。但是,小双的眉头蹙得紧紧的,眼睛紧闭着,苍白的小脸上一片冷漠。那样子,是什么话也不想听,也不要听的。卢友文叹了口气,仍然扑在那儿不肯离开,只是苦恼地、痛楚地凝视着小双。我死命地扯着他的衣服,对他说:

"你到那边去坐着吧!你没看到她手腕上绑着针管吗?你在这儿只会碍事。要不然,你先去婴儿室,看看你的女儿吧!"

一句话提醒了卢友文,他抬头看我:

"那孩子——好吗?"

"很不错,"我憋着气说,"这样危险的情况中,抢救出来的孩子,将来一定命大。"

卢友文用充满内疚和自责的眼光看了我一眼,就站起身来,走出病房去看他女儿去了。我和雨农交换了一个注视,雨农对我摇摇头,低声说:

"别再骂他了,一路上,他自怨自艾得就差没有跳车自杀了!"

"我听多了他的自怨自艾,"我说,"我也不相信他会跳车自杀。你——在什么地方找到他的?赌场吗?"

雨农望着我,他眼中有着惊悸的神情。

"你不会相信有那种地方,诗卉。"他说,"那是一间工寮,换言之,是一群工人聚集的地方,我原以为是什么公寓,铺着地毯,有豪华布置,完全错了。那儿是公司的工人宿舍,他们聚集着,满屋子的烟味、酒味、汗味、霉味……如果你走进去,你准会吐出来。他们有的在掷骰子,有的在赌梭哈,有的在推牌九,别看都是工人,大把大把的钞票就在满屋子飞着。而且,世界上顶下流顶肮脏的话,你都可以在那儿听到。至于挖着鼻孔、扳着脚丫子的各种丑态,就不用提了。"

我愕然瞪着雨农,不信任地问:

"他何至于堕落到如此地步?又何至于去和工人聚赌?我还以为……他不过是和同事打打麻将呢!"

"他说,他是去找灵感的,他想写一篇《赌徒末日记》。他最初去,人家邀他参加一个,他参加了,从此,就被'魔鬼附了身',他每赌必输,于是又加上了不服气,他总认为下一次可以赢,就一路赌下去,这样越陷越深,就不能自拔了。据我看……"他沉吟了一下,"那些人是在'吃'他。"

"吃他?"我不懂了。

雨农正要再解释,卢友文回来了,雨农就住了口。卢友文看了看床上的小双,她似乎又进入沉睡状况了。他再转头望着我,低声说:

"我隔着玻璃看了,那孩子好小,不是吗?"

"你希望她有多大?"我没好气地说,"一个不足月的孩子,能有六磅重,已经很不错了!"

卢友文不说话了,在椅子里坐下来,他用手抱住头,又是那股痛苦得快死掉的样子。我瞪着他,心里憋着一句话,是怎么样也按捺不住了。我说:

"卢友文,坠子呢?小双的玉坠子呢?"

卢友文抬起眼睛来,苦恼地看了我一眼,没说话。

"你是当了,还是卖了?你就直说吧!"

"输掉了。"他说。

"输给谁了?"我问。

"诗卉,"雨农打断了我,"现在去追问这坠子的下落又有什么用呢?反正东西已经没有了!再追问也是没有了。那些工人,还不是早拿去珠宝店换钱了。"

我瞪着卢友文,越想越气。

"怎么会发生这件事?"我问,"为什么小双出事的时候你不在家里?你跟小双打架来着,是不是?"

"没有打架,"卢友文低低地说,"我要她给我坠子,她不肯,我急着要去扳本,没时间跟她慢慢磨。我说只是跟她借用,会还她的,她还是不肯。我没办法,就去她脖子上摘,她躲我,我拉着她……"

"把坠子硬从她脖子上扯下来,是不是?"我像个审犯人的法官,"你把她脖子都拉破了,你去看看,她脖子上还有一条血痕呢!"

卢友文把头埋进手心里,声音从手心中压抑地透了出来:

"我不是人,我是禽兽!"

我继续瞪着那个"禽兽"。

"后来呢?"我问。

"我拿了坠子就跑,她在后面追我,然后,她摔倒了,我没有在意,就走了。我怎么知道她这一摔会摔出毛病来?她以前又不是没有摔过跤,也没出毛病,她是很容易摔跤的。"

我气得头发晕,他眼见她摔倒,居然置之不顾,仍然去赌他的钱。如果小双不机警,找邻居帮忙,岂不是死在那小屋里,都没有人知道？假若这一摔竟摔死了，我不知道在雨农的法院里，会不会判决这种丈夫为"杀人罪"。凝视着卢友文，我明白，他一定还隐瞒了若干细节，小双准是在争夺坠子时就已经受了伤，动了胎气，再一摔，才会那么严重。我很想把卢友文从头到脚地臭骂一顿。但是，雨农一直对我摇头使眼色，卢友文又痛苦得什么似的，我就只好气冲冲地走开，去照顾小双了。

天亮时，小双醒了，睁开眼睛来，她不安地望着我，微弱地说："你一夜都没睡吗，诗卉？"

"不要紧，小双，"我笑着说，"以前我们两个常常一聊就是一通宵，你明知道我是夜猫子！"

卢友文走过来了，坐在床边上，他重新抓住小双的手。现在，小双是清醒的。

"小双！"他哀求地看着她，"原谅我！"

小双把头转向床的另一边。

"诗卉，"她说，"孩子好吗？"

"很好，"卢友文很快地接口，"我已经去看过了，他们不许我进去，只抱到玻璃窗那儿，让我隔着玻璃看。小双，"他柔声说，"从此，我是父亲了！你放心，我一定痛改前非，从头做起……"

小双望着我，脸上毫无表情。

"诗卉，你能不能帮我问问医生，我可不可以拒绝某些干扰？雨农，"她看到雨农了，就又转向雨农，"帮我一个忙，让这个人出去，好不好？"

卢友文在床前面跪下来了，他把头扑在小双的枕边，激动地、痛楚地、苦恼地喊着：

"小双！小双！求求你，你再给我一个机会，求求你！小双，你一向是那样善良、那样好心的！你一向都能原谅我的过失的，你就再原谅我一次吧！我发誓再也不赌了，我发誓从此做个好丈夫！我要写作，这次是真的写，不再是只说不做！诗卉和雨农在这儿，他们做我的证人！小双，你好心，你仁慈，你宽宏大量，你……你就原谅我吧！在这世界上，我只有你一个亲人……不，不，现在还有孩子，我只有你们两个，你们就是我的世界！以后，我要为你们活着，为你们奋斗，为你们创一番事业……"

他的话还没有说完，小双已转过身子去，伸手就按了床头的叫人铃。立即，护士来打门了，卢友文可无法继续跪在那儿，他慌忙跳起身子，脸上是一脸的狼狈与尴尬。护士走了进来，笑嘻嘻地问：

"有什么事吗？"

小双指着卢友文，苍白的面庞上一片冷漠与倨傲，使我想起她第一天，穿着全身黑衣，站在我家客厅里的那种"天地与我何关"的神情。在那一刹那间，我明白了，当人悲痛到极点的时候，一定会变得麻木和冷漠的。

"小姐，"她对护士说，"请你让这个人出去！"

护士呆了，她看看我们，一股莫名其妙而又不知所措的样子。雨农立刻走上前去，拉住卢友文，打圆场地说：

"好了，友文，你就过来坐着，别说话，也别吵着小双，让她好好休息，好吧？"

卢友文无可奈何地折回到旁边，在椅子里坐了下来，托着下巴,愣愣地发呆。雨农对护士小姐使了个眼色,摇摇头。那护士显然也明白过来,知道是夫妻在闹别扭,就笑了笑,搭讪着走过去看了看生理食盐水的瓶子,又量了量血压,回头对我们说:

"很好,她恢复得蛮快呢!"

护士走了,我们三个人就都静悄悄地待在那病房里,不知道怎么是好。一夜没有睡觉,雨农已经有点摇头晃脑。但是,我们谁也不敢离开,因为,小双一脸冷冰冰,一脸倔强,我们生怕一离开,他们夫妻会再吵起来。对小双而言,现在实在不能再生气或激动了。

雨农推了一张躺椅,要我躺上去休息休息。经过一日一夜的折腾,我躺上去就睡着了。一觉醒来,天已大亮,我身上盖着毛毯,奶奶正冲着我笑呢!我坐起身来,发现雨农已经走了,卢友文还坐在他的老位子上发呆。奶奶却精神抖擞而笑容满面:

"诗卉,银行里,你妈已经打电话帮你请了假了,所以你不必着急,现在奶奶来接你的班,你可以回去睡觉了!雨农那孩子,我已经赶他回家了。"

我刚睡醒,精神倒蛮好的,一时也不想回去。看看小双,她的眼睛睁得大大的,望着天花板,不知道在那儿想些什么。奶奶笑着走过去,拿出一把梳子,她笑嘻嘻地梳理着小双的头发,一面说:

"把头发梳好,洗个脸,心情就会好多了。奶奶已经问过医生,他说你拆了线就可以回家了,所以啊,了不起在医院里再住一星期,就可以抱着小娃娃,回呀回娘家了。"

奶奶的好心情使我发笑。望着小双,她却一点儿笑容也没有。她的眼睛静静地、坚决地看着奶奶。

"奶奶!"她叫。

"嗯?"奶奶应着,用橡皮筋把她的长发束了起来。

"这次我动手术,花了你们很多钱吧?"

"哎哟!"奶奶喊,"什么'我'啊,'你们'啊,你算是嫁出门的女儿,泼出门的水了,是不是?我跟你说啊,小双,医药费不要你操心,咱们朱家还拿得出来。你如果疼奶奶,你就给我快一点好起来,让奶奶看到你们一个个健健康康的,奶奶也就心满意足了。"

"奶奶,"小双那一直冷冰冰的脸孔,现在才有点融化了,她瞅着奶奶,声音里带着祈求,"我出院以后,要一个人租间房子住……"

"胡说八道!"奶奶说,"照迷信啊,你出了院还在坐月子,也不便住到朱家去……"

我心里有数,奶奶才不那么"迷信"呢!她所顾虑的,不过是小双正在和卢友文赌气,而我家里偏偏有那样一个痴得可怜的哥哥!如果把小双接回我家去,还不定要闹出多少事故来呢!奶奶转着眼珠子,继续说:

"……所以呀,你出了院就乖乖回家去,奶奶搬过去陪你,帮你照料小娃娃,一直到你满月为止,怎么样?"

"我不!"小双坚决地说,"我再也不回那个家!奶奶,我现在是真正的没有家了!"小双的声音里,充满了令人心酸的凄凉。

"别瞎说呀!"奶奶嚷着,"你算是瞧不起奶奶吗?奶奶早说过了,你是我的第三个孙女儿,原来……原来……你心里根本没有我这个奶奶哇!"

"奶奶!"这一下,小双的眼泪滚滚而下了,她顿时泣不成声,"奶奶,你怎么这样说?我……我……我对不起你,奶奶!我……我弄丢了那玉坠子,你那样郑重地交给我的,我……我根本没有脸见您了!"

"哎哟!"奶奶故作轻快地嚷,但是,她的眼圈也红了,眼眶里也涌上了眼泪,"快别这样傻,小双!那坠子只是块石头,有了不嫌多,没有不嫌少。奶奶给你的时候,原想让你戴着避避邪,如果因为这坠子,你反而闹了个夫妻不和,家庭分散,那岂不是给你招了邪来了吗?这样说来,那是个不吉利的东西了,既然不吉利,丢了也算了。难道还真为一个坠子伤心吗?"

"奶奶,你不知道,"小双泪下如雨,声音呜咽着,枕上立即湿了一大片,"那坠子对于我,代表的是一个家庭的温暖,一个祖母的爱心,它……它不是一块石头,它是一件无价之宝呀!"

"哟,别哭别哭。"奶奶用一条小手绢,不住地擦拭小双的泪痕,而她自己脸上,也已经老泪纵横了,"小双,快别哭了,在月子里,哭了眼睛会坏的!小双,奶奶绝不会因你丢了一个坠子,就少疼你几分呀!小双,瞧,你再要招惹得奶奶也哭起来了!"说着,奶奶转头去望着卢友文。在奶奶和小双这一段谈话里,那卢友文就一直垂头丧气地坐着。奶奶擤擤鼻子,提着嗓子喊:"卢友文!你还不给我过来!"卢友文低着头走过来了。奶奶望着他,命令地说:

"快给你太太赔个不是吧!你差点把我这个小孙女儿的命都送掉了!"

小双把头转开去，含泪说：

"奶奶，我再也不要见他了！我永远不要见他！我……我……我要和他离婚！"

我们都愣了，奶奶也愣了，这是小双第一次提"离婚"两个字。显然，卢友文也惊呆了，他愕然地瞪着她，半晌，才恳切地开了口：

"小双！千错万错，都是我的错！你要我怎样，我就怎样，只求你别再提分手和离婚的话！我尽管有千般不是，尽管做了几百件对不起你的事，但是，请你看在我们孩子的面子上吧！别让她刚刚出世，就面临一个破碎的家庭！请你，看在那小女儿面子上吧！"

说实话，卢友文这篇话倒讲得相当动人，连我的鼻子都酸酸的，眼睛里也湿漉漉的了。小双呢？再倔强，再忍心，也熬不住了，她又哭了起来，泪水从眼角迅速地溢了出去，流到耳朵边和发根里去了。奶奶慌忙弯下身子，不住地帮她擦眼泪，一面稀里呼噜地擤着鼻子，一面用哽塞的声音说：

"不是我说你，小双。'离婚'两个字，怎么可以随便出口呢？婚姻是终身的事儿，当初你既然选择了他，好歹都得认了这条命！奶奶的话是老古董，可是，也是为你着想呀！孩子才出世，你是要让她没爹呢，还是要让她没妈呢？小双，不管你有多少委屈，今天就看奶奶的这个老面子和你女儿的小面子，你就原谅了友文这一遭儿吧！"

小双只是抽噎，哭得整个肩膀都耸动着，这样哭显然是牵扯了伤口，她不胜痛楚地用手按着肚子。卢友文趁势弯下腰去，帮她扶着身子，同时，眼眶也红了，他说：

"小双，你听奶奶的，就原谅我这一次吧！以后，我再也不惹你伤心了，也再不会伤害你了！我要用我以后的生命，为我今天的错误来赎罪！我发誓，我会加倍爱你，加倍疼你！我会一心一意照顾你，让你从此远离各种痛苦和伤害！"

小双一面哭着，一面抬起睫毛来望着卢友文，这是卢友文到医院以后，她第一次正眼看他。

"我不信任你，友文，我完全不信任你！"

"我发誓……"

"你发过几千几万次誓了！"

"这一次，是最后一次！"卢友文说，祈谅地、哀恳地望着小双，经过一夜的折磨，他的面容是更加苍白、更加憔悴了。下巴上，胡子参差不齐地滋生着。小双凝视着他，终于，她伸出手去，轻触着他的面颊。"友文，"她含泪说，"你该剃胡子了！"

卢友文猝然把头扑在她床前的棉被里，泪水浸湿了被单。他的手紧握着小双的手。奶奶站直了身子，拍拍手，她叫了起来：

"哎呀，我忘了，我还没有吃早饭呢，闹了这么半天，我可饿了，诗卉，你呢？"

"我也饿了！"我说。

"那么，我们等什么，去门口吃烧饼油条吧！"

奶奶拉着我往门口走，到了门口，她又回过头来，正色地、严肃地说：

"卢友文，我告诉你，下次你敢再欺侮小双，奶奶这把老骨头绝对不会饶过你！"

说完，她拉着我的手，昂着她那白发苍苍的头颅，挺着背脊，骄傲地、坚定地、大踏步地往前走去。

我们在医院的门口，一头碰到了诗尧。

他正往医院里走去，看到我们，他站住了。他的脸色，似乎比卢友文还憔悴、还苍白。显然也是一夜未睡。他的眼睛深黝黝的，里面燃烧着痛楚和愤怒，低低地，他说：

"小双好吗？那个丈夫在里面，是吗？他总算出现了，是吗？"他往前冲去，"我要找他！我早说过，他欺侮了小双，我会找他算账！"

奶奶一把抓住了他。

"傻小子！"奶奶说，"你从小就傻，从小就执拗，从小就认死扣！到现在，三十岁了，没有一点儿进步，反而退步了！你不许进去，诗尧，假如你聪明一些，别再增加小双的痛苦！你——也别让奶奶操心。你这样不吃、不喝、不睡，对小双并没有丝毫帮助，懂吗？诗尧，"奶奶心疼地瞅着他，"跟我们去吃烧饼油条去！"

诗尧盯着奶奶。

"奶奶，你不会支持我。"他哑声说。

"支持你去破坏一个家庭吗？支持你去抢别人的太太吗？"奶奶说，"你就说奶奶是个老古董吧！什么都依你，什么都支持你！这件事，不行！"

诗尧一眨也不眨地望着奶奶。

"奶奶，你知道吗？"他咬着牙说，"我从小就傻，从小就执拗，从小就认死扣！我还会继续傻下去！在小双结婚的时候，我就发过誓,她幸福,我认命!她不幸,我不会做一个旁观者!"

我惊悸地望着他。

"你要做什么?"我问。

"你知道的,诗卉!我不会饶过卢友文,我不会!"

"别傻了!"奶奶说,"他们已经言归于好,你也只好认命了!"

"是吗?"诗尧冷冷地问,"我会等着瞧!我会等着!"

他靠在电杆木上,抬头望着医院的窗子,大有"就这样等下去"的趋势。冬季的寒风在街头穿梭,他一动也不动地站着,一任那寒风鼓动着他的衣襟。

我和奶奶相对注视,都怔了。

18

小双出院以后,奶奶果然遵照她在医院里的许诺,搬到小双那简陋的小屋里去照顾小双了。尽管小双坚持她不需要,尽管卢友文一再说不敢当,奶奶仍然固执地住在那儿照料一切。不仅于照料,她把她的老本儿都拿了出来,今天给小双炖只鸡,明天给小双煮猪肝汤,后天又是红枣煮莲子,忙了个不亦乐乎。私下里,她对我们说:

"可怜哩,没爹没娘的孩子,我如果再不照料她一点儿,她会认为整个人生都没有温暖了,人,活着还干吗呢?何况,那个丈夫……"她四面看看,没见到诗尧,才把下面的话,化为一声叹息,"唉!"她虽没把话说完,可是,我们都了解那话中的言外之意。奶奶在小双家住了一个月,卢友文在客厅里打地铺。奶奶说,卢友文这一个月还算很"乖",每天按时上班,按时下班。只是,下班后,他经常待在客厅里长吁短叹,奶奶追问他干吗叹气,他就说什么"遭时不遇"、"有志未伸"、"时乖运蹇"、"造化弄人","穷途潦倒","命运不济"……

"老天哇!"奶奶说,"我总说咱们家的自耕是个书呆子,生了个诗尧是个小书呆子。可是,他们说的话我总听得懂哇!那个卢友文啊,他像是按着《成语大辞典》在背呢!可以一小时里给你搞出几百句成语来!"

我想,奶奶的存在,多少给了卢友文一些"监视"作用。小双这次死里逃生,也多少给了卢友文一个痛心的教训!他该从此下定决心,好好努力,来创一番事业了,也不辜负小双跟着他吃这么多的苦,受这么多的罪!

小双的女儿取名字叫彬彬,虽然生下来的时候又瘦又小,但是,才满月她就变得又白又嫩又漂亮,一对乌黑的、灵活的大眼睛简直就是小双的再版!嘴唇儿薄薄的、小小的,总是在那儿吮着吮着。脸蛋儿红红的,小手小脚软乎乎的,摸着都舒服。小双抱着她,那份喜悦劲儿,那份满足劲儿,那份安慰劲儿,是我一年以来都没有看到的。她常凝视着孩子对我说:

"诗卉,这孩子现在是我最大的寄托了。我不再是个一无所有的人,我是个母亲!望着彬彬,我就是有天大的烦恼,我也把它忘了!为了这孩子,我会尽我的全力去挣扎,去改善我的生活,让孩子能活得健康、活得快乐,将来长大了,也能活得骄傲!"

我没做母亲,还不太能了解小双那份强烈的母爱。但是,隐隐中,我总觉得小双的话里有些辛酸,因为她没有提到卢友文。那些日子,她又作曲又作词,常要我和奶奶转交给诗尧。她作的歌并不一定都能唱,也并不一定都能卖出去,但是,诗尧策划的综艺节目越来越多，那些歌唱出的机会也就多了。逐渐地，小双的作词和作曲竟也小有名气，价钱也抬得比较高了。有时，她会包下整张唱片来，她又很谦虚，只要公司不满意，她肯不惮其烦地一再修改。而那支《在水一方》，已经风靡一时，电视、电台、歌厅，都整日不断地唱着。其次，她作的歌里比较出名的，还有《梦》《小路》《三个愿望》《云天深处》《鸟语》等。唱片的收入，成为小双家庭收入的一项主要项目。

在这段日子里，我和雨农常闹别扭，因为雨农希望和我在十月里结婚，而我呢，还希望拖一段时间，雨农总是说：

"你看人家小双，孩子都几个月了，我们还不结婚，难道要长期抗战吗？"

我之所以不想结婚，主要是因为家里的气氛问题。自从小双嫁出去，诗尧就变得阴沉而孤僻。接着，诗晴再结婚，李谦也有了自己的"窝"，我们那偌大一个家庭，就突然冷清起来了。以往，每到晚上，客厅里坐着一屋子人，又谈又笑又闹的，现在，晚上来临的时候，客厅里常常只有爸爸妈妈和奶奶，三个老人家面面相对，难免有"养儿女所为何来"的感叹。于是，我就想，能在家里多待一段时间，就多待一段时间吧，反正我才二十三岁！

家里真正成了问题人物的是诗尧。自从小双病后，他就变得更加沉默了。他绝口不谈婚事，不交女友，落落寡欢，沉静孤独。每天，他把自己弄得忙碌不堪，公司里各种事情，只要他能做的他都做。剩下来的时间，他又忙于帮小双签合同，卖歌曲。由于歌曲的关系，他必须常常和小双见面。我衔奶奶之命，永远夹在里面当电灯泡。事实上,我不夹在里面也没关系,因为小双在诗尧面前,总是"保持距离,以策安全"的。她沉静高雅,虽然温柔细致,却总带股凛然不可侵犯的意味。因而,即使诗尧有千言万语,常常面对着她,却反而化为一片沉默。

奶奶和爸爸妈妈,嘴里都不说什么,但是,他们开始真正为诗尧操心和发愁了。妈妈常叹着气说:

"难道他真预备这样打光棍打下去了吗?现在这种时代,我又不能和他谈什么男大当婚、女大当嫁的老观念,当然更不能提什么不孝有三,无后为大了!"

"他就是被你们惯坏了,"爸爸说,"从小眼高于顶,什么女孩子都看不中意!"

"算了!算了!"奶奶叫着说,别看奶奶和诗尧间隔了两代,最了解诗尧的还是奶奶,"这孩子心里够苦了,他自个儿熬着,你们就让他去吧!好在这日子总是要过去的,好的、歹的,时间都会把它冲掉。咱们着急也没用,等着让时间来给他治病吧!"

时间!时间对诗尧似乎是没用的!那晚,诗尧代小双订了一个约会,在一家夜总会里,和唱片公司的经理见面。这家公司,出版了小双许多唱片,在作曲作词方面,都有许多意见要给小双,而且,他们有意和小双签一个"基本作曲家"的长期合同。所以,这次的见面是必需的。当然,那晚我和雨农又是陪客。小双把彬彬交给奶奶,这是她第一次出席这种宴会!

永远记得小双那天的打扮,她穿了件黑色小腰的曳地洋装,既简单,又大方,整件黑衣上既无镶滚,也无花样,只在脖子上挂了一串人造的珍珠项链,项链很长,一直垂在胸前,黑白相映，就显得特别突出和雅致。她把长发挽在脑后，梳了一个发髻，露出修长而白皙的颈项，衬托得她那张年轻的脸庞，好雅洁，好高贵，好细致。第一次看到小双这样装饰，一个小妇人！年轻的小妇人！却比少女装束的她，更具有女性的磁力。诗尧一眨也不眨地望着她，几乎到达一种忘我的境界。

那家夜总会的气氛很好，桌上烛光摇曳，屋顶上有许多闪烁的小灯，却隐藏在一层黑色的玻璃底下，明灭，闪烁得像满天暗夜中的繁星。舞池里人影幢幢，双双对对，都在"星光"下酣舞着。小双沉静地坐着，和那经理谈着音乐，谈着唱片，谈着合同。那经理也恂恂儒雅，没有丝毫市侩气。很快地，他们谈完了他们的公事。那经理还有事情，就先走了一步。小双立即表示也要回去了。诗尧很快地阻止了她。

"难得出来，你应该多坐一下！"诗尧说，语气中几乎有点命令的味道。

小双看了诗尧一眼，就默默地坐了下去。这时，乐队的钢琴手忽然奏出一段柔美的音符，接着，一位元男歌星走上台来，拿着麦克风，他似有意似无意地对我们的桌子微微一弯腰，就唱出了那支《在水一方》。小双呆了，她怔怔地望着诗尧。诗尧站起身来，一脸的郑重，一脸的严肃，一脸的诚挚，他深深地注视她，说：

"你知道，小双，我从不跳舞，因为，我的腿有缺陷，使我觉得跳舞是件很痛苦的事情！但是，今晚，你愿意帮助我打破这份自卑感吗？"

小双的眼睛雾蒙蒙的、黑幽幽的。对于这样的一份"邀请"，

231

她显然是无法抗拒的,何况在那支《在水一方》的歌声下!她低语了一句:"我也从没跳过舞!"

"那么,让我们一起开始这个'第一次'!"

从不知道诗尧也这样会说话的!我愕然地望着他们。小双已站起身来,和诗尧一起滑进了舞池。我可不能坐在这儿旁观了,一阵心慌意乱的情绪抓住了我,我跳起身来,对雨农说:

"我们也跳舞去!"

我和雨农也卷进舞池,我故意拖着雨农舞到诗尧他们的身边,想听听他们谈些什么。可是,到了他们身边,我就更心慌了。因为,他们什么都没有谈!诗尧只是紧紧地、深深地瞅着小双。而小双呢?她回视着他,眼光里含满了无奈的、祈谅的、求恕的意味。是的,他们没有用嘴谈话,他们是用眼睛来谈的!

一曲既终,诗尧没有放开小双。那歌星接唱了一支《梦》。再下来,另一个歌星唱了《云天深处》,又唱了《三个愿望》《往事》等歌,居然全是小双的歌曲!我忽然明白过来,诗尧早已刻意安排了这一切!

我望着雨农,我们都有点不安。然后,小双和诗尧退回到桌子前来,小双面颊微红,呼吸急促,而神情激动。坐在那儿,她心神不安地猛喝着橘子汁。诗尧却静静地靠在椅子里,静静地燃起一支烟,静静地注视着小双。他那长久而专注的凝视显然使小双更不安了,她忽然抬起头来,望着诗尧,用不很稳定的语气说:

"我下次要写一支歌,歌名叫《不认识你多好》!"

"很好。"诗尧定定地望着她,"可以有这样的句子:不认识你多好，既无痛苦也无烦恼！认识了你更好，宁可痛苦与烦恼！"

小双瞪着他，长睫毛扬着，眼睛又是那样雾蒙蒙、黑幽幽的。我心里怦怦乱跳，不行，不行！我这个哥哥又在犯毛病了，在桌子底下，我死命地踢了诗尧一脚。诗尧看了我一眼，低叹了一声，他把眼光转向台上去，脸色变得十分阴沉而落寞。小双也无声地叹息了，也把眼光转到台上去。台上，一个女歌星正在唱着：

　　这正是花开时候，
　　露湿胭脂初透，
　　爱花且殷勤相守，
　　莫让花儿消瘦！……

于是，我忍不住，也长长地叹了口气。

那夜，从夜总会出来，我心里沉甸甸的，说不出来是一种什么滋味。私下里，我对雨农说：

"我有个预感，这样发展下去，总有一天要出事！"

是的，我的预感并没有错误，仅仅隔了两个星期，事情就发生了，发生得那么突然，那么惊天动地！

那天晚上，诗尧说是要去看小双，说是有"要事"要和小双商量。

我说，不如让我做代言人吧！诗尧却固执地不肯，他阴沉沉地对我说，他保证不犯毛病，保证不出错，保证不说过火的话，保证不和卢友文起争执，也保证心平气和，甚至于：

"除了正事以外，我不说话，把自己当哑巴，这样总行了吧？"

"你听,"我咬着牙说,"只是想见小双,是不是?什么要事不要事,都是借口,是不是?"

"诗卉!"诗尧恼怒地叫,"我想我有权利见小双,用不着你来批准的!"他站起身就往外走。

我慌忙叫住了他,怕他闯祸,怕他出毛病。那晚,我和雨农陪着他,三个人一起去了小双家。我却怎么样也料不到,防范备至,这一去,仍然引起了一场绝大的暴风雨!

是小双来给我们开的门,看到我们,她脸上立刻闪过一抹喜悦的光芒,显然,在我们来以前,她是相当寂寞的。她眼底眉梢、浑身上下,都带着寂寞的痕迹。我立刻猜想,卢友文一定不在家!小双把我们迎进客厅,她的眼光只和诗尧悄然接触了一下,就很快地掉开了。她让我们在客厅里坐着,给我们倒了茶。然后,她抱出小彬彬来,给我们每一个人看,像在展示一件无价之宝。那五个月大的小家伙,已经越长越漂亮,越长越像妈妈了。她眼珠子骨碌骨碌地转着,嘴里咿咿唔唔的,小手小脚,不住舞着踹着。雨农羡慕得什么似的,转过头来,他狠狠地瞪了我一眼说:

"什么时候,我们也养这样一个娃娃啊?"

我在他胳膊上死命一拧,拧得他直跳起来。我看看屋内,实在按捺不住了,我问:

"卢友文不在家吗?"

"在。"意外的,小双说着,对屋里望了一眼,"在睡觉呢!"

我看看手表,晚上八点钟,睡的是哪一门子觉?我不好问什么,小双抱着彬彬进去了,我们听到她在屋内低声说着什么,好

像是劝卢友文出来。卢友文在叽咕着,小双又很急促地说了几句话,于是,卢友文的声音抬高了一些,恼怒地、不耐地低吼着:

"你不知道我在想故事吗?你不知道我身体不舒服吗?你的客人,你去应酬,我在场岂不是碍你的事?"

小双又低声说了几句,接着,卢友文大叫了起来:

"面子!面子!面子!面子是世界上最讨厌的东西!我为什么要顾全你的面子?你顾全过我的面子没有?"

我和诗尧、雨农,大家交换了一瞥,看样子,我们来得又不是时候。诗尧的脸色难看得到了极点,使我不得不对诗尧警告地摇头。大家正尴尬着,小双出来了。她的眼睛乌黑,而神情木然。她的背脊挺得很直,头抬得很高,似乎已经忍无可忍,她很快地说:

"对不起,我家的天才作家正躺在床上等诺贝尔文学奖从屋顶上掉下来,所以,他没有时间出来招待你们了!"

她这几句话说得很响,这是我一生听到小双说的最刻薄的几句话。但是,想到她那个卢友文和他的"天才""写作""诺贝尔",我就觉得,再也没有什么话,比这几句更"恰当",更"写实"的了。

小双这几句话才说完,"砰"的一声,房门开了,卢友文上身只穿了一件汗背心,从屋里直冲了出来。我们都不自禁地一凛。我想,怎么这么巧,只要我来,他们家就要出事。卢友文看也不看我们,他一直冲向小双,用手指着她,他气冲冲地、脸色发白地说:

"你是什么意思?你说!你说!"

235

小双的背脊挺得更直，头抬得更高，她那倔强的本能又发作了。她的面容冷冷的，声音也冷冷的：

"我说的不是实情吗？这些年来，你一直在等着诺贝尔文学奖。小日本是什么东西？川端康成是什么东西？只要你卢友文一展才华，诺贝尔还不是手到擒来！可是，你躺在沙发里等诺贝尔，躺在床上等诺贝尔，从来没写出过一本著作！所以，我想，诺贝尔准在咱们屋顶上蹲着呢，总有一天蹲不牢，就会从屋顶上摔下来，正好摔在你怀里，让你无巧不巧地去抱一个正着！"

卢友文走上前来，他的手重重地搭在小双的肩上了，他的身子又高又大，小双又瘦又小，他用力捏紧小双的肩膀，小双不自禁地痛得缩了缩身子。一时间，我以为他要打小双，就吓得我直扑了过去，嚷着说：

"好了！好了！别吵了！卢友文，我们难得来，你们夫妻不要尽吵架！"

卢友文把小双重重一推，小双一直退到屋角去才站牢。卢友文掠了掠头发，打鼻子里哼着说：

"我不和你女人家一般见识！"

"当然哩！"小双幽幽然地接了口，"你是男子汉，你是大丈夫，你是一家之主，你能干，你精明，你何必和我这个弱女子计较！"

卢友文脸色大变，眉毛迅速地拧在一块儿。回过头去，他紧盯着小双，两只手握着拳，他压低了嗓音，威胁地说：

"小双，你别逼我！我告诉你，我最讨厌男人打女人，可是，有些女人生得贱，就是要讨打！你别以为诗卉他们在这儿，我就不敢动你!你再这样夹枪带棒地明讽暗刺,我不会饶过你!"

我眼看情况越闹越严重,心里急得要命。而诗尧,他脸上青一阵白一阵,眼光恶狠狠地盯着卢友文,那神色实在让我提心吊胆。正好这时小彬彬在屋里哭了起来。我就推着小双,急急地说:

"去吧!去吧!孩子在哭呢!去抱孩子去!"

我把小双连推带拖地拉进了卧室,一面对雨农直使眼色,要他安抚卢友文,也防范诗尧。到了卧室里,小双像个机械人般走到小床边,抱起彬彬来,她机械化地给她换了尿布,又机械化地冲了奶粉,一声不响地抱孩子吃奶。我在旁边看着她忙,实在不知道该说什么。小双的一对眼睛只是直勾勾地瞅着孩子发怔。我听到客厅里,卢友文的声音在说:

"她……太藐视人了,自己能赚两个臭钱就瞧不起丈夫了。你们看过这样盛气凌人的妻子吗?我告诉你们,早知道娶了太太要受这种罪,我还是当一辈子光棍好!"

"嗯……哼!"诗尧在重重地咳嗽。

"算了!算了!"雨农立刻打着哈哈,"哪一家的夫妻不闹个小别扭呢?又没什么了不起的事,别认真吧!"

"我告诉你们,"卢友文的声音又高又响,"我算倒了十八辈子霉了!雨农,我们是一块儿受军训的,你说,我对文学方面有没有天才?有没有造诣?退役之后,我原想什么事不干,专心写作,饿死都没关系,只要能写出不朽的作品,对不对?你能说我没有抱负,没有雄心吗?可是,我倒霉,倒了十八辈子的霉,碰到了这个杜小双,用婚姻这把枷锁把我一把锁住。我一时糊里糊涂,就掉进婚姻的陷阱里去了。然后她逼了我去上班,去工作。为了养活她,我只好做牛做马,上班下班之余,我还有精力写作吗?累都快累死了!她不知体贴,反而说起风凉话来了。说我不事振作,说我不知努力,说我只说不做!其实,我就是被她害了!如果没有她,我早已拿到诺贝尔奖了,还等到今天吗?她是什么人,你们知道吗?她就是谋杀了我的才华的那个刽子手……"他继续往下说,许多不可置信的话,都像流水般倾倒了出来。

小双听着,直直地站在那儿,像一座大理石的雕像,脸上一点儿表情都没有,扶着奶瓶的手,却开始簌簌地发起抖来,她的眼睛像两泓不见底的深潭,又深邃,又迷蒙,又古怪。我被她的神态吓住了,心里却在气雨农,他怎么不打个岔呢?他怎么由着卢友文的性子让他往下说呢?我又担了一百一十个心,怕诗尧会突然爆发起来,那就不可收拾了。就在我干着急而又无可奈何的时候,孩子倒一边吮着奶嘴,一边睡着了。小双又机械化地放下了奶瓶,俯身对那张小床怔怔地望着。接着,她回过头来,我不禁吓了一大跳,因为她的脸色,就像那天进开刀房时一样,煞白煞白。她伸手抓住了我,我才发现她的手指冰冷冰冷,浑身都抖成了一团。我不由自主地用手抱住了她,急急地问:

"小双,你怎么了?你怎么了?"

小双把头倚在我肩上,她的声音低而震颤:

"诗卉,我受不了了,我真的受不了了。你不知道我过的是怎样的日子!我每天和自己挣扎,问自己是不是该自杀!如果不是有彬彬,我想我早已死了。"

我的心怦怦乱跳，我慌忙说：

"小双，你可别傻，别傻，别傻呵！"我一急就结巴嘴，"卢友文是在说气话，他不是真心，真心，真心呵！他平常对你不是也挺好，挺好的吗？"

"我受够了！我受够了！"小双低语，"每次要离开他，他就对你下跪发誓，两分钟以后，他又趾高气扬了！一会儿他说你是他的命根子，一会儿他说你是他的刽子手！世界上怎么有这种人呢？诗卉！诗卉！"她看看我，眼睛好黑、好深，神情好冷、好苦、好涩，"告诉我，我嫁了一个怎样的丈夫？你告诉我，他到底是天才，还是疯子？"

外面屋里，卢友文还在继续嚷着：

"当一个有志气的男人，成为一个虚荣的女人的奴隶以后，他还能做什么？他就钻进了坟墓……"

"住口！"终于，诗尧还是爆发了，他大吼了一声，喉咙都哑了，"不要侮辱小双！卢友文！我对你们的情况太清楚了，上班养家，是你理所应该！何况，小双赚的钱比你多……"

"哈哈！"卢友文大笑了起来，笑得古怪，笑得我浑身都紧张了起来，"赚钱！赚钱！哈哈！你们倒都是金钱的崇拜者！很好，很好……"他冷笑了一阵，从齿缝里说，"你既然提到这件事，我们倒需要好好谈谈了。我问你，朱诗尧，小双能有多大能耐？什么作曲喽作词喽，是天知道的鬼打架的东西！你居然有本领帮她推销掉！你利用职权做人情，她是见钱眼开，有钱就要！你们之间到底在搞些什么？听说你们在夜总会里跳贴面舞，我卢友文大概早就戴上绿帽子了……"

他的话没有说完,我听到砰然一声大响,我一急,就冲开房门跑到外面去。正好一眼看到诗尧的拳头从卢友文的下巴上收回来,而卢友文往后倒去,碰翻了桌子,撒了一地的稿纸、墨水、原子笔、茶杯碎片……小双也冲出来了,却瞪大眼睛呆站在那儿。我大叫着:

"哥哥!"

诗尧满脸通红,眼睛瞪得直直的,鼻子里呼呼地直喘气,我从没有看到他气成这样过。雨农赶了过去,拦在他们两人的中间,焦急地喊:

"这是怎么了?有话大家好好说,怎么动手呢?"

诗尧指着卢友文,大声叫:

"我早就想揍他了!和这种没有人性的疯狗,还能说话吗?你看过人和疯狗去讲理的事情吗?"

卢友文从地上爬起来了,他的眼睛也直了,眉毛也竖起来了,脸色也白了。他一步步地走向诗尧,咬牙切齿地、语无伦次地乱骂着:"朱诗尧,你要动手,我们就来动个痛快!我也早就想揍你了,不过可怜你是个跛脚残废,只怕我一根小指头,就把你打到阴间去了!今天,你帮小双抱不平,我和我太太吵架,居然要你来抱不平!你喜欢小双,你为什么不娶她当老婆呢!你不需要养太太,却可以和她跳贴面舞,你们的事,不要以为我不知道,我清楚得很呢……"

诗尧狂怒地大吼了一声,扑过来,他一把拉开了雨农,对着卢友文又挥出了第二拳。这次,卢友文已经有了防备,他用手臂格开诗尧,立即重重地反击过去。顿时间,两人就翻天覆地地在

房里大打起来。桌子倒了,椅子倒了,茶几倒了,水瓶砸了,茶杯砸了,台灯砸了……我叫起来:

"哥哥,卢友文,你们都疯了!雨农,你拉住他们呀!你呆了吗?你傻了吗?……"

一时间,满屋子的人声、叫声、打斗声、东西砸碎声……这些声音显然惊醒了刚刚入睡的彬彬,她开始在室内"哇哇哇哇"地大哭起来。雨农跑过去,一会儿抱住这个,一会儿又抱住那个,他绝非劝架的能手,因为我亲眼看到,他自己挨了好几拳,被打得"哎哟哎哟"直叫。

就在这房里乱得一塌糊涂的时候,我看到小双,她始终就像一具石膏像一般挺立在那儿,脸上毫无表情,身子一动也不动,脸色仍然煞白煞白。当彬彬放声号哭的时候,她才像是忽然惊醒了过来,她侧耳倾听,脸上有种好奇异的表情,这表情惊吓了我,我走过去,摸着她的手叫:

"小双!"

她看着我,仿佛并不认识我,她低语了一句:

"孩子在哭呢!"

"是的,孩子在哭,"我慌忙说,"你进去吧,你进去看着孩子吧!"

她望着那滚在地上打成一团的诗尧和卢友文。

"他骂他是残废,"她说,声音低柔而清晰,好像她在研究什么深奥的问题,"你告诉诗尧,跛脚并不是残废,思想肮脏、行为乖僻、不负责任才是更大的残废!他——友文,才是真正的残废!"

听到小双这几句话，诗尧忘了打架，坐在地上，他惊愕而激动地望着小双，仿佛她是个至高无上的神祇。卢友文却像只疯虎，他继续对诗尧冲去，但是，他被雨农死死地抱住了，于是，他开始破口大骂：

"小双！你为什么帮他？你爱他为什么要嫁给我？我卢友文倒了十八辈子霉，才会上当娶你！你扼杀了我的前途，你剥夺了我的幸福，你弄脏了我的名誉，你陷害了我，使我无法成功，你是刽子手！刽子手！刽子手……"

小双侧耳倾听。

"孩子在哭呢！"她又说了一句，接着，她低声细语，"这日子还能过吗？"转过身子，她走进屋里去了。

这儿，卢友文继续在那儿狂怒地乱叫乱骂，给小双定下了几百条罪名，他那样激动，使雨农不敢放手，只是死命抱着他，一面语无伦次地劝解，诗尧继续坐在地板上发愣，我继续在那儿手足失措……就在这时，忽然间，我看到小双手里抱着孩子，从屋内直奔出来，像一阵旋风一般，她飞快地跑向大门口。我愣着，一时间，不知道是怎么回事，接着，我就大叫了起来：

"小双！去追小双！雨农！你快去追小双！"

雨农放开卢友文，直奔向大门口。诗尧也跳了起来，飞奔着追过去，我也跑出去。一刹那间，我们三个都冲出了大门，但是，小双已抱着孩子，跑了个无影无踪。有好几辆计程车，正绝尘而去。也不知道她是不是坐计程车走了。我们全呆了。

"小双，"我喃喃地说，头晕而目眩，"快去找她！快去追她！她……她……她……"

我说不下去,心里却有最最不祥的预感。诗尧瞪了我几秒钟,然后,他掉转头,飞快地、盲目地对街头冲去,一时间就冲得不见身影了。

回过头来,我一眼看到卢友文,他也到门口来了,扶着门框,他对巷子里伸头遥望着。他那趾高气扬的神态迅速地消失了,相反地,一阵沮丧和痛楚就飞上了他的眉梢。他瞅着我,苦恼地、自责地、焦灼地、喃喃地说:

"我是怎么了,诗卉?一定是鬼迷了我的心窍,我并不是真要说那些话!一定是鬼迷了我!小双,她真傻,她明知道我的脾气,我是有口无心的!雨农,我疯了,我该下地狱,我不是真心要骂小双,我爱她,我真的爱她……"

雨农看了看他,揽着我,说:

"我们走吧!我先送你回家,然后,我去设法找小双!"

19

深夜，我们全家都坐在客厅里。

小双始终没有找到。诗晴和李谦也闻讯而来，李谦主张报警，然后又自动去派出所查交通案件，看有没有出车祸。雨农去员警总局查全台北旅社投宿名单，看她会不会隐藏在哪家旅社里。诗尧最没系统，他从小双家门口跑走了之后，就每隔一小时打个电话回家，问小双有没有消息。我在电话里对他叫着：

"你在干什么？"

"找小双。"

"你在什么地方找小双？台北这么大！"

"我在桥上，"他说，"我每一个桥都跑，我已经去过中正桥、中山桥、中兴桥……"

"你到桥上去干什么？"

"她会跳河！"他战栗地说，"记得《在水一方》那支歌吗？我有预感她会跳河！"

诗尧挂断了电话，我坐在那儿发起呆来。我几乎可以看到我那傻哥哥正在一个桥又一个桥地找寻着，在夜雾里找寻着，在水一方找寻着。在水一方！在水一方！"绿草苍苍，白雾茫茫，有位佳人，在水一方。……我愿顺流而下，找寻她的方向，却见依稀仿佛，她在水的中央。绿草萋萋，白雾迷离，有位佳人，靠水而居。……我愿顺流而下，找寻她的踪迹，却见依稀仿佛，她在水中伫立。"我暗中背诵着那支歌的歌词，想着她第一次弹琴唱这支歌的神态，猛然间，我打了一个寒战，觉得诗尧的"预感"，很可能成为"真实"。

十二点半，李谦第一个回家，摇摇头，摊摊手，他表示一无所获。一点钟，雨农回来了，他已查过所有旅社名单，没有小双投宿旅社的记录。一点半，诗尧拖着疲惫的脚步，带着满脸的凄惶和憔悴，也回来了。坐在椅子里，他燃起一支烟，不住地猛抽着，弄得满屋子烟雾。

"我找过每一座桥，"他说，"桥上风好大，雾好浓，夜色好深，她……她能去哪里？"他闭上眼睛，用手支住额，我忍不住伸手去按在他手腕上。

大家都坐在那儿，谁也不能睡，谁也不愿去休息，屋里的气氛是沉重的、忧郁的、凄凉的。半晌，奶奶开了口，她轻叹一声，说：

"早知道有今天，当初在医院里，我就该做主，让他们离了婚算了。"

"都是自耕，"妈妈怪起爸爸来，"你尽夸着那个卢友文，什么年轻有为啊，什么有见识，有天才，不平凡啊，弄得小双对他动了感情。现在怎么样？我们救人该救彻底啊，这一下，是坑了小双了，还不如当初，别把她从高雄带来！"

"心佩，你这话才怪呢！"爸爸也没好气地说，"难道你当初没夸过卢友文？"

"这事怎么能怪妈妈爸爸呢，"诗晴慌忙说，"丈夫是她自己找的呀，人是她爱上的呀，如果卢友文不好，也是她走了眼了！"

'谁没走眼呢？"雨农闷闷地说，"谁不觉得卢友文是一表人才、满腹学问！这，就叫作联合走眼！"

"唉！"奶奶叹口气，"卢友文能言善道，神采飞扬，谁会知道他是这样不讲理的呀！这真是合了那句俗话了：满瓶子不响，半瓶子晃荡。找丈夫，还是找老实一点的好，最起码不会乱晃荡呀！"

我们的谈话，于事完全无补，不管大家讲什么，小双仍然是踪迹全无。李谦已在各警局和派出所，留下了电话号码，请他们有消息就通知我们，可是，电话一直寂无声响。诗尧闷不开腔，只是猛抽着烟，他脸上青一块紫一块，都是和卢友文打架的伤痕。雨农的脸上也青一块紫一块，全是劝架的伤痕。

时间越流逝下去，我们的不安也就越重，不祥的感觉也就越深。起先大家还有一搭没一搭地讨论着，后来，谁也不开口了，室内是死一般的沉寂，只有窗外的夜风，不停地叩着窗棂，发出簌簌瑟瑟的声响。忽然，李谦打破了寂静：

"那个卢友文呢？他在干什么？会不会小双已经回去了？你们想，她除了这里之外，无亲无故，手里又抱着个半岁大的孩子，她能到什么地方去？说不定在街上兜了一圈，气消了。想想丈夫还是丈夫，家还是家，就又回去了。要不然，那卢友文也该到处急着找人呀，他怎么会这么沉默呢！"

一句话提醒了我们大家，想想看倒也言之有理。雨农立刻跳起来说：

"我去卢友文家看看！"

雨农去了，大家就又抱起一线希望来。奶奶急得直念佛，祷告小双已平安回家。在等待中，时间好像过得特别缓慢，每一分钟都像一年般长久。终于，在大家的企盼里，雨农回来了。一进门他就摇着头，不用他开口，我们也知道又一个希望落了空。诗尧按捺不住，他吼着说："那个卢友文呢？他在干什么？"

"坐在屋子里发呆呢！"雨农说，"在那儿怨天怨地怨命运，怨神怨鬼怨自己，怨了个没完！我问他找不到小双怎么办？他就愁眉苦脸地说：我倒霉罢咧，人家娶太太图个家庭享受，我娶太太所为何来？"诗尧跳了起来：

"我再去揍他去！"

我把诗尧死命拉住：

"就是你！"我说，"如果你不是有什么要紧事要去和小双商量，也不会闹出这么件事来！"

"我是有要紧事呀！"诗尧直着眉毛说，"我帮她接了一部电影配乐，可以有好几万的收入，这还不是要紧事吗？那个卢友文从不管家用，小双赚不到钱怎么活下去？"

"好了，别吵了！"爸爸叹着气说，"我看今晚是不会有结果了，大家还不如去睡觉，明天早晨再分头去找！"

"不睡，"诗尧执拗地说，"我等电话。"

"我也不睡,"我说,"我睡也睡不着。"

"我陪你们!"雨农说。

"我也宁可坐在这儿等消息。"诗晴说。

这一来,根本没有一个人愿意去睡觉,大家仍然坐在客厅里发怔。寂静里,窗外的风声就听得更加明显,簌簌然,瑟瑟然。巷子里,一盏路灯孤零零地站着,放射着昏黄的光线,夜,好寂寞。夜,好悲凉。小双,小双,我心里默默地呼唤着,你在哪里?

大约凌晨三点钟了,忽然间,门铃骤然响了起来。我们全家都震动了,都从沙发里直跳起来。雨农最快,他直冲到大门口去,我们也一窝蜂地拥向玄关,伸头翘望着,大门开了,立刻,雨农喜悦的喊声传了过来:

"是小双!小双回来了!小双回来了!"

小双回来了!我们狂喜地彼此拥着、抱着、叫着。然后,奶奶喊了一声:

"阿弥陀佛!"

接着,我们看到雨农搀着小双走了过来。她显得好瘦好小,步履蹒跚,面容憔悴,手里死命地、紧紧地抱着孩子。到了玄关,她抬起眼睛来,望着我们大家,她的嘴唇白得像纸,轻轻地嚅动着,她低幽幽地说了句:

"我没有地方可去,所以,我来了!"

说完,她的身子就软软地倒了下去。诗尧慌忙扶住她,我立即把孩子从她手里接了过来。那小孩裹在一床小毛毯里,居然安然无恙地熟睡着。大家一阵混乱,七手八脚地把小双扶进了客厅,她靠在沙发里,似乎全身都已脱了力,衰弱得像是立刻会死去。诗尧死盯着她,那股心疼样儿,那种"失而复得"的喜悦,使他整个脸孔的肌肉都扭曲了。小双没有注意诗尧,她喃喃地说着:

"诗卉,孩子,孩子……"

"孩子在睡呢!"我说,"你放心,她很好!"

"她需要吃奶,"小双挣扎着说,"我没有带奶瓶!"

"我去买!"李谦说,立刻冲出大门,我叫着说:

"半夜三更,哪儿有奶瓶卖?"

"我家里就有!"他说着,人已经跑得没影子了。

我们大家你看看我,我看看你,妈妈瞅着诗晴笑了笑,诗晴这才涨红了脸说:

"医生刚刚说大概是有了,这个神经病就把奶瓶尿布全买回来了。"如果不是因为小双正有气无力地躺在那儿,这一定是件大家起哄乱闹的好材料。可是,现在全家的注意力都在小双的身上。诗尧望了她好一会儿,就跑去冲了一杯热咖啡来。奶奶到厨房里煎了两个荷包蛋,又烤了几片面包,我们都猜她一定饿坏了。果然,她用双手紧捧着那杯咖啡,身子直抖。奶奶坐过去,用手臂环绕着她,扶着她的手,把咖啡喂进她的嘴里。她喝了几口咖啡,脸色才有些儿人样了。奶奶又把面包和蛋送到她嘴边,她也毫不犹豫地吃了。诗尧坐在那儿,贪婪地望着她,满脸的痛楚和怜惜。这时,我怀里的彬彬开始大哭起来,小双伸手问我要。我把孩子放在她怀里,小双低头望着孩子,用手指抚摩着孩子的泪痕。接着,就有几滴泪珠,一滴滴地从小双眼里,滴落到

249

孩子的嘴边。那孩子显然是饿坏了,一有水珠滴过来,她就以为是可以吃的东西,居然吮着那泪珠吃起来了。我看着这情形,只觉得鼻子里酸酸的,眼睛里也不由自主地湿了。大家都怔怔地望着她们母女二人,连安慰和劝解的话都忘了说了。

李谦满头大汗地跑回来了,他不只带来了奶瓶,居然连奶粉、尿布和婴儿的衣裳、小包裹全带来了。诗晴看得直脸红,奶奶这才紧抱了诗晴一下,以示快慰之情。接着,大家就都忙起来了,冲奶的冲奶,洗奶瓶的洗奶瓶,只一会儿,那孩子就吮着奶嘴,咕嘟咕嘟地咽着奶水,一面睁着眼睛望着我们笑。从不知道婴儿的笑是那样天真无邪的,从不知道婴儿的笑是那样美丽动人的。孩子吃饱了,妈妈把她接了过去,摸了摸,笑着说:

"幸好带了小衣服和尿布来呢!李谦想得真周到,将来一定是个好爸爸!"

然后,妈妈和奶奶又忙着倒洗澡水,给小彬彬洗了澡,扑了粉,换了干净衣裳。经过这样一折腾,那孩子就舒舒服服地,带着甜甜的笑,进入沉沉的睡乡了。奶奶把孩子放在她卧室的床上,盖上了被,折回客厅来,对小双说:

"小双,今夜,奶奶帮你带孩子,你赶快去睡吧,瞧,两个眼睛都凹进去了,这一个晚上,你不知受了多少罪呢!有什么事、什么话,都明天再说吧!今晚,大家都睡觉去!"

"不!"小双忽然抬起眼睛来,对满屋子环视了一眼,她的泪痕已经干了,精神也好多了,只是脸色仍然苍白,下巴瘦得尖尖的。她的眼神坚定,语气坚决,"难得大家都在,为了我,全家一定没有一个人休息过,我知道大家都累了,但是,有几句话,我非说不可,请你们听我说完,再去休息。"

大家都坐了下来,呆呆地瞅着她,诗尧尤其是动也不能动,直望着她。她的声音里,有种使人无法抗拒的力量。

"今晚,"她静静地说了,声音很平静,平静得像是在叙述一件别人的事情,"我抱着孩子跑出去的时候,我是决心不要活了,是决心带着孩子图一个干脆的了断。我不忍心把彬彬交给她父亲,让她继续受罪。我想,我死,孩子也只有死,死是一种解脱,只要死了,就再也没有烦恼和悲哀了。叫了一辆计程车,我到了火车站,想去卧轨,但是,看到那轨道时,我犹豫了,我不能让我的孩子死得血肉模糊。于是,我走到了十三号水门,想要去跳水,站在水边,我看到了水里的倒影,水波荡漾,我和孩子的影子也在水里荡漾,我又觉得跳不下去,我不能把我的女儿投进这冰冷的水中……"

我不自禁地和诗尧交换了一个注视,诗尧深深地抽着烟,他的脸笼罩在烟雾里,显得好模糊,他的眼睛却亮晶晶地凝视着小双。

"……就在我迟疑不决的时候,彬彬哭起来了,"小双继续说,"我低头望着孩子,看到她那张好无辜、好天真的小脸,我心里一动,我想,我即使有权利处死我自己,我也没有权利处死这孩子。于是,我爬上了河堤,满街走着,想找一个安全的地方,托付这个孩子,我也——曾经到这儿来过。"她扫视我们,我们明明看到她现在好端端地在眼前,并未卧轨或跳水,却都忍不住懊恼地低叹一声,如果我们派个人坐在门口,不是当时就可以抓住她了吗?"我想把孩子放在你们门口,相信你们一家人那样热心,那样善良,一定会把这孩子抚养成人。可是,就在我要放下孩子的时候,我又犹豫了。孩子的生命是我给她的,不是她要求的,更不是朱家给予的,我有什么资格和权利,放弃自己应尽的义务,把这样一副沉沉重担,交给朱家?于是,我又抱着孩子走了。我又想,孩子有父有母,如果母亲死了,她就该跟着父亲活下去,抱着孩子,我又折向浦城街,可是,我忽然想起,友文说过,孩子并不是他要的,是我要生的,当初他确实想拿掉这孩子,是我坚持不肯才生下来的。我望着孩子说:不,不,我不能把你给友文,因为他并不要你!事实上,友文除了梦想之外,他什么都不要。如果我把孩子留给他,那一定比带着孩子投水更残忍!这样,我走投无路,彷徨无计,抱着孩子,我在街头无目的地踯躅徘徊,孩子饿了,开始一直哭,她越哭,我的心越绞扭起来。人,想自杀的念头常是几秒钟的事,度过了那几秒钟,求死的欲望就会平淡下去。逐渐地,我想通了,我不能死!因为我还有责任,因为这孩子是我生的,因为我最恨没有责任感的人,自己怎能再做没有责任感的事!我要活着,我必须活着!不只为了孩子,还为了许多爱我的人;我死去的父母不会希望我如此短命!还有你们:朱伯伯,朱伯母,奶奶,诗卉,诗晴,诗尧。"她的眼光在诗尧脸上温柔地停了几秒钟,"你们全体!我的生命不像我想象的那样渺小、那样不值钱,我要活着,我必须活着,所以,我回来了!"她住了口,轻轻地啜着茶,我们全不自禁地透出一口长气来。奶奶立刻用手环抱着她,拍着她的身子,喘着气嚷着:

"还好你想通了!还好想通了!多么险哪!小双,你以后再也不可以有这种傻念头了！答应奶奶，你以后再也不转这种傻念头了！你瞧奶奶，七十几岁的人了，还活得挺乐的，你小小年纪，前面还有那么一大段路要走呢，你怎么能寻死呢？"

"小双，"诗尧这时才开口，他的眼神说了更多他要说的话，"再也不可以了！你再也不可以这样了！"

小双瞧瞧奶奶，又瞧瞧诗尧，她点点头，正色说：

"我答应，我以后再也不寻死了。只是，我也有事，要求奶奶、朱伯伯和朱伯母做主！"

奶奶怔了一下，说：

"你说，是什么事，只要你好好的，有任何为难的事，奶奶都帮你解决！"

小双低下头去，她默然片刻，终于，她又抬起头来了，神情平静而严肃，庄重而坦白，她说了：

"要承认自己的幼稚和错误，是需要一些勇气的，是吗？要招供自己婚姻里的失败，是需要更大的勇气，是吗？不，不，雨农、李谦，请你们都不要离开。我既然带了孩子回到这儿来，这儿就是我的家，你们都是我的家人，我要对你们坦白说出我这一年半以来的遭遇！"我们都静静地瞅着她，她停了停，叹了口气。

"你们总记得卢友文第一次出现的那一天，他谈文学，谈写作，谈抱负，谈理想，谈梵高，谈诺贝尔奖。他漂亮潇洒，他才气纵横，我几乎是一下子就被他收服了。然后，我和他做了朋友，我眼见他吃得苦中苦，就以为他必然能做人上人！我和他交了七个月的朋友，他没写出一篇东西，却有成千成万的理由，最主要的一条理由，是我害了他！他说，除非我嫁给他，要不然，他牵肠挂肚,既没有家,又没安全感,天天担心我被别人抢去,在这种心情下,他怎能写作?他的口才,你们是都知道的,他又说服了我!而且,那时,我爱他,尊敬他,崇拜他,对他已经五体投地。再加上,刚好那时我遇到一些困扰,于是,当机立断,我和他结了婚!"

她又停了停,我再看了诗尧一眼,我明白,那"困扰"指的是什么,诗尧也明白,他的眼睛隐藏到烟雾后面去了,痛楚和懊悔又扭曲了他的脸庞。小双喝了口茶,吸了口气,继续说:

"婚后,我一心一意扶持他成为大作家,他写不出东西,我帮他找借口;他沮丧,我鼓励他;他灰心,我给他打气。逐渐地,他怪天怪地怪命运。家里经常过的是炊烟不举的生活,他不管,我偶尔谈起,他就说我是拜金主义者,既然吃不了苦,怎配嫁给他那种拿诺贝尔的人才!接着,又说我用柴米油盐这种小问题来妨碍他写作,影响他前途,吓得我什么话都不敢讲。诗尧送了钢琴来,他赶走我每一个学生,说是琴声影响了他的灵感。这时期,他的脾气越变越暴躁。他动不动就生气,气极了就骂人,骂完了又自怨自艾。我爱他,我怜惜他,我认为这一切都是过渡时期,每个天才都有怪脾气,不是吗?梵高还曾经把自己的耳朵割掉呢!他去上班以后,我的生活更惨了,他开始骂我,怪我,说是为了我才要工作,拿不到诺贝尔奖唯我是问!诗卉,"她看着我,"你一定奇怪,为什么你每次来,都碰到我们在吵架或闹别扭,事实上,那时已经无一日不吵,无一日不闹,他说我是他命里的克星!娶了我是他天大的错误!"

"小双,"李谦插了进来,"这种人,亏你还跟他生活在一起,你早就该离开他了!"

小双看了李谦一眼:

"你以为我没有尝试离开他吗?我就是泥巴人也有个土性儿呀!我说了,我试过,不敢提离婚,我只说要分居,让他一个人安心写作,他会立刻抱住我,对我痛哭流涕地忏悔,说他是写不出东西,心情不好,说他有口无心,说他'鬼迷了心窍',才会得罪我这样'像天使一般的女孩',说如果我离开他,他会伤心而死。于是,我哭了,抱着他的头,我反过来安慰他,发誓不离开他,我原谅他所有的一切。但是,他又开始赌钱了!从此,是我真正的末日来临了!家里能偷的他偷,能拿的他拿,连他手上的结婚戒指,他都在赌桌上输掉了!为了他赌钱,我哭过,我求过,他竟说,因为家里没有温暖,他才要向外发展!我认真地考虑了,认真地反省过。我想,他的话也有道理,我一定不是个吸引人的好妻子,才造成这种结果。但是,如何去做一个好妻子呀?如何才能拴住丈夫呀?我不懂,我真的不懂。他又说,赌钱是他唯一的麻醉,可以让他忘记失败的痛苦,所谓失败,是指他的写作,而我,却是他失败的主要因素!"

她停了停,喝了一口茶,她的眼神悲哀而凄苦,注视着茶杯里的茶叶,她并不在"看"那茶叶,她的眼神穿过了茶杯,落在一个不可知的地方。

"总记得第一次见到他,他曾如何侃侃而谈,批评现在的作家都一钱不值!后来,他说要写一篇《天才与疯子》,有很长一段时间,我怀疑他到底是天才还是疯子,是圣人还是坏蛋,现在,我总算有了结论,他不是天才,也不是疯子,不是圣人,也非坏蛋，他只是个力不从心的可怜人！他确实痛苦，确实苦闷，因为他做不到他想做的，于是，我成为他唯一的发泄者！"

我注意到，爸爸微喟着点了点头。诗尧熄灭了烟蒂，他只是贪婪而怜惜地看着小双，似乎恨不得把她整个人吞进肚里，揣进怀里。

"我的婚姻到这个阶段，已经完全失败了。你们能够想象吗？我最初是崇拜他，后来是同情他，最后是怜悯他！一个女人，当她对她的丈夫失去敬意时，这婚姻就已经不能维持了。然后，发生了抢坠子的事件，当我死里逃生，在医院中醒过来的时候，说真话，我的心已经冰冰冷了。我已经决定不再同情他，不再原谅他，不再接受他任何的道歉了。可是，那天，我又心软了，而主要的，是奶奶的一句话说服了我！"

奶奶睁大眼睛瞅着小双。

"是吗？"奶奶迷糊地问，"我说了什么？"

"奶奶，你说：当初你既然选择了他，好歹都得认了这条命！我想，是的，人是我选择的，婚姻是我自己做的主，连伯父母的同意与否都没有请示！而我，居然这么快就认输，就逃避了！我如何向伯父母交代？我如何向新生的孩子交代？于是，我又原谅他了。"小双吸口气，深深地叹息了。

"明知道是鬼门关，却不能不往里跳！人类的悲剧，怎么能到这种地步？重新和他生活在一起，我所受的苦难绝非你们所能想象。诗卉，你了解我，但非万不得已，我是不诉苦的，我是多么要强要胜的！但是，他整天骂天骂地骂神灵，骂我骂孩子骂工作，骂一切的一切！他说他为我和孩子工作，今天我以孩子起誓,我从没拿到过他的薪水,因为每到发薪的日子,那些要赌债的人会在他办公室里排队,等着接收他的薪水。我和孩子,只是靠唱片的钱,在苦苦支持着!"

她抬眼望着我们,忧郁,疲倦,平静,苍白。

"今晚发生的事,不用我再来复述。事实上,从他要卖钢琴,而我不肯的时候起,他就口口声声说这是件爱情纪念品!各种胡言乱语,并不是从今晚开始……其实,他心里也明白是在冤枉我,却用来打击我的傲气和尊严,当我生气之后,他又会忏悔万状。他折磨我,也折磨他自己。说真话,我同情他,但我再也忍受不下去了。"她转头望着爸爸,"朱伯伯,朱伯母,奶奶,我一向不求人,我太要强,太自负,连我父亲下葬,我都不肯当着人掉一滴眼泪,而今天,我不再要强,我不再自负,我承认,我对人类和人生都了解得太少,为了这个,我已经付出了极大的代价……"她望着爸爸妈妈,终于说了出来,"我思之再三,唯一救我、救孩子、救卢友文的办法,是我和他离婚!"她停住了,室内有片刻的沉寂。

然后,爸爸深深地望着小双,沉重地问:

"小双,你知道离婚的意义吗?"

"我知道!"小双凝视着爸爸,"离婚,是经过我仔细考虑过的,绝非一时冲动。我说过,不只为了救我,也为了救卢友文,我现在成了他不能成功的最大借口,拔除了借口,或者他能成功了!除非他获得成功,否则他永远会折磨我,也折磨他自己!我已经看准了,我在他身边,是三个人的毁灭,我离开他,或者是三个人的新生!谁知道呢?朱伯伯,今晚,我曾徘徊在生死边缘,放弃一个婚姻,总比放弃一条生命好!"

"但是,"妈妈开口了,"他会同意离婚吗?"

"他不会。"小双肯定地说,"所以你们一定要支持我,去说服他。他会认为我小题大做,他会告诉你们他多爱我,他会着急,他会忏悔……但是,如果我真原谅了他,一切会变成恶性循环!最后我仍然是死路一条!"

"我支持你,小双!"李谦坚决地说,"这情况是非离婚不可!但是如何离婚呢?"

"雨农应该可以解决!"诗尧这时才插嘴,他显出一种反常的热心,"法律上说,只要有两个证人在离婚证书上签字,就生效了。"

妈妈死盯了诗尧一眼,我心里也在想,他倒把离婚手续都弄清楚了!诗尧对我们的眼光置之不理,只是热烈地注视着小双,他诚挚地说:

"我想,我们全体都会支援你!"

小双不语,仰着头,她只是祈求地望着爸爸,那哀愁的眸子里,重新漾起了泪光,爸爸叹口气,终于对她点了点头,说:

"你既然深思熟虑过,我看,这大概是最理智的办法!好吧,小双,我们支持你!"

于是,小双猝然失去了所有的力气,她长长地吐出一口气来,"唉"了一声,就整个人都瘫痪在沙发上。

20

那天，当我们睡觉的时候，天已经亮了，大家都是一早就要上班有事的人，实在没有多少时间可以休息了。于是，奶奶做了主，给我和诗晴都请了假，雨农一早要出庭，不便于请假，他仍然赶去法院，中午就赶回来了。李谦和诗尧，都是午后才需要去电视公司，倒还都睡了睡，至于，经过这样一场风波和一阵混乱以后，谁睡得着，谁睡不着，就无法细述了。

小双那天又睡在我的下铺了，奶奶坚持帮她带孩子，要她"务必"睡一睡。小双很明显是已经筋疲力尽，躺在那张她曾睡过一年的床上，她只说了一句：

"诗卉，我好像一匹奔跑了好久的倦马，跑过沙漠，跑过峡谷，跑过崇山峻岭，失过蹄，受过伤，现在，我又回到自己的槽里来了。"

毕竟和卢友文相处了两年，我想，连说起话来也文绉绉的了。可是，我也不能像以前那样去打趣她。帮她拉好棉被，我注

视着她,她也注视着我,然后,我笑了,说:

"欢迎回来!"

她摇摇头,似乎有很多话要说,却终于咽了回去,闭上眼睛,她是倦极了,只一会儿,她就呼吸均匀地睡着了。我爬上上铺,觉得事情还没有完,还有许多事要安排,还有许多事要细细思想。但,我的头才碰上枕头,我那些要想的事、要安排的事就都飞得无影无踪了,我睡得好香好沉,连梦都没有做。我是被一阵喧闹声所惊醒的,睁眼一看,窗外的阳光又灿烂又刺目,对下铺望望,小双早已没影子了。看看手表,十二点半!呵!我可真会睡。慌忙爬下床来,侧耳倾听,外面在大声说话的原来是卢友文,他总算福至心灵,知道到"娘家"来找太太了。

我去浴室随便地洗了一把脸,就一头冲进了客厅,等我到了客厅,我才知道我是来得最晚的一个,全家老老小小、男男女女都已经聚全了,连小彬彬,都在奶奶怀里咿呀唔呀地啃自己的小拳头玩呢!小双坐在沙发里,正一脸的坚决、严肃和木然,那小脸板得紧紧的,一点儿笑容都没有。相反地,卢友文坐在她对面,却是满脸赔笑地、低声下气地说:

"……你想,小双,人在生气的时候,什么话说不出来呢?你怎么可以去和生气的人认真?何况,你是了解我的,你是全世界最了解我的人。你明知道,我这些日子身体又不好,脉搏动不动就跳到一百多下……"他自己按了按脉搏,数了数,"瞧,现在又已经一百零五下了。我身体不好,情绪当然受影响。我写不出东西,你不知道我心里有多急,看到你和孩子都又瘦又小,营养不良,我就觉得自己是个好差劲好差劲的丈夫,我常常整夜自责，自责得通宵不能睡觉。在这种情况下，人的火气难免就旺一点，火气一旺，说的话就全离了谱了。反正，千言万语，我错了！你宽宏大量，就不要再计较吧！你瞧，小双，当着朱伯伯一家人面前，我向你认错，这个面子也够大了吧！我这个丈夫，也算是够低声下气了吧！小双，你不是不通情达理的人，你一向最体贴、最温柔、最善良！就算有时候你口齿锋利一些，我知道你也是无心的，你也用过最重最难堪的句子来说我，我还不是都能谅解吗？那么，你也谅解我了吧！昨晚，我完全是鬼迷了心窍，自己都不知道怎么会做出那么多错事来！现在，当着你的面，我对诗尧、诗卉、雨农统统认个错，好了吧？一天乌云，也该散了，你也别再打扰朱伯伯一家人了。"

说真话，假若我对卢友文认识少一点，假若不是经过一番亲眼目睹的事实，假若没有昨晚小双的一篇长篇叙述，我非被卢友文这一篇"自责"和"道歉"所"说服"不可。事实上，即使我知道他的"自责"和"道歉"都不可靠，我仍然有点心动，总之，人是爱听好话的动物，别人对你赔不是，说好话，你就很难把脸继续板下去。但是，小双寂然不为所动，一直到卢友文说完，她的脸色连变都没变过一下，这时，她才开口。

"你说完了吗？"她问。

"说完了吗？"卢友文叹了口气，焦灼和忧虑飞上了他的眉梢，他似乎看出事态的严重，他的笑容收敛了，显出一股真正的失神落魄的样子来，"小双，你对我的好处是说不完的，我犯的错误也是说不完的……"

"那么，"小双冷冷地打断了他，"也不用再说了，大家都很忙,也没时间听你慢慢说。"她回头望着雨农,"雨农,我托你办的东西呢?趁今天大家都在场,我们快刀斩乱麻,就把事情解决了吧!"

雨农从口袋里拿出两份公文一样的东西来,他有些犹豫地望着小双。

"东西我是准备了,"他讷讷地说,"可是,小双,你是真下了决心这样办吗?"

"还要变卦吗?"小双幽幽地说,"人一生有多少时间让你来反反复复、出尔反尔?如果我不能这样办,我就永远是一个恶性循环的悲剧演员!不,我已经下定决心了。"她伸手取过雨农手中的文件来,低头研究着。卢友文狐疑地望着这一切,看看雨农又看看小双,他的脸发白了。

"你们要干什么?"他问。

"请你填这两份离婚证书!"小双把那文件推到他面前,"我们没有财产可分,没有金钱的纠葛,唯一我们所共有的东西是彬彬,我想,我该有监护权……"

"慢着!"卢友文站了起来,脸色大变,他的眼睛直直地瞪着小双,"谁说我们要离婚?"

"我说!"小双斩钉截铁地,"你愿意好好签字,我们就好聚好散,以后,最起码还是个朋友。你如果不愿意好好签字,我也是要离婚,那就会做得很伤感情!我宁可到法院去控告你虐待,我也要达成离婚的目的!"

"虐待?"卢友文的眼睛瞪得更大了,"天知道!我什么时候虐待过你?"

"许多虐待，我或者提不出真实的证据，至于你连夜不归，流连赌场，可能都构不成虐待的罪名！但是，宏恩医院至少有我受伤开刀的记录……"

"那是意外事件呀！"卢友文叫，"难道妻子早产，就要和丈夫离婚吗？你这种理由也未免太牵强了吧！"

"是的，那是意外。"小双静静地说，脸上仍然是麻木的，毫无表情的，"只是，我们的生活里，意外太多，我无法和你再共同生活下去，等待一次又一次的意外。总有一天，这些意外会杀死我，所以，卢友文，你也算做件好事，你也算功德无量，你就放我一条生路吧！"

卢友文呆了，他似乎不敢相信地望着小双，然后，他掉转头来，看着房间里的我们。大约在我们的脸上，他找不到任何"同情票"，于是，他的眼光就落到奶奶身上去了。

"奶奶，你说！"他急急地开口，额上冒着汗珠。那正是七月的大热天，室内虽然有一架风扇，但是仍然不管用，每人都是汗涔涔的，"你说，夫妇吵架归吵架，闹别扭归闹别扭，哪里有一闹别扭就提离婚的？如果天下的夫妻，吵了架都要离婚，那么，现在的世界上，还有没离婚的人吗？奶奶，你说，小双是不是有一点儿任性？你——你就劝劝她吧！"

奶奶抱着小彬彬，那孩子现在正趴在奶奶肩上，玩奶奶的衣服领子。奶奶一面拍抚着孩子，一面对卢友文说：

"你问我吗，友文？奶奶可是落了伍的人了，早不是你们这个时代的人了。奶奶结婚的时候要凤冠霞帔，三媒六聘，你们只要到法院去签个字就行了！时代变了，就什么都变了！奶奶结婚的时候是父母之命,媒妁之言。你们结婚就只需要爱情,所以,我想,这时代的婚姻,好像什么都不重要,什么门当户对啰,什么父母之命啰,都是老掉了牙,该推翻的玩意儿。那么,最重要的就是爱情了。你们结婚,是'爱情'让你们结的,你们离婚,也去问'爱情'吧,怎么问奶奶呢?奶奶是什么也不懂的!你们相爱,当然不会谈到离婚,你们不相爱,要婚姻又干吗呢?你们这些新派的孩子,有你们新派的做法,别问奶奶,奶奶只要小双快乐,别的都不管!"

卢友文更急了,他用衣袖擦着汗,望向小双。

"小双,你并不是真的要离婚,是不是?"他焦灼地、迫切地问,眼睛里充满了祈求的、哀恳的神情,"你只是和我生气,是不是?小双,你瞧,我在这世界上无亲无故,我只有……"

"你只有我和孩子两个,"小双静静地接了口,神态哀愁而幽怨,她像背书一般流利地背了下去,"我们就是你的生命,你的世界,你的一切的一切!如果我们离开了你,你就一无所有了。你的生命就再也没有意义了!假若我能原谅你,你一定洗面革心,从头做起!你会和你以前的灵魂告别了,生命就是一串死亡与再生的延续,你要死去再复生,做一个全新的人……"

卢友文怔怔地看着小双,愣愣地说:

"我说的,你是世界上最了解我的人。"

"是的,我最了解你,"小双注视着他,声音里充满了悲切和绝望,"我太了解你了!就因为我太了解你,所以,我不会再受这一套!你的发誓赌咒,你的甜言蜜语,你的长篇大论,我知道都是真心话,但是对我已经再也没有意义了。"

"我绝不是说空话，"卢友文大叫了起来，抓住了小双的手臂一阵乱摇，"如果我再说空话就不得好死！小双，我告诉你，我不要离婚，不管你多轻视我，不管你多恨我，你要再给我一次机会，因为我爱你！"

"爱？"小双轻轻地说，眼光迷迷蒙蒙，像在做梦一样，声音低而清晰，"你怎么能随便说'爱'字？你是如何爱我的？当我在医院里动手术的时候，你在哪里？当我病得快要死去的时候，你在哪里？当冬天的漫漫长夜，我发着抖倚门等待的时候，你在哪里？当小彬彬出麻疹，我抱着她彻夜走来走去的时候，你在哪里？爱？你怎么能这样去'爱'一个女人？……"

"你不能因为我犯了一些错误，就说我不爱你呀？"卢友文大叫着，汗珠一粒粒从他额上滚下来，他激动得满脸通红，"如果我真不爱你，我现在签字离婚就算了，我为什么还要苦苦求你？要抹杀一个男人的自尊，当着朱家所有的人面，向你认错？如果我不爱你，我何苦来？何苦来？你说！"

小双静静地凝视着他，幽幽地说：

"这样说来，你是爱我的了？只是你不会表现，使我误解。再加上你又容易犯错，所以总弄不对劲，何况，你的写作不顺利，更使你心情恶劣……"

"对了！对了！"卢友文一迭连声地说，"就是这样！就是这样！"

"唉！"小双长长地叹息，眼光清柔如水，声音平静而恳挚，"知道吗？友文，如果是这样，就是更大的悲剧。爱而不会爱，比根本不爱更悲哀。我相信你说的也是真心话，但是，我和孩子的存在,据你说,已妨碍了你的前程,我是谋杀了你才华的刽子手! 友文,我努力想做个好妻子,却成了刽子手。今天我辞职了,不再谋杀你,不再耽误你,你是气话也好,你不是气话也好,我辞职了。"

"这么说来,你还是要离婚?"卢友文瞪着眼睛说。

"是的,我还是要离婚!"小双坚定地说。

卢友文转向了爸爸,他求救似的说:

"朱伯伯,你讲一句公平话吧! 小双这样做,是不是有些过分?"

"我讲一句公平话。"爸爸沉着地、稳重地、沉痛地说,"卢友文,你原是个很有才气、很有前途的青年,但是,你的好高骛远、逃避现实和自我陶醉的个性毁了你,你的悲剧,是你自己造成的,谁也无法帮助你! 卢友文,小双是我把她从高雄带来的,她等于是我的女儿,今天我必须讲句公平话,让她和你继续生活,她总有一天会憔悴至死,我要救这个孩子! 卢友文,你就签字吧!"

卢友文不敢相信地蹙起眉头,然后,他转向妈妈:

"朱伯母⋯⋯"

"如果问我,我和奶奶的意见一样。"妈妈立即说,"而且,我认为,小双有全权决定她的事情。她当初有全权决定嫁给你,现在也有全权决定离开你!"

卢友文显然是昏乱了,他望着我们全家的人,一个个地望过去,他发现他是孤独的,没有同情者,也没有赞助者。绝望中,他又一把拉住小双。

"小双!"他喊,"你不能这样做!你不可以这样做!结婚的时候,我们都发过誓要白头偕老,你怎可以如此翻脸无情?言犹在耳,你就忘了?"

"我没有忘,忘了的是你!"小双悲哀地说,"结婚以前,你发誓要照顾我,要爱护我,结果,你照顾了多少?爱护了多少?你发誓要写作,要拿诺贝尔,结果,你写了多少字?你拿了什么奖?"

"我懂了!"卢友文暴跳着,用手猛敲着桌子,"你因为我倒霉,我穷,我不走运,你就不要我了!你虚荣,你势利,你以成败论英雄,你当初嫁的不是卢友文,而是诺贝尔!滑稽,天下有几个诺贝尔?你居然无知到这种地步,现实到这种地步!因为我没拿诺贝尔,你就不要我!这种离婚的理由,普天下大概找不到第二件……"

小双望着他,眼光里的悲哀更深更重了。带着一种几乎是绝望的语气,她说:

"不要鬼扯!卢友文。不要'欲加之罪,何患无辞'!诺贝尔奖是你口口声声要拿的,不是我要你去拿的!你一再说,因为娶了我倒霉,害你要工作,害你拿不到诺贝尔奖,现在,我是还你自由,除你霉气,让你去发挥你的天才,去拿你的诺贝尔奖,你懂吗?你说我以成败论英雄,你知不知道'失败'也要尝试过才能叫'失败',根本不工作叫'游手好闲',不叫'失败'!如果你今天真写出十万二十万字来,不管有没有报纸要,不管有没有成功,我都会认为你是个英雄,因为你做了,你尝试过了,你努力过了!我对你的灰心和失望,不在于你穷,你没钱,你没拿到诺贝尔，而在于你的不事振作，你的各种借口，你的怨天尤人和你的不负责任！再有，"小双轻声说，"你躺在床上哼哼唧唧说你生病了，上班不能上，却流连赌场数天数夜！这种日子，我受够了！卢友文，你好心，就放了我吧！"

卢友文的眉毛可怕地纠结了起来，他的眼睛直勾勾地瞪着，焦灼和无奈显然在燃烧着他。尤其他在"理"字上实在辩不过小双，这使他又恼羞成怒了。指着小双，他忽然口不择言地大骂了起来：

"杜小双，你不要仗着朱家人多势众，你就这样侮辱我！我告诉你，我对你的心理摸得透彻极了！当初，朱家有人追求你，你嫌人家是个跛子，就看中了我，好逃避那个跛子！等你嫁了我，发现我又穷又苦又没背景，你就又后悔了。何况那跛子有权有势，越爬越高，你就回过头来想要和人家好，嫌我碍了你的事！你真正要离婚的理由，不是为了我，而是为了朱诗尧！"

一直很平静的小双，被这几句话气得浑身抖颤起来，抖得沙发都跟着发颤。同时，诗尧忍无可忍，他怒吼了一声，就排众而出，一直走向卢友文。眼看又有一场大战要发生，空气里充满了紧张的、火药的气氛。爸爸及时大叫了一句：

"卢友文，住口！"

卢友文转头望着爸爸：

"你们父子要联合起来对付我吗？没关系，我今天豁出去了。我是一个人，你们有祖母、爸爸、妈妈、儿子、女儿、女婿、准女婿……你们统统上来吧！了不起打死我，你们倚众欺人，也不见得就能成英雄好汉！朱诗尧，你有种，你今天就打死我，要不然，我准告你勾引我老婆，破坏家庭……"

"卢友文！"诗尧重重地呼吸着，紧紧地盯着卢友文，他沉重地、清晰地、一个字一个字地说，"我不打你，我绝不打你，我不打一个没种的男人，这些年来，不管我心里对你有怎样的敌意，我总认为你仍然不失为一个人才、一个君子！现在，我才知道你只是一堆垃圾！你肮脏，你卑鄙，你甚至不惜以最下流的话，来侮辱一个你自认为深爱的女人！卢友文，你扪心自问，你骂小双的话，你真认为是真的吗？你说！你说！"

诗尧的脸上，绽放着一团正气，他的声音，凛凛然、朗朗然，充满了正义与威严。我从没见过我这哥哥如此可爱，如此健谈过。那卢友文被震慑住了，他毕竟不是一个"坏人"，退后了一步，他怔怔地望着诗尧。诗尧喘了口气，他大声地、继续地说：

"是的，我是个跛子，我从小就是个跛子！让我告诉你，卢友文，我一生以我的跛脚为耻，一生为此自卑，为此痛苦，为此遗憾！我以为，我终身摆脱不掉这跛脚的阴影！但是，从昨晚到现在，你帮我摆脱了！我再也不以跛脚为遗憾了，因为，人生有多少的悲哀，多少的遗憾，是远远超过跛脚的。卢友文，你的脚不跛，你长得比我漂亮，甚至于，你的聪明才智、你的口才应对都超过了我，但是，我比你强，因为，我的心地光明，我的思想正确，我的行为端正！别看我跛，我却脚踏实地，你不跛，你却站在悬崖边缘。是的，我追求过小双，这不是秘密，这更非耻辱！小双没有选择我，她选择了你，在情场上，我确实败了一仗。胜败乃兵家常事，败了只要努力，不会永远败，胜了如果放弃，也会转胜为败。我可以坦白对你说，对全天下的人说，只要你和小双离婚,我还会继续追求她!你如果怕我追到她,你不妨霸占住你丈夫的那个名义,去做消极的抵抗。至于你说我勾引她,甚至于暗示我们有越轨的行为,那是你以小人之心,度君子之腹。今天,我的祖母在这儿,我的父亲在这儿,我的母亲和全体家属都在这儿,我以我全家的名誉,做郑重的誓言,我从没有和小双做过任何不可告人之事!卢友文,相信也在你,不相信也在你!不过,假如你是个男子汉大丈夫,别去侮辱一个为你受尽辛苦与创伤的女人!"

诗尧说完了,我真想鼓掌,我真想大叫,我真想跑过去抱住他,告诉他我有多欣赏他,多爱他,多敬佩他!我的哥哥,我那跛脚的哥哥,他不见得有多漂亮,有多神气,但是,现在,我觉得他好高好大,站得好挺好直!他这篇话,不只震住了卢友文,也震住了妈妈爸爸和满屋子的人,包括小双在内。因为,她用好特殊、好奇异、好惊喜、好感激的眼光望着他。半晌,室内一点儿声音都没有。最后,还是奶奶转头对爸爸说了句:

"自耕,我总觉得你一生也没什么好,但是,你总算给我养了一个好孙子哇!"

爸爸望着奶奶,摇摇头,困惑地说:

"我觉得,要了解一个人实在是很难的,他是我儿子,我到今天才认识他呢!"

卢友文是被折服了,他被打倒了,他终于被打倒了……失去了他的趾高气扬,失去了他的张狂、跛扈,他跌坐进沙发里,忽然间变得一点儿威风也没有了。用手抱着头,他又是那副沮丧与痛苦得要死的样子。我们都呆着,要看他和小双这段公案如何收场。好一会儿，卢友文抬起头来了：

"小双，你一定要和我离婚？"

"是的。"

"为了朱诗尧吗？"

"不，为了你。"小双说，眼光里又重新浮起了那片悲哀的温柔，她坦白而真挚，"我不愿成为你事业上的障碍。"

"你知道那只是借口。"

"我也不愿意成为你的借口！"

"你决定，不再给我机会了？"卢友文的声音变得好悲哀、好无助、好可怜。

"不，你有机会，离婚以后，你还有机会，"小双深深地注视着他，"如果你还爱我，你仍然可以追求我，仍然可以表现给我看，别说我以成败论英雄。离婚后，我将等着，只要有一天，你拿着你的第一部长篇小说到我面前来，不管会不会发表，不管能不能成名，只要有那么一天，我就和你破镜重圆！"

卢友文的眼睛里燃起了光彩，他紧紧地盯着她。

"你说真的？"他问。

"我说真的！我发誓！"她环顾四周，"在场的每一个人，都是我的证人！我发的誓，不像你发的誓那样不可靠，我是认真的！"

我们满屋子的人都有些发愣，我实在料不到小双还有这样一招。离婚就离婚吧，怎么又闹出个"破镜重圆"的办法来了，看样子，小双仍然对他有份感情。我们都怔着，而卢友文，他和小双对视着，显然，小双又鼓起了他奋斗的意志。

"好!"卢友文终于下决心地一点头,"我签字!今日的失败,不见得是永久的失败,是不是?"

"我希望,"小双盯着他,语重而心长,"今天的失败,是你以后成功的垫脚石!友文,别说我无情,别说我冷酷。我会等着你,等你拿出成绩给我看!"

"我会的!"卢友文一迭连声地说,"我会的!我会的!我会的!我发誓,我会做到的!我还要把你再娶回来!我发誓!我会的!"

他在离婚证书上签了字,同时,放弃了彬彬的监护权。签得出乎我们意料之外的爽快和干脆。

"反正,我还会把她们母女都争取回来的!"他用充满了信心的声音说,昂首阔步地走出了我家的大门。那份坚定和自信好像又恢复到了好久以前,他第一次出现在我们家时的样子。

小双就这样离了婚。

21

小双离婚以后,我们全家都以为,倦鸟归巢,"我们的"小双,经过一番疲乏的飞行,经过一番风雨的折磨,经过一番痛苦与挣扎,然后,她回来了。剩下的工作,是休憩她那疲累的翅膀,刷干她淋了雨的羽毛,抚育她那弱小的幼雏。于是,奶奶热心地收拾诗晴的房间,因为有了小彬彬,她总不能再挤在我的下铺上。妈妈也忙碌地准备出毯子、被单、棉被等一切应用物品,要给她布置一个比以前更温暖、更舒适的"窝"。连诗晴和李谦,都把他们那还有八个月才用得着的婴儿用品,全部送来,把小彬彬打扮得又干净、又漂亮。这样,我们以为小双可以稍得安慰了。最起码,在这世界上,她不是孤独的!在这世界上,有我们这一大家子人,由衷地、热烈地爱着她!谁知道,我们的准备工作都白费了,第三天,小双就对我们宣布:

"你们别为我操心,也别为我这样忙碌吧!因为,我不能住在这儿,我要搬出去住。"

"胡闹！"我第一个叫起来，"这简直是莫名其妙！我们这儿是你的'家'，你不住在家里，你要住到哪里去？何况我们这样喜欢你，你真搬出去，就不但是不够意思，而且是毫无感情了！"

"小双，"奶奶也跟着说，"你既然和卢友文分了手，当然就该回娘家住哇！咱们家，诗晴和你嫁出去之后，就寂寞得什么似的。你回来了，奶奶也可以有个伴呀！何况，带小娃娃，你是不行的，奶奶可是熟手哇！为了彬彬，你也该在咱们家好好住下去呀！不是奶奶说你，小双，"奶奶紧盯着她，"你外表是个文文弱弱的孩子，做起事来，却任性得厉害，你吃了这么多苦，受了这么多罪，虽然怪命运不好，你的任性，也多少要负点责任！现在，小双啊，听奶奶的，别再任性了吧！"

小双坐在沙发里，面容严肃而宁静，她的眼光注视着奶奶，眼底是一片柔和与真挚。她的声音既诚恳，又坚决，和她往常一样，她总有那种使人无法抗拒的力量。

"这次不是任性，"她轻声说，"而是理智的抉择，我必须搬出去！"

"为什么？"我问，"说出你的理由来！"

小双望着我，微蹙着眉梢，她似乎有千言万语，不知从何说起的样子，半晌，才说了句：

"诗卉，你应该了解的！"

我应该了解的？我可糊涂得厉害！我什么都不了解，我觉得小双越来越深奥，越来越令人费解了。我正在纳闷，爸爸却开了口：

"好吧！小双，我想，没有人能勉强你做任何事，你如果决心搬出去，你就搬出去吧，但是，你预备搬到什么地方去呢？你一个单身女人，又带着个孩子！"

"我会想出办法来的。"小双低语。

爸爸点了点头，深深地凝视着小双，似乎在研究她内心深处的问题。然后，爸爸说：

"好吧！只要记住我一句话，千万别忘掉！朱家的大门，永远为你而开着，随时随地，欢迎你回来！不管——"爸爸的声音很低很沉，"你是什么身份！"

小双感激地注视着爸爸，然后她悄然地垂下头去。诗尧在我们讨论中间，始终一语不发，这时，他猝然站起身来，一声不响地走了。

这事似乎已成了定论。晚上，小双把孩子哄睡了之后，她来到我屋里，说：

"诗卉，我知道你心里充满问题，你对我的行为完全不解，我不能让你误解我'不够意思''毫无感情'，让我告诉你……"

她的话还没说完，我房门口传来一个清清楚楚的声音，朗然地打断了小双："让我来告诉你吧！"我回过头去，诗尧大踏步地走进了屋里，随手关上了房门，他的眼睛定定地望着小双，他的眼光那样深邃，那样敏锐，那样燃烧着火焰，使我又莫名其妙地紧张起来。他稳定地走向小双，站在她的面前，清晰地说：

"你不得不离开，因为朱家有个危险的人物，对不对？你不能不避嫌疑，你不能不在乎卢友文的疯言疯语，对不对？很好，小双，你听我说，你不用搬出去，如果你这样介意，那么，我搬出去！"

小双望着诗尧,她眼中逐渐涌起一层哀恳的神情。

"诗尧!"她轻声叫,"请你谅解……"

"我谅解!我很谅解!"诗尧急促地说,"你虽然离了婚,你对卢友文仍然未能忘情。你虽然离了婚,你仍然在意他对你的看法!所以,你要搬出去,你要逃开我!听我说,小双!"他一把抓住了小双的手臂,"如果我的存在对你是一种威胁,我走!你不能走!"

"诗尧!"小双无力地叫了一声,往后瑟缩地退着。诗尧却牢牢地抓住她的手臂,急切而热烈地打断了她:

"别说话!你听我说!当着卢友文的面,我就说过,我不会放过你,现在,你无论逃到世界的哪个角落,我都不会放过你!你又何必逃呢?但是,如果你固执地要避开我,请你听我一句话!你还这么年轻,这么小,这么柔弱,又有个小彬彬,你如何单独生活?难道你受的苦还不够多?受的折磨还不够深?请你帮我一个忙,算是你好心,你帮我的忙,留在朱家!这儿,至少有妈妈、奶奶、爸爸……大家可以照顾你!而我,我是个男人,什么地方都可以住,也不会有任何危险!我搬,我明天就搬!只请你留下来!留在一个安全的、有爱、有温暖的地方!行吗?"他热切地紧盯着她,"你做做好事,小双!留下来!别让我每天把心悬在半空中,担心你遭遇不幸,担心你出事!行吗?小双?"小双怔怔地瞅着他,眼里浮上了薄薄的泪影,她的眼光迷迷蒙蒙地、不信任似的看着他。

"诗尧,"她费力地低语,"你何苦这样?你……你必须明白一件事,我离婚,并不是就表示我对你……"

诗尧迅速地用手一把压住了小双的嘴，哑声说：

"别说出来！你离婚是一件事实，对你的意义和对我的意义是不同的！我不管你心里怎么想，你也别管我心里怎么想！我只请求你留下来，让我搬出去！"

小双微微地摇头，诗尧的眼睛发红了。

"小双！"他低唤，努力地在克制自己的脾气，"你讲不讲理？"

"我讲。"小双挣开他的手，轻声说，"诗尧，让我告诉你，我离婚的时候，友文口口声声说我是为了你，我今天住在朱家，这罪名永远洗不清了。这倒也罢了，反正人只要无愧于心，也管不了别人的闲言闲语。可是，我答应等友文，等他写出书来的那一天，再和他破镜重圆，我要守这个诺言！不管过多久，不管多少年，我要守这一句诺言！搬出你家，让他了解我并没有和你有任何纠葛，让他能专心写作！"诗尧重重地点头。

"我说对了，"他打鼻子里哼着说，"你对他仍然无法忘情！你的离婚原来只是个手段，要他成功的手段！"

"诗尧，"小双轻叹一声，显得好成熟好执着，"一夜夫妻百日恩，我和他做了一年半的夫妻！离婚是我要离的，不是他要离的，这是我给他的最后一针强心剂，我想，说不定经过这个刺激，他会真正去努力奋斗了，只要他发愤图强，立定脚跟，重新做人，我依然是他的妻子。你不要以为我坚持离婚，就是和他恩断义绝。你认为这是一个手段也罢！反正，我要守那一句诺言，我要等着他拿出作品来和我破镜重圆！"

"如果他二十年都写不出东西来呢？"诗尧大声问。

"我等他二十年！"小双轻声而坚决地说。

277

诗尧紧盯着她。

"小双，你疯了。"他从齿缝里说。

小双迎视着他的目光，默然不语。

"很好，"诗尧喘着气，"你等他二十年，我等你二十年！让我们三个，就这样耗下去吧！"

小双睁大了眼睛，惊愕而激动地瞅着诗尧。

"诗尧，"她哑声说，"你也疯了。"

"是的，"诗尧点着头，斩钉截铁地说，"你要发疯，我只好陪你发疯！唯一不公平的……"他咬牙切齿，"你是为别人发疯，而我是为你发疯！"

小双怔着，站在那儿，她一动也不动，好半天，才有两颗大大的泪珠，从她面颊上滚落下去。诗尧用手指抹去那泪痕，酸楚地、苦涩地说：

"你这两滴眼泪，是为我而流的吗？"

小双不说话，而新的泪珠，又滚落了下来。

诗尧长叹一声，猝然间，他张开手臂，一把把小双拥进了他的怀里，低下头去，他找寻着她的嘴唇。小双迅速地挣扎开来，她一下子退到屋角，拼命地摇着头，她脸上泪痕狼藉，眼睛却睁得大大的。

"不，不，诗尧！"她连声地说，"请你不要！请你——饶了我吧！"

诗尧瞪着她，站立在那儿，他竭力在压抑自己。

"好，我不碰你！"他沙哑地说，"我答应，再不碰你，但是，你也答应，要留下来！"

小双摇头。

"你一定要留下来!"诗尧命令地说。

小双仍然摇头。

"你非留下来不可!"诗尧凶恶地说。

小双更猛烈地摇头。

"你……"诗尧往前跨了一步,面目几乎是狰狞的,小双挺立着,寂然不为所动。于是,诗尧泄了气,掉转头去,他用力甩头,在桌上重重地捶了一拳,喑哑地说:"我竟然拿你一点儿脾气也没有!"他咬得牙齿格格发响,然后,他再一甩头,冲出房间去了。

三天后,小双搬出了我们家。

她在厦门街,租了一层小小的公寓房子,只有一房一厅,所喜的是家具齐全,原来是租给单身汉住的。她去浦城街,搬来了她的钢琴,重新登报招收学生,过她教授钢琴的生涯。去搬钢琴那天,是我陪她去的,因为她不愿再单独面对卢友文。那天,卢友文表现得很有君子风度,他望着小双,显得温和、诚挚而彬彬有礼。

"小双,"他深沉地说,"你会守信用吗?"

"一诺千金,是不是?"小双说。

"恨我吗?"卢友文问,他的眼睛,仍然那样深情,那样忧郁,似乎又恢复了他追求小双的时期。人类,岂不奇怪?得到的时候不知珍惜,失去了却又依依难舍了。

"不。"小双坦白地低语,"如果恨你,我就不会等你,既然等你,又怎会恨你?我只希望……你……你不要重蹈覆辙!"

"小双!"卢友文的脸色变得郑重而严肃,他沉着地说,"再发誓也没有用了,是不是?我以前发了太多的誓言,却从来没有兑现过!现在,我不发誓,我要做给你看!因为,小双,我不能失去你,我爱你!"小双的长睫毛闪动着,眼底又燃起了光彩。

"友文,"她恳挚地说,那么恳挚,那么温柔,如果我是卢友文,我准愿为她粉身碎骨,"现在,你再也没有家庭的羁绊了,现在,我解除了你所有的包袱,不拖累你,不妨碍你,但愿你——有所成就!那时候,如果你还要我,不嫌我是你的累赘,我随时跟你走!"

"我知道了!"卢友文盯着她,"你用心良苦!如果我再不发愤图强,我就连猪狗都不如了!小双,你放心,我们不会这么容易就分手。我已经辞去了工作,下星期,我要到南部去!"

"南部?"小双怔了怔,"去南部干吗?"

"我决定到一个人烟罕至的荒村小镇里去隐居起来,我想过了,都市对我不合适,到处都充满了诱惑,而我又逃避不了诱惑!我要远离尘嚣,到一个小乡村里,或者山地里去埋头苦干!等我,小双!"他握住她的手,"一年之内,我必归来!那时,将是我们一家三口团圆的日子!"

"我等你!"小双坚定地说。

我站在一边,心里有股好奇异的感觉,看到一对已经离婚的夫妻,谈论他们"重圆"的"美梦",好像是件非常荒谬的事!我打赌写成小说,别人都会以为我在杜撰故事。但是,看他们这样握手话别,殷勤嘱咐,我却依然感动。或者,卢友文这次是真有决心了,我想。或者,他真会做出一番事业来了,我想。到那时候，我那可怜的哥哥将会怎样？我摇摇头，我不能想了。

钢琴搬到小双的公寓里，小双打开琴盖，一张信笺从里面飞了出来。小双惊愕地抓住那信笺，读着上面的文字，然后，她抬头望着我，满脸绽放着光彩，她把那信笺递到我面前。于是，我读到下面的文字：

我要用我毕生的一切，我的整个生命，来追求小双，来改变她对我的观念。

我要重新做人，我愿奉献一切，不求任何回报。我的真心话是如上，赤诚的话。至于她对我的绝望，皆因为我自己的所作所为造成的，都是我应得的。她怜悯我，我感激，但愿日后能造成她对我有重燃的感情。一年半以来，她对我的种种好处，我不知珍惜，如今我去了，才知道我的世界就是她。经此打击，我觉得任性和懈怠是我最大的缺点。现在我已认清了爱的真谛，即使毫无希望，我都会努力争取，一定要使她对我重新有了信心。

我已经想好一个长篇的材料，将立刻下笔写出，把成绩贡献到她面前……（不要说，只需做！）

我看完了，抬头望着小双。

"你认为，"我说，"他的话是可信的吗？"

小双静静地看着我。

"太多的失望以后，是很难建立信心的，是不是？"她安静地说，"我想，我是在等待一个奇迹！"

奇迹！是的，小双在等待着奇迹！以后的岁月中，她就一直在等待着奇迹！不只她在等待着奇迹，诗尧也在等待着奇迹，只是，他们所等待的"奇迹"是不一样的。就在这等待中，日复一日，月复一月，年复一年。时间在流逝着，不停地、不断地、无止无休地流逝着。转眼间，小彬彬已经三岁半了。

在这三年中，发生了不少的事情。我和雨农早已结了婚，也住在厦门街，和小双只隔了几条巷子。诗晴的儿子也已两岁多了，长得又胖又壮，成为李谦最大的骄傲。诗尧升任了经理，李谦当了编审组组长，雨农通过了司法官考试，正式成为法官了。而爸爸妈妈的"日式改良屋"也已拆除改建了，他们住进了一栋六十坪的公寓里。小双往日在浦城街的旧居，早已踪迹全无，被一栋四层楼的公寓所取代了。小双呢？她忙于作曲，忙于编套谱，忙于电影配乐，诗尧给她接了许多工作，使她连教授钢琴的时间都没有了。而她所作的歌曲，早已脍炙人口，她是我们之中收入最多的一个，"贫穷"已成为历史上的陈迹。但是，她仍然住在那栋小公寓里，连搬一个比较好的房子都不肯。她的理由是：

"房子拆的拆了，改建的改建了，大家也都搬了家了，卢友文回到台北，这儿已面目全非，让他到哪里去找我？我不能搬家，我得等着！"

"少傻了！"我叫，"卢友文一去三年，杳无消息，谁知道他怎样了？连封信都没写过，你还等什么？而且，真要找你，也不是难事，你已非昔日小双，只要打个电话到电视公司，就可以查出你的地址了。"小双耸耸肩，对我的话置之不理。

彬彬长得活泼可爱，她成为奶奶的宠儿，她学会的第一句话，既非"爸爸"，也非"妈妈"，而是"太奶奶"。奶奶常抱着她说：

"彬彬是奶奶的,彬彬该是咱们朱家的孩子呢!"

诗尧呢?他和彬彬之间,倒建立起一种奇怪的感情,我从来不知道我的哥哥是那样地爱孩子的,他可以和她一起在地上爬,当马给她骑,和她耐心地搭积木,做"火车嘟嘟"满屋子绕圈子。因此,三岁半的彬彬,对诗尧的称呼是"火车嘟嘟",只要一两天没见到诗尧,她就会用软软的童音说:

"我的火车嘟嘟呢?火车嘟嘟怎么不理彬彬呢?"

"火车嘟嘟"怎么可能不理彬彬呢?他是三天两头地往小双家里跑啊!彬彬常常左手牵着诗尧,右手牵着小双,跳跳蹦蹦地走在铺着红砖的人行道上,嘴里呢呢哝哝地唱着她在幼稚园里学来的歌曲:

老鸡骂小鸡,
你是个笨东西。
我叫你唱咕咕咕,
你偏要唱叽叽叽!

每次看到他们这个局面,我心里就有种好心酸、好特殊的感觉,如果……如果彬彬是诗尧和小双的孩子,那有多好!我不知道小双的感觉是怎样的,难道她真的发起痴来,要等卢友文十年二十年?我看,诗尧似乎也是准备长期抗战到底了,已经豁出去跟她耗上了。我常私下对雨农说:

"我真不知道这幕戏如何结束呢!"

那年秋天,我身体不太好,雨农常常拉着我出去散步,到郊外走走,我们总是约着诗尧和小双,带着彬彬一起玩。一天下午,我们带彬彬去了儿童乐园。彬彬好开心,跟着诗尧和小双坐缆车、骑木马,又蹦又跳,又叫又笑。孩子的喜悦是具有传染性的,小双的面颊也被喜悦所染红了。扶着栏杆,她注视着那驾着小汽车到处乱冲乱撞的小彬彬,嘴角边充溢着笑意。我注意到,诗尧走到她身边,和她并排站着。

"小双,"诗尧说,"你觉不觉得,彬彬需要一个父亲?"

"她有父亲。"小双轻声说,脸上的笑容消失了一大半,只有一小半了。

"那父亲在什么地方?"诗尧问。

"总在某一个地方!"小双说,脸上,那一小半的笑容也失去了。她的眼光迷蒙地望着孩子,手握紧了铁栏杆。

诗尧把手盖在小双的手上,握住了她。

"小双,"他微蹙着眉,热烈地说,"一定要继续这样等待下去吗?我们是不是在做傻事?你真要等二十年吗?"

"我没有要你等,"小双低语,"你早就该物色一个女孩成家了。"诗尧一定紧握了小双一下,因为小双痛得耸了耸肩。

"不要太残忍,小双!"他说,"我告诉你,这么多年,我都等了,我不在乎再等十年二十年或一百年!"

小双转过头来,注视着诗尧。

"你何苦呢?"她问,"世界上有那么多女孩子!你聪明一点,就该放开我,你让我去做傻事吧,你何必跟着我傻呢?我还要等下去,不知道等多久!"

"很好,"诗尧冷静地说,"你做你的傻事,我做我的傻事!

你等多久,我就等多久!"

"你知道吗,诗尧?"小双说,"即使他永不回来,我也不会和你怎样,所以,你的等待是没有意义的,到头来,一定是一场空!"

"是吗?"诗尧紧盯着她,"咱们走着瞧,好吗?"

"没有用的。"小双摇头,"你为什么这样固执?"

"因为……"诗尧的话没有说完,小彬彬已开完汽车,连蹦带跳地扑向诗尧和小双,嘴里又笑又叫地唱着:

"老鸡骂小鸡,你是个笨东西……"

"因为……"诗尧乘机结束了他的话,他一把抱起彬彬,说,"我是个笨东西!"

小彬彬笑着扑在诗尧的肩头,用双手环绕着诗尧的脖子,她把小脸好可爱地藏在诗尧的领子里,细声细气地笑着嚷:

"妈妈,火车嘟嘟是一个笨东西!"

小双的眼眶骤然地红了,她把头转了开去。我挽紧了雨农,小声说:

"我希望,不管是哪一种'奇迹',都尽快出现吧!"

22

冬天来临的时候,医生说我患上了轻微的贫血症,在奶奶和雨农的坚持下,我辞去了银行的工作。生活一轻松下来,雨农又整天上班,我就天天待在小双家里,帮她抄套谱,帮她填歌词,帮她陪小彬彬玩。小双,她已经成为一位忙碌的作曲家,而且名气越来越响了。

在那段日子里,诗尧每到下班以后,总是固定地到小双家里小坐。小双学奶奶,也在屋里生起了一盆炉火,燃烧着满屋子的温馨。晚上,我和雨农,诗尧和小双,加上一个绕人膝下、笑语呢喃的小彬彬,常常在小双那小公寓里,度过一个温暖而安详的夜晚。于是,我有时禁不住会想就这样过下去,也没什么不好。人如果不对任何事苛求,只享受片刻的温暖,不是也很快乐吗?但是,人算总不如天算!我经常回忆起那个"晚上",我在客厅外偷听诗尧和小双的谈话,假如我不冒冒失失地"摔"进去,会不会整个历史改写?

然后，又一个"晚上"来临了。

那晚，我和雨农在小双家吃过了晚餐，三人在客厅里闲聊着，平常这时候，诗尧一定也加入了我们，但，那晚他没有出现，也没来电话，情况就显得有点特殊。八点多钟，小彬彬睡着了，小双把她抱进了卧室，出来继续和我们聊天。炉火烧得很旺，室内是一屋子的温暖。窗外却下着相当大的雨，而且风声瑟瑟。小双拨弄着炉火，不时抬头看看窗子。窗外夜色幽暗，风仕呼啸着，雨点疏一阵、密一阵地紧敲着玻璃窗。不知怎的，我竟有份"山雨欲来风满楼"的感觉。小双似乎也有份下意识的不安，她看了好几次窗子，忽然说：

"诗卉，记得我第一次去你家的那夜，和今天晚上的天气一模一样。那晚好冷好冷，你家却好温暖好温暖。"

我回忆着那个晚上，暗中计算着时间，六年！真没料到，一晃眼就六年了！这六年，大家都在轨道上行走，只有小双，她经过了多少事故，结婚，离婚，等待，折磨，困苦，煎熬，至今仍不知"情归何处，梦落谁边"。我想着，心里有点儿酸涩。小双呢？她也沉默着，似乎也在回忆着什么，一时间，室内好安静。

忽然间，急骤的门铃声打破了我们的静谧。雨农跳起身来，去打开了房门。立即，诗尧从外面直冲进来，带来了一股寒风和一头雨雾，我们讶异地望着他，他站在客厅中央，没穿雨衣，也没打伞，夹克已被雨水湿透了，头发也在滴着水，他显然淋了好一阵雨，看来相当狼狈。但是，他脸上却充满了笑意，脸色红润而激动，眼睛里闪耀着热烈、兴奋和喜悦的光华。他紧盯着小双，愉快地说：

"猜三次,如果我要送你一样礼物,你猜我会送什么?"

准是又帮小双接了什么配音工作,我心里想着。要不然就出了张《杜小双专辑唱片》,反正,他对小双的事最热心,尽管凄风苦雨,也阻止不了他的满怀热情!

"我不猜。"小双轻声地说,望着他,"我所希望的东西,不是你的能力做得到的。"

她的眼光暗淡了一下,我的心情也沉了沉,她在想着那早已失踪的人!接着,她振作了起来,仰着头,她微笑着。

"你淋湿了,我去帮你拿条大毛巾来!"

她从诗尧身边走过,诗尧一伸手,抓住了她。

"别走!"他哑声说,脸上的笑容隐没了,他的眼光深邃而苦恼地望着她,"猜都不愿意猜呵!"他说。

小双被动地站住了,被动地望着他。

"那么,"她说,"奥莉维亚·纽顿－约翰的原版唱片?"

诗尧摇头。

"我所有歌曲的卡式录音带?"

诗尧又摇头。

"如果你要送我一套四声道的唱机之类的东西,"小双郑重地说,"我是不会收的,目前这一套已经够好了!你别再玩送钢琴的老花样!"

"不是!不是!都不是!"诗尧猛烈地摇头。

小双有些困惑了。

"那么,我真猜不出了。"

诗尧一眨也不眨地望着她,眼神十分怪异。半晌,他才慢吞吞地从夹克口袋里,非常慎重、非常小心翼翼地掏出一个红绒的首饰盒来。托着那首饰盒,他一直送到小双面前。我和雨农交换了一个注视,我心想,诗尧又疯了!好端端的,他就要找钉子碰!明知小双那份执拗的脾气,现在怎是"求婚"的时机?果然,小双的面色倏然变色,她像被什么尖锐的东西猛刺了一下似的,迅速地挣脱了诗尧的掌握,她一下子向后面退了三步,急速地摇着头,一迭连声地说:

"不!不!不!我不收!我不收!"

诗尧定定地站在那儿,雨水沿着他的头发,滴落到面颊上,他固执地、沉着地、一字一字地说:

"不收,没关系,打开看看,好不好?"

"不好!不好!"小双更固执,"你拿回去,我看也不要看!"诗尧的脸色发白了,眼光暗淡了。

"仅仅为了让我有一点点安慰,"他轻声地,几乎是祈求地说,"我冒着雨去取货,奔波了不知道多久,你甚至不愿意看一看?"

小双有些动容了,她凝视他,终于,在他那恳切的注视下软化了。她低声说:

"我只看一看,但是不能收。"

"看完再作决定,好吗?"

小双接过了那首饰盒,慢慢地打开来。诗尧一脸的紧张,专注地盯着她。我心想,诗尧这些年来,也赚了不少钱,说不定一股脑儿去买了颗大大的心形钻戒了!我正想着,却听到小双一声激动地大叫:"我不相信!我不相信!诗尧!我不相信!"然后,她喘着气,泪水满盈在她的眼眶里,她又是笑,又是泪地转向了我,"诗卉!你来看!诗卉!我不相信!我不相信!你看!你看!是坠子!奶奶给我的坠子!诗尧,这不可能,这完全不可能……"她急促地乱嚷乱叫,激动和意外使她的脸发红而语无伦次。

我冲了过去,心里还在想,诗尧这一招真是出人意外,他准是照样模仿着镌了一个假的!但是,一看那坠子,我也惊愕得目瞪口呆!那是奶奶的坠子!真真实实的坠子!碧绿晶莹,上面镌着双鱼戏水!我忍不住大叫了起来:

"哥哥!你怎么弄回来的?"

诗尧不看我,他的眼光仍然专注地盯着小双,说:

"我整整用了四年的时间,来追寻这个坠子!最初,找到和卢友文赌钱的那个工人,他已经把坠子卖入银楼;我找到银楼,坠子已被一位太太买走;我找到那位太太,她说她把坠子让给了一位电影明星,而那明星已去香港拍片了!我辗转又辗转地托人去香港找那明星,那明星却拒绝出让这坠子。于是,迫不得已,我写了封长信给那电影明星,告诉她这坠子的重要性……然后,终于,今天晚上,她托人带回来这个坠子……"他眼里燃着热烈的光彩,"所以,小双,如今是物归原主了!"

我抓起了那坠子,上面的金链子还是当初的!我迫不及待地把坠子挂到小双脖子上,兴高采烈地大嚷:

"噢!小双,太好了!小双,太妙了!咱们朱家的祖传至宝,你让它依然属于朱家吧!"

我兴奋之余,这句话未免说得太明显了。小双那喜悦的脸孔

骤然变了变,握住坠子,她想取下来,说:

"诗卉,我看还是你拿去戴吧,放在我这儿,搞不好又弄丢了。"我一把按住她的手,叫着说:

"奶奶给你的东西,你敢取下来!"

诗尧往前跨了一步。

"小双!"他声音里充满了激情,"总记得你在医院里哭着要坠子的情形!你如果不肯收啊,还给我,我砸了它……"

小双松了手,她让那坠子垂在胸前,慌忙一迭连声地说:

"我收!我收!诗尧,别生气!我收!我再不知好歹,也该了解你四年来找寻它的一片苦心,我……我只恨我杜小双,无以为报,我……"她忽然把头埋进了我胸前,哽塞地嚷,"诗卉,诗卉,我欠你们朱家太多太多了!我,我怎么办呢?"

我让开了身子,把她轻轻地推到诗尧面前,诗尧立即用双手扶住她的手腕。他的眼光热烈地盯着她。小双被动地站在那儿,被动地仰着头,被动地迎视着他,眼里泪光莹然,脸上是一片可怜兮兮的婉转柔情。我心中忽然被狂欢所充满了,暗中握紧雨农的手,我想,或者不用等二十年了,或者"奇迹"已经出现了,或者……或者……或者……但是,在许许多多的"或者"中,我却绝未料到一个"或者"!它击碎了我们所有的宁静,带来了惊人的霹雳!

首先,是门铃声忽然又狂骤地响了起来,惊动了小双和诗尧,真煞风景!我心里还在暗暗咒骂,雨农再度跑去开了门,一时间,又一个浑身滴着水的人直冲了进来,我定睛一看,是李谦!我正惊愕着,李谦已急匆匆地、脸色阴晴不定地喊:

291

"小双！我给你带来了卢友文的消息！"

一刹那间，室内是死一般的沉寂，我们全体都呆了。诗尧的机会又飞了！小双的脸上迅速地绽放了光彩，她冲到了李谦面前，仰着脸，紧张、期待而迫切地喊：

"告诉我！他在哪儿？"

"在高雄！"李谦说，声音沉重，面容灰白，眼神严肃，"我去拍摄大钢厂的纪录片，在高雄碰到了他！"

小双研究着李谦的脸色，她的嘴唇变白了。

"他又失败了，是吗？"她轻声说，嘴唇颤抖，"他依然写不出东西来，是吗？还是……"她仔细地凝视李谦，"他骂我了？他爱上了别人？他……"

李谦摇头。

"小双，"李谦的声音低哑，"他快死了。"

小双后退了一步，身子晃了晃，我跑过去，一把扶住了她，小双靠在墙上，她抬着头，仍然死盯着李谦。雨农焦灼地对李谦喊：

"怎么回事？你别吓小双，好好的人，怎么会快死了？你说说清楚，是怎么回事？"

"是真的，"李谦说，脸上一丝一毫玩笑的成分都没有，"我在民众医院碰到他，我是害了流行性感冒，去民众医院看病，他正好从里面冲出来，瘦得只剩下一把骨头。医生追在后面，叫他住院，他不肯，我一看是他，就跑过去抓住他。他匆匆忙忙，只对我说了两句话，他说：'李谦，告诉小双，我的作品快完稿了！'说完就跑走了。我觉得不大对劲，就去看他的医生，那医生听说我是卢友文的朋友，像抓住救星似的，他说，卢友文的病历卡上无亲无故无家属,他不知道如何是好,又不敢告诉卢友文本人,因为——他害了肝癌。医生说,这病在他身体里,起码已经潜伏了五六年。现在,他最多只能活三个月!"李谦停了停,我们全怔在那儿,我只觉得脑子里像有万马奔腾,心中慌慌乱乱,根本不太能接受这件事实。小双把眼睛瞪得大大的,一眨也不眨地望着李谦,她的脸白得像大理石,嘴唇上一点儿血色也没有。半晌,她才开了口,她的声音像来自遥远的深谷,低沉而沙哑。

"你有没有他的地址?"

"我从病历卡上抄下来了。"李谦慌忙说,"我不敢采取任何行动,就直接回到台北来找你们!"

小双用手握住我,她的手指冷得像冰。她在我耳边,挣扎地、无力地低语:

"诗卉,我快晕倒了。"

我手忙脚乱地把她扶到沙发上去,她靠在那儿,长发半遮着脸庞,显得又苍白、又衰弱、又奄奄一息。诗尧很快地冲到电话机旁边,翻着电话号码簿,在我还没弄清楚他要干什么以前,我听到他在电话里说:

"我要两张飞机票,明天早上飞高雄的!"

"不!"小双忽然坐正了身子,把长发掠向脑后,她努力地振作了自己,深吸口气,挺了挺她那瘦小的肩膀,坚决地说,"我不能等到明天!我坐今晚的夜车去高雄!"

"今晚!"雨农说,"现在已经九点半了!"

"十点半还有一班车!"李谦说。

小双从沙发上直跳起来，由于跳得太猛，她还没有从晕眩中恢复，这一跳，就差点栽倒下去。诗尧一把搀住了她，心痛地蹙紧眉头。小双挣扎着站稳了，甩甩头，她显出一份少有的勇敢与坚定，她说：

"诗尧，我能拜托你一件事吗？"

"你说！"

"记得上次我们到外双溪为《在水一方》录影，我曾经说那儿新盖的几栋别墅很漂亮，请你立刻帮我去租一栋，不管价钱要多高。如果我的钱不够，你帮我去借，我将来作曲来还！"

"我立刻去进行！"

"不是进行！"小双几乎是命令地说，"我要在三天以内，和卢友文搬进去住！所以，三天之内，我要它一切就绪！李谦，我能拜托你帮诗尧布置吗？友文这一生，没有过过一天好日子，他一直说他不舒服，是我忽略了，我以为他在找借口，没料到……"她喉咙哽塞，"现在……我要——给他最丰富的三个月！你们都是我最亲近的人，你们了解我，请你们帮助我！"

"三天之内！"李谦坚定地说，"你放心！小双！包在我和诗尧身上！"他取出一张纸条，交给小双，"这儿是卢友文的地址，你记住，他自己并不知道病得那么重！"

小双点点头，转向我：

"诗卉，你陪我去高雄！"她望着雨农，"雨农，我必须借诗卉，我怕自己太脆弱……"

"不用解释！"雨农很快地说，"我会把彬彬送到奶奶那儿去。诗卉，你好好照顾小双！"

一切好混乱，一切好突然，一切好悲凉，一切好意外，一切好古怪，一切好不真实……总之，一小时后，我和小双已经坐在南下的火车中了。我不知道别人的情绪是怎样的，我却完全昏乱得乱了章法，我只是呆呆地坐在车子里，呆呆地望着身边的小双。奇怪！小双怎能如此平静？她坐在那儿，庄严肃穆得像一座雕像！眼睛直勾勾的，脸上一无表情。火车轰隆轰隆地前进，小双的眼皮连眨也不眨，我忽然恐惧起来，伸手摸摸她的手背，我惊慌地叫：

"小双！你没有怎么样吧？"

"我很好。"小双幽幽地说，"我在想，我命中注定孤独，六年前，爸爸死于癌症，六年后，友文又得癌症！我常告诉自己要坚强，却真不知如何去和命运作战！"

她的声音平平板板，一无感情，我忽然想起她第一夜来我家的情形，她也是那样麻麻木木的，后来却在床上失声痛哭。我望着她，知道在她那平静的外表下，她的心却在滴着血。小双，小双，为何命运总在戏弄你？我伸过手去，紧紧地握住了她的手。也在那一刹那间，我才了解小双用情之专之深之切！

我们在清晨到达了高雄，天才蒙蒙亮，台北虽然下雨，高雄却显然是晴朗的好天气。下了火车，小双拿出地址，叫了一辆计程车，我们直驶向卢友文住的地方。

车子停在苓雅区的一个小巷子里，我们下了车，小双核对着门牌，终于，我们找到了。那是一栋二层楼的木造房子，破旧不堪，楼下还开着脚踏车修理店，显然，卢友文只有能力分租别人的屋子。小双在门口伫立了几秒钟，低下头，她看到胸前的坠子,在这种情绪下,她依然细心地把坠子放进了衣领里,以免卢友文见到。然后,伸手扶着我的肩膀,她把头在我肩上靠了一会儿,半晌,她毅然地一仰头,脸上已带着笑意,她对我说:

"笑笑吧!诗卉!"

我真希望我笑得出来,但是我实在笑不出来。小双伸手按了门铃,一会儿,一个睡眼模糊的小学徒开了门:

"找谁?"

"卢友文先生!"

"楼上!"

我们沿着一个窄窄的小楼梯,上了楼。这才发现楼上用木板隔了好几间,卢友文住在最后面的一间,正靠着厕所,走过去,扑面就是一阵浓烈的臭味,使人恶心欲吐。我心想,住在这样的地方,难怪要生病!到了门口,小双又深吸了口气,才伸手敲门。

"谁?"门内传来卢友文的声音。

小双靠在门框上,闭了闭眼睛,无法回答。

"哗啦"一声,门开了,卢友文披着一件破棉袄,站在门口。一头乱蓬蓬的头发,满脸的胡子,深陷的眼眶,尖削的下巴,我一时几乎认不出他来。只有那对漂亮的眼睛,仍然闪烁着一如当年的光芒。看到我们,他呆住了,似乎以为自己在做梦,他伸手揉了揉眼睛,对小双"努力"地"看"过去,讷讷地说了句:

"好奇怪,难道是小双?"

小双拉着我走进屋内,关上了房门。她对卢友文凝视着,苦苦地凝视着,嘴角逐渐浮起一个勉强的微笑。

"是的,是我,"她轻柔地说,眼底充满了痛楚与怜惜,声音里带着微微的战栗,"不欢迎吗?"

卢友文的眼睛张大了,惊愕、困惑和迷茫都明写在他的脸上。但是,一瞬间,这所有的表情都被一份狂喜所取代了,他张开了手臂,大声说:"如果是真的,证实它!小双!因为我最近总是梦到你来了!"小双纵身投进了他的怀里,用手攀着他的脖子,她主动地送上了她的嘴唇。立刻,他们紧紧缠在一块儿,热烈地、激动地拥吻着。那份激烈,是我一生也没见过的。小双似乎要把她全身的热力和全心的感情,都借这一吻来发泄净尽,更似乎想把她所有的生命力都在这一吻中注进卢友文的身体里。卢友文更是狂热而缠绵,他不住地吻她,不停地吻她,用手牢牢地箍紧了她,好像只要他一松手,她就会飞掉似的。

终于,卢友文抬起头来了,他眼里蕴满了泪光,他捧着小双的脸庞,不信任地看着她,看了又看,看了又看,不知道看了多久,他好像才真有些相信,这是小双了!他的眼光渴求地在她脸上逡巡,好一会儿,才低低地说:

"你来了,是表示原谅我了吗,还是同情我?是李谦告诉你的,是吗?他说我病了,是吗?其实我很好,我只是过度疲劳,我很好……哦,小双!"他叫,"如果我生病能使你来看我,我宁愿生病!"

小双的牙齿咬紧了嘴唇,她几乎要崩溃了,但她始终勇敢地直视着他,好半天,她才放松了咬住的嘴唇,激动地、幽怨地、低哑地说:"友文,你好狠心,离开这么多年,你连一点儿消息都不给我,你好狠的心!"

卢友文惶恐而慌乱。

"在我没有拿出成绩来以前,我还能给你消息吗?离婚那天,你是那么坚决,那么锐利,那么盛气凌人,我如果再拿不出成绩,我怎能面对你?小双,你记得……"

"我已经忘了!"小双说,"我只记得我们美好的时刻!"

"别骗我!"卢友文哑声说,"我不能相信这个!我们在一起,何曾有美好的时刻?我做了那么多的错事,给了你那么多的折磨……哦,小双!"他大大地喘气,"你还在恨我吗?告诉我!"

"如果恨你,我就不来了。"

卢友文的身子战栗了一下,狂喜燃亮了他的脸。

"小双,你知道吗?人在失去了一样珍宝之后,才知道那珍宝的价值!这些年来,我反复思索,有时竟不相信自己会做错了那么多事!"

他用手指抚摸小双的面颊:"小双,你真有这样的雅量吗?难道你还能原谅我吗?我想过几千几万次,我一定失去你了!我不能要求你做一个神,是不是?我给你的折磨和侮辱是一个神都不能忍受的,怎能再要求你原谅?你用离婚来惩罚我是对的,失去你我才知道多爱你,这些年来,我只能刻苦自励,所有的思想和意志,都集中在一件事情上,写一点儿东西给你看!我写了,你知道吗?这次,我是真的写了,不是只说不做!"

他住了口,望着她。小双的大眼睛里,泪珠终于不受控制地涌出来,沿着面颊滚落到衣服上去。卢友文凝视着她,逐渐地,他的眼眶潮湿了,猝然间,他把小双紧拥在胸口,哽塞地说:

"小双,小双,我那么爱你,为什么总是伤害你?我为什么总把你弄哭?小双!我到今天才承认,我根本不值什么,我的骄傲、自负，都是幼稚！我的张狂、跋扈，只是要掩饰我的无能！我欺侮你，冤枉你，给你加上种种罪名，因为你是我唯一的发泄者！小双，我对不起你！这些年来，我痛定思痛，只觉得太对不起你！可是……"他忽然推开她，脸色因兴奋而发红了，"为了重新得到你，我写了！我真的写了！再给我三个月时间，我可以把它写完！"他冲到桌子前面，拿起厚厚的一大沓稿纸，放在小双手中，像个要博老师欢心的孩子一般，他说，"你看！我是真的写了！"

小双低头看着那沓稿纸，她翻开第一页，似乎相当专心地在阅读，只一会儿，她眼里已充满了泪，燃满了光彩，她把那沓稿纸紧紧地、珍贵地压在胸口。她郑重地、坚定地、热烈地望着卢友文：

"你已经做到了我所要求的，现在，我来接你回家去！"

卢友文屏息片刻。

"我有没有听错？"他问。

"没有听错！"小双扬着眉毛，"我早就说过，只要你有成绩拿出来，就是我们破镜重圆的一天！"

"可是……"卢友文急促地说，"我还需要三个月时间，预计再过三个月，我可以完成它，等我完成了……"

"你应该回家去完成它！"小双严肃地说，"除了当一个作家之外，你还是个丈夫，而且，是个父亲！"

卢友文又屏息了片刻。

"你保证我没有听错？"他怀疑地问，"你保证你还要我？"

小双踮起脚尖，去亲吻他的嘴唇，她的面容好庄重，好高贵,好坦白。

"来找你以前,我是出自怜悯,看了你的原稿,我是出自尊敬。友文,我诚心诚意,要你回家!因为,我爱你!"

于是,在外双溪畔,小双和卢友文重新组成了一个"家"。他们的房子就在水边,早上,他们采撷清晨朝露,黄昏,他们收集夕阳落照。小彬彬从早到晚,把无数笑声,银铃般地抖落在整栋房子里。那时期,我经常往他们家跑,卢友文工作得很辛苦。回台北后,小双曾强迫他又去医院检查过,结论完全一样,药物只能帮助他止痛,因而,他似乎已有所知,自己的时间不多了。所以,他拼命在把握每一分钟、每一秒钟。我常想,如果他们当初一结婚时,卢友文就能和现在一样努力,即使到今天,卢友文仍会得病,也可多享受好几年的甜蜜。人的一生,能有多少幸福,是不是都是命中注定的?

卢友文在两个月后,就完成了那本著作,书名叫《平凡的故事》。小双奔波于帮他校对、印刷和出版。那时,卢友文已十分衰弱。一天,我去看他们,卢友文正坐在躺椅中,在水边晒太阳,小彬彬在芦苇中嬉戏。卢友文那天的神情很古怪,他一直若有所思地在想着什么。当小双拿药来给他吃的时候,他忽然拉住小双的手,微笑地望着她说:"谁帮你找回了那个坠子?我猜,除了朱诗尧,不会有第二个人!他一直心思细密,而用心良苦!"

小双有点窘迫,这两个月以来,她显然一直收藏着那坠子,没有戴出来,却不料仍然给卢友文发现了。小双想说什么,卢友文却轻叹一声,阻止了她。

"明天起,你要戴着那坠子,那是你的陪嫁!"他说,侧着头想了想，"小双，记得你骂过我的话吗？你说朱诗尧不是残废，我才是残废！"

"吵架时说的话，"小双垂着头，低声说，"你还记在心里做什么？"

"我在想，"他握紧了小双的手，"你只是一个小小的女孩子，又纤弱，又细致，但是，你却治好了两个残废！"

他讲这句话的时候，我正和小彬彬在水边捡鹅卵石玩，听到他这句话，在那一瞬间，我觉得心灵震动，而眼眶发热。我说不出来有多么感动、多么辛酸！也在那一瞬间，我明白了卢友文为何值得小双去热爱，去苦等了！原来在他那多变的个性下，依然藏着一颗聪明而善良的心！

卢友文说完这句话的第二天，就因病情恶化而住进了医院。他没有再从医院里出来，但是，在他临终以前，小双赶着把他那本《平凡的故事》出版了。因此，他看到了自己这一生的第一本，也是最后的一本书。

我不知道那本书写得好不好，也不知道那本书能不能震动文坛或拿诺贝尔奖，我想，这些都不重要，重要的是，他终于"写"出来了。但是，那本书一开始的第一页，有个序言，这篇序言却曾令我深深感动：

我一直认为自己是一个天才，而且，是个不可一世的天才！

既然我是天才，我就与众不同，在我身边的人，都渺小得如同草芥。我轻视平凡，我愤恨庸俗。但是，我觉得我却痛苦地生活在平凡与庸俗里,于是我想呐喊,我想悲歌。然后,有一天,我发现大部分的人都自以为是天才,也和我一样痛恨平凡与庸俗!这发现使我大大震惊了,因为,这证明我的"自认天才"与"自命不凡"却正是我"平凡"与"庸俗"之处!换言之,我所痛恨与轻视的人,却正是我自己!因此,我知道,我不再是个天才!我只是个平凡的人!我的呐喊,也只是一个平凡的人的呐喊!我的悲歌,也只是一个庸俗者的悲歌。

　　于是,我写下一个平凡的故事,献给那深深爱我,而为我受尽伤害与折磨的妻子——小双。如果这世界上真有"不凡",我认为,只有她还配得上这两个字!

这一页,也就是当时小双在苓雅区的小楼上,所读到的句子。

尾声

小双的故事，写到这儿，应该可以结束了。但是，有许多事，却仍然值得一提。卢友文去世以后，葬在北投附近的山上。小双仍然带着小彬彬，住在外双溪那栋别墅里。她的琴声和彬彬的呢喃笑语，经常流泻在那山谷中，和着潺潺的溪水和山间的松籁，共奏着一支美丽的歌。

我想，在那栋别墅中，小双真正享受过"爱情"，真正享受过"婚姻"，真正欣赏过她所爱的男人！虽然只有短短的两个多月，对小双来说，这两个多月却是"永恒"！因此，没多久，她和房东商量，开始以分期付款的方式，买下那栋别墅，大有"终老是乡"的打算。

我们全家仍然都关心着小双，热爱着小双，我们年轻的一群，像李谦、诗晴、我、雨农，当然还有诗尧！我们都依然是小双家中的"座上客"。有时，我们会做彻夜的倾谈，谈晚了，就在她家沙发上、地板上，横七竖八地睡着了。小双，已从一个无邪的少女，变成了一位解人的少妇。她优雅、温柔、细致、清灵……坐在钢琴前面，常常让一连串动人的音符，跳跃在那温柔如梦的夜色里。

卢友文那本《平凡的故事》，并不十分畅销，但却引起了文艺界的重视和震动。可惜卢友文墓草已青，尸骨已寒，他是无法目睹这番成就了！我常想，当初假若没有小双毅然提出"离婚"的一举，焉能刺激得卢友文真正写出一篇杰作！可见卢友文毕竟还是有才华的。小双，她常常坐在溪边的大石头上，膝上放着那本《平凡的故事》，一坐数小时之久。我猜，那本书里的字字句句，她早已能倒背如流，她却依然喜欢捧书独坐。每当她坐在那儿的时候，溪水在她脚底潺潺流过，她长发垂肩，一脸的宁静与飘逸，水中，反映出她的影子，在水里飘荡、摇曳……我就会忍不住想起《在水一方》那支歌。在水一方！在水一方！我们的小双，果然像我所预料的，总是"在水一方"！

奶奶常去看小双，她仍然疼小双，几乎超过了疼我和诗晴，私下里，她还是爱讲那句话：

"小双，她该是咱们朱家的人呢！"

小双，她真能成为我们朱家的人吗？我们谁也不知道。但是，我那傻哥哥，却自始至终没有改变过，也自始至终没有放弃过！当卢友文刚去世那段日子，诗尧从不和小双谈感情问题，他只是悄悄地照顾她，帮她谈生意，帮她弄唱片，帮她解决许多经济上的问题。他常去看她，坐在那客厅里，衔着一支烟，默然相对，而不发一语。有时，我会忽发奇想，怀疑人类"因果"的传说，是不是全然无稽？我猜，前辈子，小双是欠了卢友文的债，而诗尧，却欠了小双的债！

转眼间，又是一年。这天午后，我、雨农和诗尧结伴访小双。小双正和彬彬坐在溪边，彬彬看到我们，就飞奔而来，两条小辫子在脑后抛呀抛的。小双站起身子，我望着她，她长发飘然，亭亭玉立。水中，她的影子也如真如幻地在浮漾着。我忍不住叹口气，就轻轻地哼了两句：

绿草苍苍，白雾茫茫，
有位佳人，在水一方。
我愿逆流而上，依偎在她身旁，
无奈前有险滩，道路又远又长……

诗尧看了我一眼，这支歌显然使他震动了。他忽然抛下我们，就对小双奔去。我愕然地站着，拉着彬彬的手，望着他们两个。诗尧跑到小双的面前，站定了，他深深地望着她，问：

"小双，咱们两个，是不是真预备这样耗下去了？"

小双低下了头，睫毛垂着，默然不语。

"很好，小双！"诗尧说，紧盯着她，"这些年来，你对于我，始终是水里的一个影子！既然你永远这样如真如幻地在水一方，那么，我也可以永远逆流顺流地追寻着你！你瞧，小双，河对面在盖新房子！"小双很快地朝河对岸看了一眼。

"盖新房子与我有什么关系？"她低哼着说。

"我要去买一栋！"诗尧肯定地、坚决地、不疾不徐地、从容不迫地说，"我要住在里面，隔着这条河，永远看着你，不论清晨还是黄昏,月夜还是雨夜,我要永远看着你,一直等你肯在这条河上架起桥来的那一天!"

小双抬起睫毛,楚楚动人地瞅着他,半晌,才说一句:

"你何苦呢?"

"谁说我苦?"诗尧扬着眉毛,"大仲马老早就说过,人生就是不断地等待和期望。既然有所等待和期望,我又有什么苦?"

小双怔怔地望着他,不再说话了。

水中,他们两个的影子在一起浮漾着。

太阳在水面反射出点点粼光,我一抬头,正好看到小双脖子上的坠子。迎着阳光,那坠子晶莹剔透,像个发光体!朱家祖传之物,应该属于朱家,不是吗?

我忽然充满了信心,忽然充满了酸楚与柔情。挽紧了雨农,我们牵着小彬彬,走向了耀眼的阳光里。

——全书完——

一九七五年

（京权）图字：01-2024-1749

图书在版编目（CIP）数据

在水一方 / 琼瑶著. -- 北京：作家出版社，2024.10
（琼瑶作品大合集）
ISBN 978-7-5212-2816-8

Ⅰ. ①在… Ⅱ. ①琼… Ⅲ. ①言情小说-中国-当代 Ⅳ. ①I247.5

中国国家版本馆 CIP 数据核字（2024）第 089058 号

版权所有 © 琼瑶

本书版权经由可人娱乐国际有限公司授权作家出版社出版简体中文版
非经书面同意，不得以任何形式任意重制、转载。

在水一方

作　　　者：	琼　瑶
责任编辑：	刘潇潇　单文怡
装帧设计：	棱角视觉　纸方程·于文妍
出版发行：	作家出版社有限公司
社　　址：	北京农展馆南里 10 号　邮　编：100125
电话传真：	86-10-65067186（发行中心）
	86-10-65004079（总编室）
E-mail:	zuojia@zuojia.net.cn
http://www.zuojiachubanshe.com
印　　刷：	北京盛通印刷股份有限公司
成品尺寸：	142×210
字　　数：	206 千
印　　张：	9.625
版　　次：	2024 年 10 月第 1 版
印　　次：	2024 年 10 月第 1 次印刷
ISBN 978-7-5212-2816-8
定　　价：	42.00 元

作家版图书，版权所有，侵权必究。
作家版图书，印装错误可随时退换。

品琼瑶经典

忆匆匆那年

琼瑶作品大合集

1963	《窗外》
1964	《幸运草》
1964	《六个梦》
1964	《烟雨蒙蒙》
1964	《菟丝花》
1964	《几度夕阳红》
1965	《潮声》
1965	《船》
1966	《紫贝壳》
1966	《寒烟翠》
1967	《月满西楼》
1967	《翦翦风》
1969	《彩云飞》
1969	《庭院深深》
1970	《星河》
1971	《水灵》
1971	《白狐》
1972	《海鸥飞处》
1973	《心有千千结》
1974	《一帘幽梦》
1974	《浪花》
1974	《碧云天》
1975	《女朋友》
1975	《在水一方》
1976	《秋歌》
1976	《人在天涯》
1976	《我是一片云》
1977	《月朦胧鸟朦胧》
1977	《雁儿在林梢》
1978	《一颗红豆》
1979	《彩霞满天》
1979	《金盏花》
1980	《梦的衣裳》
1980	《聚散两依依》
1981	《却上心头》
1981	《问斜阳》
1981	《燃烧吧！火鸟》
1982	《昨夜之灯》
1982	《匆匆，太匆匆》
1984	《失火的天堂》
1985	《冰儿》
1989	《我的故事》
1990	《雪珂》
1991	《望夫崖》
1000	《青青河边草》
1993	《梅花烙》
1993	《鬼丈夫》
1993	《水云间》
1994	《新月格格》
1994	《烟锁重楼》
1997	《还珠格格第一部1阴错阳差》
1997	《还珠格格第一部2水深火热》
1997	《还珠格格第一部3真相大白》
1997	《苍天有泪1无语问苍天》
1997	《苍天有泪2爱恨千千万》
1997	《苍天有泪3人间有天堂》
1999	《还珠格格第二部1风云再起》
1999	《还珠格格第二部2生死相许》
1999	《还珠格格第二部3悲喜重重》
1999	《还珠格格第二部4浪迹天涯》
1999	《还珠格格第二部5红尘作伴》
2003	《还珠格格第三部天上人间1》
2003	《还珠格格第三部天上人间2》
2003	《还珠格格第三部天上人间3》
2017	《雪花飘落之前——我生命中最后的一课》
2019	《握三下，我爱你——翩然起舞的岁月》
2020	《梅花英雄梦之乱世痴情》
2020	《梅花英雄梦之英雄有泪》
2020	《梅花英雄梦之可歌可泣》
2020	《梅花英雄梦之飞雪之盟》
2020	《梅花英雄梦之生死传奇》